पटकथा और अन्य कहानियाँ

अजय नावरिया

वाणी प्रकाशन

वाणी प्रकाशन

4695, 21-ए, दरियागंज, नयी दिल्ली 110 002

शाखा

अशोक राजपथ, पटना 800 004

फ़ोन: +91 11 23273167 फ़ैक्स: +91 11 23275710

www.vaniprakashan.in
vaniprakashan@gmail.com

PATKATHA AUR ANYA KAHANIYAN
by Ajay Navaria

ISBN : 978-93-5072-270-1
Collection of Stories

प्रथम संस्करण, 2006
द्वितीय संस्करण, 2013

मूल्य : ₹ 100

ओम ऑफ़सेट, दिल्ली-110093 में मुद्रित

वाणी प्रकाशन का लोगो मक़बूल फ़िदा हुसेन की कूची से

समर्पण

अपनी उस परम्परा को

जिसने

स्वाभिमान, समानता और स्वतन्त्रता

के लिए

संघर्ष क़रना सिखाया...

सार्थकता के लिए

मेरी ये कहानियाँ मेरे सपनों की रचनात्मक रूपाकृतियाँ भर हैं—इन्हें आप सुविधा के लिए कहानियाँ कह-समझ सकते हैं, लेकिन इनको पूरा समझने के लिए, इनको सपनों के ही रूप में समझा जा सकता है। क्या भारतीय समाज और संस्कृति में ऐसे सपने देखना समाजविरोधी और धर्मविरोधी नहीं समझा जाता? क्या रचनाकार धर्मादेशों या फतवों से डरकर सपने देखना छोड़ देता है? क्या उसे छोड़ देना चाहिए? निर्भीकता की अपनी इसी परम्परा से मैंने भी अपने लिए साहस चुना और सँजोया।

यह संयोग नहीं है कि इन कहानियों के मुख्य पात्र या स्वप्नदर्शी प्रोटोगानिस्ट दलित हैं। आज के समाज में यह भी एक अपरिहार्य स्थिति है कि उनका पल-पल पर सामना गैर-दलितों से होता है और वहाँ अपने आत्मसम्मान और अस्मिता को बचाए रखना बहुत मुश्किल है। यह एक ऐसी भूल-भुलैया है जिसमें जाकर दलित अक्सर निकलने का रास्ता भूल जाता है और उन्हीं में उन जैसा बनने की कोशिश करता है या उससे अपेक्षा की जाती है कि वह उनके बनाए मानदंडों के हिसाब से जीवन-निर्वाह करें। साहित्य में इससे अलग क्या हुआ है?

इन कहानियों के क्रम को मेरी समझ के क्रमिक विकास के रूप में भी यदि समझा जाए तो शायद बहुत अनुचित नहीं होगा। इस क्रम में जितना अनुचित समझे जाने की सम्भावना है, उतना मेरे लेखों और आगामी कहानियों से सुधारा या स्पष्ट किया जा सकता है। कहानी मेरे लिए निजी से सामाजिक के बीच बनने वाला पुल है। रचनाकार इस पुल से दूसरों तक पहुँचता भी है और दूसरों को खुद तक आने का आमन्त्रण भी देता है। यह न्यूनतम एक्टीविज्म, हो सकता है कि दूसरों को अखरे, पर रचना के स्तर पर इससे अधिक एक्टीविज्म मुझे रचना की हत्या ही लगता है। रचनाधर्मिता में अधर्मिता से बचा ही जाना चाहिए, शायद इसीलिए मैंने अधिकतम सामाजिकता के लिए दूसरे क्षेत्रों को चुना। यह द्वन्द्व भी कई सालों की उम्र का है, पर आखिरकार मुझे रास्ता मिला और मैंने इस पर बढ़ना शुरू किया।

यूरोप में जिस तरह मार्क्स के दर्शन की जरूरत और सार्थकता है, वैसे ही यहाँ भारत में डॉ. अम्बेडकर के दर्शन की जरूरत और सार्थकता है। जब यह दर्शन भारत में सर्वस्वीकार्य हो जाएगा, शायद तभी मार्क्स के दर्शन की स्वीकार्यता भी बन पाएगी। जब ये एक-दूसरे के पूरक के रूप में देखे जाएँगे, तभी ये पूरे समझे

जाएँगे—वरना तो इन्हें एक-दूसरे के विरोधी के रूप में ही विरोधी 'प्रोजेक्ट' करते रहेंगे। यह साझी जिम्मेदारी है—पर पहल सम्पन्नों और सवर्णों को ही करनी होगी। दक्षिण अफ्रीका में गोरों की वर्तमान पीढ़ी ने भी अपने पूर्वजों के कुकृत्यों के लिए सामूहिक 'कन्फैशन' करके यह शुरुआत की थी। अभी तक ऐसी शुरुआत कथा-साहित्य में किसी गैर-दलित कथाकार की नहीं दिखाई दी है। दलितों पर साहित्य लिखने से कहीं अच्छा है कि वे आत्मभर्त्सनापरक रचनाएँ साहित्य को दें ताकि आपसी संवाद और विश्वास बन सके।

अन्त में यही कि हम सब मिलकर ऐसे 'आधुनिक साहित्य' का सृजन करें जहाँ मेहनतकशों को इज्जत दी जाती हो और पोंगापंथी निठल्लेपन को दुरुस्त कर उपयोगी कामों में प्रवृत्त किया जाए। डॉ. अम्बेडकर और मार्क्स का सपना इस सपने से क्या अलग है! क्या हमारा अब तक का साहित्य 'लोकतान्त्रिकता' के इस स्वरूप से अब तक जुड़ा? यह एक बड़ा सवाल है।

नयी दिल्ली

अजय नावरिया

आखिरी मनुष्य के लिए न्याय

यहाँ मैं जिस 'आखिरी मनुष्य' की परिकल्पना कर रहा हूँ; या जिसका अक्स मेरे ज़ेहन में है, वह कोई पुरुष ही नहीं है बल्कि एक स्त्री भी है या हो सकती है। मैं बहुत देर तक एक ऐसे शब्द के बारे में सोचता रहा हूँ जो 'जेंडर' अर्थात् 'लिंगीय झुकाव' वाला न हो, परन्तु जो शब्द मिला है अर्थात् 'मनुष्य' मुझे यहाँ इसी से काम चलाना है। मेरे रचना कर्म का लक्ष्य आखिरी मनुष्य के लिए न्याय का संघर्ष है; फिर भले वह कभी स्त्री हो या कभी पुरुष हो सकता है। मैं इस बात को अपनी अन्तरात्मा में महसूस करता हूँ कि इस पुरुष वर्चस्वी, पुरुषदंभी समाज में स्त्री से अधिक वंचित, शोषित, लांछित, तिरस्कृत और पददलित कोई नहीं है। इसीलिए, सिर्फ इसीलिए, मैं लिंग-निरपेक्ष शब्द की खोज कर रहा था। सीधे सिर्फ स्त्रियों के लिए कोई शब्द भी नहीं देना चाहता था मैं क्योंकि जानता हूँ कि समाज में सत्ता का चरित्र और उसकी निरंकुशता एकस्तरीय और एकरेखीय नहीं होती।

इसी तरह, मैं कुछ कच्चे पक्के ढंग से इस नतीजे पर भी पहुँचा हूँ कि कहानी की, रचना की प्रक्रिया भी एकदिवसीय तथा एकस्तरीय नहीं होती।

रचनाकार धीमी आँच पर चढ़ी पतीली की तरह होता है। चूल्हे से उड़ती ऊँची और नीची जाने कितनी असंख्य लपटें, उसके भीतर पड़े अनुभव पदार्थ को पकाती रहती हैं। रचनाकार की स्थिति और जिम्मेदारी बहुत ही विचित्र और बहुआयामी होती है। एक ही समय में, वह पतीली है, रसोइया है और परोसने वाली गृहिणी भी है। यह सब एक उसी अकेले के सिर पर है। इनमें से अगर किसी भी कर्म या दायित्व में उसने हड़बड़ी या अधीरता दिखाई; सब गुड़-गोबर हो जाता है।

साहिर लुधियानवी के अलफ़ाज़ उधार लेकर कहूँ तो—

दुनिया ने तजुरबातों-हवादिस की शक्ल में,
जो कुछ मुझे दिया है, वो लौटा रहा हूँ मैं।

क्या हम सब थोड़े हेर-फेर के साथ ऐसे ही नहीं हैं। सच और क्या हूँ मैं? अनुभवों और दुःस्वप्नों के बीच टकराता, थपेड़े खाता और कभी झूले की ऊँची पींग पर... कभी किसी उद्यान में ठंडी छाँव में; पल भर ही सही। इन्हीं के बीच से गुजरता,

एक अदना सा माटी का स्वरूप। कभी जेठ की दोपहरी में सिंक जाता हूँ, कभी माघ की ठंड में ठिठुर जाता हूँ तो कभी फागुन की मस्ती में बलबलाता। क्या हैं हम....?

इस सबके बावजूद, तमाम हेर-फेर और एकरूपता के बावजूद सबकी रचना मात्राएँ अलग-अलग ढंग की हो जाती हैं; एकदम अनूठी और निराली। क्यों? शायद संवेदनशीलता के स्तरों के कारण जो कि गहरे तक जुड़ा होता है हमारे सौन्दर्यबोध से। सौन्दर्यबोध कभी सामाजिक परिवेश के कारण उत्पन्न नहीं किया जा सकता, हाँ उसे सामाजिक परिवेश जीवित रख सकता है, पोषण दे सकता है, उसके परिष्कार में सहयोगी की भूमिका में रह सकता है। सौन्दर्यबोध, मनुष्य का निजत्व है। वह उसकी 'इनडिवीजिउएलिटी (वैयक्तिकता) है, जो उसे दूसरों से, संसार से अलग करती है। यह उसका 'आत्म' है जिसे 'उपनिषदों' में कुछ-कुछ धार्मिक रीति या आध्यात्मिक ढंग से खोजा गया है। उनकी 'आत्मा की खोज' यही 'सेल्फ' को ढूँढ़ना है।

संवेदनशीलता या सौन्दर्यबोध की हत्या भी सामाजिक परिवेश कर सकता है और भारत जैसे गरीब और अशिक्षित राष्ट्र में यह 'जनसंहार' के रूप में व्यापक पैमाने पर होता है। दुख की बात यह कि इसकी कहीं कोई सुनवाई नहीं होती, रिपोर्ट नहीं लिखी जाती, इस पर कोई चिन्तन नहीं होता। भारत जैसे अतिसम्भावनाशील राष्ट्र के पिछड़ेपन का एक बड़ा कारण इस सौन्दर्यबोध की हत्या है। भारत का यह सामाजिक परिवेश, जातियों की पारस्परिक हिंसा, घृणा और असमानता से भरा हुआ है। पश्चिम के सामाजिक परिवेश का आधार वर्ग, अरब देशों का सामाजिक ढाँचा, धर्म और भारतीय उपमहाद्वीप की सामाजिक संरचना जाति पर आधारित है। यहाँ वर्ग और धर्म भी जातियों में विभक्त है।

जातियों के इसी विकराल जाल में अनेक प्रतिमाएँ, इसीलिए धूल-धूसरित हो गयीं कि उन्हें अपने वर्ण-धर्म या जाति धर्म के अनुसार उसके मनोवांछित क्षेत्र में अग्रसर होने की आजादी नहीं है।

निश्चय ही, मेरा भी आरम्भिक जीवन, चाहे-अनचाहे ढंग से इसी जातीय परिवेश में एकमेक रहा है। मेरा जन्म एक ऐसे परिवार में हुआ, जहाँ आस-पास हमारी ही जाति के सदस्य थे। सबका खान-पान, बोली-बानी, वेश-भूषा, तीज-त्योहार, रस्म-रिवाज लगभग एक से थे। अब सोचता हूँ तो घिन आती है इस एकरूपता से। मेरा रुझान आज 'बहुलता' में गहरे तक है और मानता हूँ कि यही बहुलतावादी समझ, हमें उन 'परायों' से जोड़ती है जिन्हें 'अपने'; शत्रु या विरोधी कहते थे या प्रचारित करते थे।

शायद यही कारण रहा होगा, कहीं गहरे अवचेतन में, जो पहली कहानी लिखी, वह एक गरीब मुस्लिम परिवार की थी। कहानी का नाम 'कोहरा' था और यह जे. वी.जी. टाइम्स, नाम के एक अखबार में छपी थी। सन् 95-96 की बात है। कोहरा

कहानी में एक मुस्लिम स्त्री की शोचनीय और दारुण पारिवारिक स्थिति को उठाया गया था।

शायद यही कारण रहा होगा कि अब 'हंस' में पहली 'एस धम्म सनंतनो' (यही धर्म सनातन है) कहानी छपी तो उसमें दलितों का आपसी जातिवाद भी था और मैत्री भी। इसी तरह वहाँ गैर दलित समाज के लोग सिर्फ 'खलनायकत्व' धारण किए हुए नहीं थे। तब तक की दलित कहानियों में, पात्र ब्लैक एंड व्हाइट फ्रेम में थे। दलित सब अच्छे ही थे और गैर दलित धूर्त और दुष्ट से नीचे कुछ न थे। मैंने सबसे पहले इस निर्धारित चौखटे को तोड़ दिया। इसकी वजह से, जाहिर है, मेरी मौखिक लानत मलामत भी खूब हुई। मेरी रचनाओं की प्रशंसा कम और आलोचनाएँ अधिक हुईं। इन सब आलोचनाओं ने मुझे शक्ति ही दी और पिछले कई सालों से लगातार मैं और मेरी रचनाएँ 'शक्ति' पा रही हैं।

हर रचना की अपनी एक निजी प्रक्रिया तो होती ही है परन्तु सभी रचनाओं की स्वतन्त्र और निजी प्रक्रियाओं के मध्य एक 'सुदृढ़' और 'साझा सूत्र' (कॉमन थ्रेड) भी होता है और यह सूत्र लेखक की दृष्टि अथवा विज़न होता है। निश्चय ही, यह विज़न उसके सामाजिक परिवेश, अध्ययन और सौन्दर्य दृष्टि से परिष्कार पाता है।

यह महज संयोग नहीं है कि मेरी लगभग सभी रचनाएँ स्त्रियों के संघर्ष और शक्ति से निर्मित हुई हैं। 'उधर के लोग' उपन्यास कहने को तो नायक की जीवन यात्रा का एक हिस्सा है परन्तु उसके जीवन को रूप और आकार स्त्रियाँ ही देती हैं। आयशा, वन्दना झा और संगीता—मित्र और पत्नी की तरह वहाँ हैं तो दूसरी तरफ दादी माँ यानी अम्मा का चरित्र सब पर छाया हुआ है।

जन्म लेने के तुरन्त बाद शिशु देखने लगता है या नहीं, मैं ठीक से नहीं कह सकता परन्तु जब भी मैंने ठीक से देखना-सुनना शुरू किया होगा, मेरे सामने मेरी माँ का गोरा लम्बा चेहरा और बड़ी-बड़ी काली आँखें रही होंगी। शायद इसीलिए, आज भी मेरे मन में यह धारणा अक्षुण्ण स्थापित है कि ऐसी स्त्रियाँ ममतामयी होती हैं। यह बिल्कुल मेरी मूर्ख धारणा हो सकती है। मेरे मन में बड़ी-बड़ी काली आँखों और गोरे लम्बूतरे चेहरे वाली स्त्रियों के प्रति सिर्फ आदरभाव होता है और चाहकर भी उनके प्रति कभी स्त्री-पुरुष के बीच के नैसर्गिक आकर्षण को महसूस नहीं कर पाता। समवयस्का होने के बावजूद कहीं कोई खिंचाव या तनाव नहीं होता। कैसी विचित्र 'कंडीशनिंग' है यह मन की।

मेरी रचनाओं की पत्नियाँ और प्रेमिकाएँ सब छोटी-छोटी आँखों और तिकोने-छोटे चेहरों वाली स्त्रियाँ हैं। 'चीख' कहानी में शुचिता, 'ढाई आखर' में समीरा, 'रात' में नयनतारा, 'पटकथा' में सुगनी, 'इज्जत' में उषा और 'उधर के लोग' उपन्यास में आयशा और संगीता ऐसे ही नैन-नक्श के चरित्र हैं।

मेरी माँ ने मुझे दूसरी कक्षा में ही बारहखड़ी सिखा दी थी। उसका सुफल मुझे आज तक मिल रहा है। मेरी वर्तनी की अशुद्धि कभी-कभार ही होती थी। मुझे इसके लिए अपने विद्यालय स्तर पर लगातार शाबाशी मिलती। पड़ोस में रहने वाली वीणा आंटी भी याद आती हैं। वह नैनीताल के पास के किसी जौली कोट इलाके की रहने वाली थीं। उस मोहले में वह कुछ समय पहले ही अपने जीवनसाथी के साथ आयी थीं। हमारे आसपास के माहौल में, वह सर्वाधिक शिक्षित महिला थीं। वह कुछ सालों बाद ट्यूशन पढ़ाने लगी थीं और 'ट्यूशन वाली आंटी' हो गयीं। मैंने पहली बार उनके ही घर पर 'साप्ताहिक हिन्दुस्तान', 'धर्मयुग' और 'सारिका' देखी थी।

वीणा आंटी याद आती हैं तो उनकी हँसी साथ-साथ चली आती है। वे इतनी देर तक हँसती थीं कि उनकी आँखों से आँसू निकल आते थे। उनका हँसना मेरे लिए बहुत ही विस्मयकारी था। कोई इतनी छोटी-छोटी बातों पर इतनी देर तक ठहाके लगाकर कैसे हँस सकता है—मैं उन दिनों सोचता। वे हँसते हुए बहुत सुन्दर लगती थीं; फूहड़ता कहीं दिखाई न देती।

जब 'ढाई आखर' कहानी की समीरा का चरित्र बन रहा था, तब शायद अवचेतन से उन्हीं की छवि उठकर चली आयी। समीरा से नायक बार-बार पूछता है कि 'आखिर तुम इतना कैसे हँस लेती हो?' समीरा जवाब भी देती है। वह कहती है—'तुम्हारे पास सवाल बहुत हैं। हँसने के लिए तुम्हें इनसे मुक्त होना होगा।' मैं जानता हूँ कि यह उस हँसी का सही कारण नहीं है, परन्तु मैं यह भी जानता हूँ कि उनकी हँसी एक रहस्य की तरह मेरा अब भी पीछा कर रही है। यह गुत्थी, मैं जब-तब सुलझाने की कोशिश करता हूँ। क्या कहानी के नायक का वह आभिभूत्य या आतंकित भाव, मेरी ही सोई हुई यादों की गहरी नींद टूटना था।

मनुष्य के मनोविज्ञान के बारे में मेरी एक गलत सलत धारणा यह भी बनी हुई है कि सामान्यतः किसी भी व्यक्ति के स्वभाव और चरित्र के बनने में शुरू के पन्द्रह-सोलह वर्ष ही मुख्य होते हैं; बाद के वर्षों में तो वह उसी 'बने' का विकास होता है। इसमें कई बार, विशेष स्थितियों में, अध्ययन और सामाजिक परिवेश का बदलाव ही परिवर्तन ला सकता है। इस पर भी, तुर्रा यह कि व्यक्तित्व के नीचे की गहरे दबी परतों में वह शुरुआती संरचना बनी रहती है, पूरी तरह नष्ट नहीं होती। जब-तब, व्यवहार में यह अचानक प्रकट होकर विस्मित कर देती है कि 'अरे, मैं अब तक वही हूँ, कहीं न कहीं।'

जाति और धर्म के प्रशिक्षण इस रूप में स्पष्ट ढंग से रेखांकित किए जा सकते हैं। ध्यान से निरीक्षण करें तो हम दूसरी आदतों को भी चिन्हित कर सकते हैं। परन्तु अक्सर हम इससे बचते हैं। अपनी ही नजरों में खुद को नंगा होते हम नहीं देखना चाहते। परन्तु किसी को भी यह नहीं भूलना चाहिए कि परिवर्तन लाने से पहले बोध का जागना बहुत जरूरी है। जाति और धर्म के ऐसे अनेक प्रसंग, मेरी कहानियों की

गौण घटनाएँ बने। अनेक चरित्र वहाँ से उठकर चले आये। कई स्थितियाँ, यथार्थ की शिला की तरह थीं जिनमें मैंने कल्पना से कुछ आकार और रूप तराशे।

'बलि' कहानी एक ऐसी ही घटना से प्रेरित है। यह बहुत बचपन की बात है। शायद मैं आठ-नौ बरस का था। अलवर, जो राजस्थान का एक जिला है, मेरी ननिहाल है। वहाँ मैंने पहली बार एक मेमने को कटते हुए देखा। यह बहुत ही भयानक अनुभव था मेरे लिए। खटीक जाति के लोग अक्सर भेड़-बकरियाँ पालते और मांस बेचने के लिए उन्हें काटते रहते हैं। परन्तु यह काटना बेचने के लिए नहीं था बल्कि खटीक पाड़े के कुछ परिवारों के लिए था। जब उसका गोश्त हमारे भी घर आया तो मुझसे वह खाया न गया। रात को मुझे बुखार आ गया। फिर धीरे-धीरे मैं इसे भूल-भाल गया। लगभग बीस साल बाद, दिल्ली में फिर किसी कारण से, मेरे पिता ने एक बकरे की बलि का आयोजन किया। इसमें पूरे रीति-रिवाज भी निभाए गये। खटीक समुदाय का ही एक व्यक्ति गाँव से बुलाया गया। वह गरीब व्यक्ति था और हमारे घर में एक नौकर की ही तरह बर्ताव कर रहा था। शहर में रहने के कारण इस बीच हमारे परिवार में मामूली आर्थिक बदलाव आ चुके थे।

इन्हीं सब सच्ची घटनाओं में कल्पना के रंग मिले और बनी 'बलि' कहानी। रस्मो-रिवाज के नाम पर पशुवध, मनुष्यों के अरमानों की बलि और एक गरीब व्यक्ति के चुपचाप कुर्बान हो जाने की कहानी थी यह।

'उपमहाद्वीप' में भी यही गाँव है।

वास्तव में, मेरी जिन्दगी में, देश के स्तर पर, तीन स्थान महत्वपूर्ण हैं। एक, कोटला मुबारकपुर जहाँ मैं पैदा हुआ। मेरी दादी और चाचा वहीं रहते थे। दूसरा, मदनगीर की हमारी कालोनी, जहाँ हमने अपना बचपन और जवानी जी। और इसी बीच, तीसरा स्थान हमारा ननिहाल, जो अलवर जिले के अखैपुरा मोहल्ले में था।

मेरी दूसरी कहानियों में भी देश लगभग इन्हीं तीन स्थानों से बना है, बेशक काल बदलता रहा है। वह कहानी की अपनी आन्तरिक जरूरत और दबाव में अपना रूपाकार लेता है। इन्हीं जगहों से मेरी यादें जुड़ी हैं।

इन्हीं बीहड़ और बियाबानों से बनी और बुनी है रचना प्रक्रिया की ये चादर।

8 जून 2012, नयी दिल्ली

—अजय नावरिया

विषय सूची

एस धम्म सनंतनो

"कोटे का है साला...बीमारी...जात छुपाता है," आवाज़ आ रही थी, वहुत मद्धिम पर एकदम स्पष्ट...और लगातार बार-बार वही आवाज़ मैं सुन रहा था, पर बस सुन ही सकता था, न कुछ करने की स्थिति में था, न हिलने-डुलने की, वो नींद नहीं थी...पर क्या मैं जाग रहा था? आँखें तो बन्द थीं शायद, क्योंकि वो मैंने नीलिमा के झिंझोड़ने पर ही खोली थीं, पर आँखें खोलते ही मैंने आँखें नहीं मली थीं, न ही अविश्वास से नीलिमा को देखा था, जैसा कि अचानक जागने या जगा देने पर देखा जाता है, और भी बहुत कुछ था, जो सुनाई पड़ रहा था, पर आँखें खोलीं तो बस यही आवाज़ याद थी। मैं भाग रहा था, बहुत सारी मक्खियाँ कॉलेज का स्टाफ रूम, कुछ रूखे, झड़े पेड़ों की तस्वीर-सी, पता नहीं चेतना का कौन-सा स्तर था। अचेतन, अवचेतन, अर्द्धचेतन, सचेतन, कुचेतन और, और न जाने कितने चेतन, आदमी और उसकी वुद्धि और उसके शब्द और उसका पाखण्ड या फिर वे बस विचारों की एक द्वाभा थी...एक झुटपुटा।

नीलिमा ने कुछ कहा था और चली गई थी, पर मैं...मैं वहाँ न था? शायद उसके कहे अल्फाज़ भी उसके पीछे-पीछे चले गए थे, उनके पदचिन्ह भी पीछे न रहे थे।

गाँव छोड़े पचास-साठ बरस हो गए। दादा जी जब तक जिन्दा थे, बताते थे कि नेहरू जी जब मरे, तब 20 वरस का था दया। दया दो बरस का रहा होगा, जब रात को चुपचाप तेरी दादी और मैं दया को लेकर गाँव से इस शहर में चले आए। दादा जी की काली बड़ी-बड़ी आँखों में झिलमिलाहट होती, उनके ताँबई रंग में आड़ी-तिरछी लकीरें होती, दादा जी बहुत हँसमुख थे, बात-बात पर उनका मजाक़ करना हमें बहुत अच्छा लगता था, वे कुछ नहीं तो छह फीट से भी अधिक लम्बे थे, असलियत कुछ और थी; जो हमें बहुत बाद में पता लगी। गाँव के एक सवर्ण के अत्याचारों से परेशान होकर उसे खूब कूट-पीटकर, उसका मुँह और हाथ-पैर बाँधकर एक सूखे कुएँ में फेंक आए थे दादा जी। पता लगने के भय से वह चुपचाप उसी रात गाँव छोड़कर भाग आए थे। हमें लोग कहते कि वे बहुत गुस्से वाले थे, पर हम विश्वास न करते। दादा जी हम पर कभी गुस्सा न होते थे। कभी भी। क्या इस तरह भी परिवर्तन सम्भव होता है?

अक्सर जिद करने पर दादा जी हमें पुरानी बातों को सुनाते, जो हम कहानियों की तरह चाव से सुनते। वे बड़ी खाट पर लेटे रहते। मैं और मिलिन्द उनकी बाजुओं और छाती पर पसरे-पसरे मुँह खोले कहानी सुनते रहते। हम दोनों भाइयों में दादा जी के पेट पर हाथ रखकर लेटे-लेटे कहानी सुनने के लिए झगड़ा हो जाता। मिलिन्द मुझसे दो साल बड़ा था। दादा जी उसे समझाते। हर कहानी के बाद दादा जी की आँखों में बिला नागा सफेद हँस के जैसा कुछ झिलमिलाता हुआ तैरता था और कहानी के अन्त में वे बिला नागा कहते, "आदमी रोया नहीं करते।" फिर चुपके से आँख पोंछ लेते। ये हम देखते थे। उनकी कहानियाँ बहुत रोचक लगती थी। उनकी कहानियों में कुछ ठाकुर थे, कुछ पुजारी, कुछ और पता नहीं कितने किस्म के लोग। मैं जब फिल्में देखता तो मुझे ठाकुर, जमींदार और पुजारी लोग बुरे लगते क्योंकि फिल्मों में वे लोगों को बिना बात पीटते या पिटवाते थे।

जब तक दादा जी जिन्दा रहे, मैंने कभी किसी को गाँव जाते नहीं देखा। पर गाँव के लोग अक्सर हमारे घर आते थे। हमारा घर पचास गज के प्लाट में बना था। दो बकरियाँ आँगन में हमेशा बँधी रहती थीं। दादा जी हमेशा पिता जी को समझाते, "दया, गाय-भैंस से अच्छी बकरियाँ हैं, थोड़ी-सी सेवा और जगह से ही खुश रहती हैं, मेरे वाद भी इन बकरियों को रखना।" वे बड़े प्यार से बकरियों को पुचकारते, पर दादा जी के बाद एक बकरी मर गई और दूसरी पिता जी ने बुआ को दे दी।

पचास गज का प्लाट भी दादा जी की व्यवहार-कुशलता के कारण ही मिल सका। दादा जी जब गाँव से शहर आए थे, तब बड़े नाले की पास वाली झुग्गियों में रहे थे। पिता जी सत्रह बरस के हो गए थे और नवीं जमात में पढ़ते थे। बुआ पिता जी से छह-सात साल छोटी थी और तीसरी-चौथी पढ़कर घर पर काम में हाथ बँटाती थी। पिता जी से पहले चार भाई गाँव में हुए थे, पर उनमें से कोई सर्दी से, कोई पीलिया से, बुखार से मर गया था। छह सन्तानों में दो ही बचीं। एक दिन सरकारी आदमियों का झुग्गियों में दौरा हुआ। प्रधान को खिला-पिलाकर दादा जी ने अपना और पिता जी का नाम अलग अलग झुग्गियों में दिखा दिया। सरकारी खातों में क्या भरा गया, पता नहीं। हाँ सरकारी आदमियों ने प्रधान के घर खूब दावत उड़ाई। दादा जी बताते हुए खूब हँसते कि उस रात बड़े बाबू तो पेंट-कमीज उतारकर कच्छे में नाचने लगे। कहानी सुनकर हम खूब हँसते। प्रधान भी हमारी जात का था। नेतागिरी करता था, पर ब्याह नहीं किया था उसने। जब शहर की गन्दगी साफ करने का ख़याल सरकार को आया तो शहर से दूर जे. जे. कॉलोनी कटी। तब बराबर के पच्चीस-पच्चीस गज के दो प्लाट हमें मिले। इस तरह पचास गज का प्लाट हमारा बना।

गाँव से बिरादरी के लोग आते और दादा जी के सामने खूब रोते। उन पर

खूब अत्याचार होता था। मारपीट से जुड़ी बातें हमें समझ में आर्त। थीं। दादाजी उन्हें दिलासा देते। गाँव से दो-चार और परिवार भी इस ब्रीच शहर आकर बस गए थे। महानगरों में लगातार बढ़ती भीड़ पर सेमिनारों या गोष्ठियों में क्यूँ लोग बेरोजगारी को ही रोए जाते हैं? वेइज्जत होने की बात कोई क्यूँ नहीं उठाता? महानगरों में बढ़ते जनसंख्या घनत्व का एक बड़ा अंश दलित जातियों का है।

फिर दादा जी के सौ बरस पूरे हो गए। मैं चौथी क्लास में था। पिता जी की तरक्की का कागज देखकर वे बड़ी राहत से लेट गए थे। पिताजी दसवीं में थे। तभी उनकी चपरासी की नौकरी लग गई थी। दादा जी ने उस महकमे के बड़े अधिकारी के घर की मरम्मत और एक नया कमरा डाला था। दादा जी ने गाँव छोड़ने के साथ-साथ ही पुश्तैनी काम छोड़ दिया था। वेलदारी करते-करते वे मिस्त्री बन गए थे। बहुत हुनरवाले और व्यावहारिक थे दादा जी। पर फिर भी वे ठेकेदार नहीं बन सके। यह नौकरी उसी सेवा का मेहनताना थी। बाद में पिताजी ने नाइट स्कूल से दसवीं की थी। उन्होंने उस रात मुझे भेजकर पिताजी को बुलाया था, "दया , गाँव की जमीन के टुकड़े का लोभ मत करना। वहाँ तुम मत जाना, मत जाना कभी वहाँ। आदमी जहाँ की यादें सींचे, वही उसे अपनी लगने लगती है। तुम यहाँ रहना, सुन रहे हो न, यहीं रहना, कोई नहीं है वहाँ तेरे लिए बोलने वाला। कोई वक्त नहीं बदला है। सिर्फ सरूप बदल गया है। पाखण्ड बढ़ गया है।" पिता जी चुपचाप सुनते रहे और हाँ-हाँ में सिर हिलाते रहे।

हम दादा जी के देहान्त के वाद भी दो साल तक उसी बस्ती में रहे। मकान किराए पर न चढ़ाते तो बुआ की शादी का कर्ज न पटता। दादी की जिद के चलते उन वक्तों में बुआ को आधा किलो चाँदी और चवन्नी भर की पाँच सोने की 'चीज' दी थी। दादी कहती, "मेरी कौन-सी दो चार हैं। एक है क्या उसका भी लाड़ न करूँ।" कहते हैं माँ उन दिनों भुनभुनाती रहती थी। किराए और पिता जी की तनख्वाह से धीरे-धीरे कर्ज पट गया था। वक्त का पंछी पंख खोलता है, तो फड़फड़ाने की आवाज नहीं होती। माँ के तर्क बड़े मजबूत थे, शायद यही वजह थी कि अन्ततः पिता जी सरकारी मकान में रहने की बात मान गए थे। माँ चरसियों, शराबियों, जुआरियों और चोरों की सोहबत से हमें बचाना चाहती थी। वह उस सरकारी स्कूल की स्तुति गाती जहाँ कोई एक गुरु जी ही पूरे स्कूल को संटी के जोर पर सँभाले रहते।

दादा जी के हाथों से लगी मिट्टी वाले मकान को पिता जी ने जूता गाँठने वाले मजदूरों को किराए पर दे दिया। वे बीस लोग थे, जो सुबह अपनी-अपनी लकड़ी की पेटी लेकर अपने ठियों पर निकल जाते और शाम ढले वापस आते। वे बहुत बेफ़िक्र लोग थे, पर बहुत ईमानदार। उन्होंने हमेशा किराया समय पर दिया। वे गरीब पर इज्जतदार लोग थे। मैं जब-जब शाम को पिता जी के साथ किराया

लेने गया, वे खाना बना रहे होते थे। खाना बनाते-बनाते गाना गा रहे होते। उनमें से कोई एक ढफली बजाने लगता, कोई अहाकर ताल देता। ये फिल्मी गाने नहीं होते थे। उनकी अपनी भाषा के थे। मुझे कुछ-कुछ समझ में आता था, क्योंकि दादा जी के गाँव के लोग यही भाषा बोलते थे। माँ भी पिता जी से कभी-कभी इसी भाषा में बात करती थी, पर हमसे सभी हिन्दी में बात करते। हमें वह भाषा कभी नहीं सिखाई गई। उल्टे बोलने पर डाँट पड़ती। क्या गँवार बनोगे? यह अपराध था, जैसे नीलिमा राहुल को सब्जियों-फलों के नाम हिन्दी में बोलने पर डाँटती है। उन मजदूरों के गीतों में कोई औरत परदेस गए अपने पति को याद करती थी या उनमें किसी सुन्दर औरत के नैन-नक्श के कंटीले होने की चर्चा होती थी। मैं पिता जी से पूछता, "ये लोग मोची हैं न?" "नहीं रैगर जाति के।" पिता जी अनमने से संक्षिप्त जवाब देते। "पर अपनी कालोनी में जो जूता ठीक करता है, वह तो मोची है।" मैं अविश्वास से पिता जी से कहता और सोचता कि एक ही काम करनेवाले दो आदमी अलग-अलग कैसे हो सकते हैं? "हाँ-हाँ इनके दो नाम हैं।" पिता जी जैसे पल्ला छुड़ाते, उनको लगता जैसे मैं उनकी जान खा रहा हूँ। "और हमारी जात?" मैंने पूछ ही लिया था। उनके चेहरे की परिचित गम्भीरता और गहरी हो गई थी। पर वे चुप रहे, पिता जी और दादा जी के स्वभाव में एक भारी फर्क यह भी था। दादा जी खूब हँसते-हँसाते थे। पिता जी को हँसते-मुस्कराते देखना एक असाधारण घटना होती थी। पर मेरे बार-बार पूछने पर वे मुस्कराए थे। "हमारी जात एस.सी. है, बाबा साहेब ने यही जात बताई है हम सबकी।" वे मुस्कराते हुए बोले थे, पर उनकी कनपटियों पर हल्का गड्ढा पड़ गया था। मैं जानता था पिता जी डॉ. अम्बेडकर की बात कर रहे थे।

"पर पिता जी, हमारी किलास में एक लड़का पड़ता है, उसके पिता जी भी मोची हैं, गुरु जी ने जब उससे किलास में उसकी जात पूछी तो उसने खुद को चमार बताया था। क्या मोची भी चमार होते हैं? क्या वे अलग होते हैं?"

"नहीं...सब एक हैं। हम सभी एक हैं। और अब तुम चुप रहो। दिमाग मत खाओ।" पिता जी ने आँख दिखाई। उनकी आँखें हमारे लिए लालबत्ती हुआ करती थी।

सरकारी कॉलोनी में आने से दो बदलाव आए। एक तो स्कूल में पूरे अध्यापक मिले जबकि यह भी सरकारी स्कूल था। दूसरे माँ को 'बहू' कहना छोड़कर मम्मी कहना शुरू किया। पहला परिवर्तन थोड़ा मुश्किल जरूर था। पर तालमेल बैठ गया। पर माँ को 'बहू' से मम्मी कहने में बहुत शर्म महसूस होती। दादा जी दादी जी हमेशा माँ को बहू कहते थे सो हम भी कहने लगे, पर यहाँ सारे बच्चे हम पर हँसते। तब हमने हारकर कभी बहू कभी मम्मी कहते-कहते आखिर मम्मी शब्द स्वीकार कर ही लिया। पिता जी धीरे-धीरे पापा बन गए। दो-एक बरस ने वह

आदत बना दी। हमें नए परिवेश के अनुसार संस्कारित किया जाने लगा था।

इस कॉलोनी में हमें बड़ी असहजता महसूस हुई, यहाँ सुबह दस-साढ़े दस के बाद एकदम मुर्दनी छा जाती। ब्लॉक में बस पुराने कपड़ों के बदले बर्तन देने वालों की आवाजें टकराती घूमतीं। माँ हमें बाहर न निकलने देती। गर्मियों की छुट्टियों में घर बदला था, हम दोनों भाई अपनी पुरानी बस्ती को याद करते और खिड़कियों की ग्रिल के पार देखते रहते। माँ डाँटती कि लू लग जाएगी। हम गुस्से से चिल्लाते, "फिर यहाँ क्यों आए? अपनी उस बस्ती में तो हमें लू नहीं लगती थी। वहाँ तो सब बाहर बैठे रहते थे, घूमते रहते थे।" हमें पुराने दोस्त बहुत याद आते।

बस्ती से थोड़ा दूर एक नाला था और उस पार खेत-ही-खेत थे। हम सब दोस्त दोपहर भर नाला टापते रहते थे। गुलेल बनाकर कबूतर-फाख्ते मारते थे। वहाँ सूखी झाड़ियाँ जलाकर उन्हें भूनकर खा जाते थे। हम में से ही एक लड़का घर से नमक और माचिस की तीलियाँ चुराकर लाता था। फिर कूडेदान से माचिस का खोका ढूँढ़ा जाता, आग जलाई जाती। नमक बुरककर हम भुने माँस को खाते। मेरा मन खाने को बिल्कुल न करता था।

"मैं नहीं खाऊँगा। बहू को पता लगा तो बहुत मारेगी। तू जानता है न चिमटा गरम करके पिचकाती है वो।" मैं बहाना करता, मुझे उसमें बिल्कुल स्वाद न आता था। हर बार यही बहाना करता था।

"अबे खा ले साले। बहू को कौन बताएगा।" उनमें से कोई कहता।

"क्या पता? साले तुम से ही कोई बता देगा।"

"नहीं बताएँगे।"

"कसम खाओ पहले, फिर खाऊँगा।" मैं विवश होते-होते भी हुज्जत करता।

"भाई माँ की कसम, धरती माँ की कसम।" सब धरती पर हाथ रखकर कसम खाते। इसी बीच कोई खड़ा होकर कसम पक्की करता, "अंडी-मंडी-संडी जो कसम तोड़े उसकी माँ पक्की रंडी।" फिर कोई कसम न तोड़ता था, विद्या-पढ़ाई की कसम तो सरकारी कॉलोनी में जाने के बाद जानी, वहाँ बच्चे विद्या-पढ़ाई की कसम ही खाते थे। अपनी-अपनी जरूरत और सीमाएँ थीं।

इस तरह सबके जिद करने पर थोड़ा-सा खाना पड़ता, जिसे कभी-कभी नजर बचाकर मैं थूक देता था। वे सब बहुत गरीब थे। उनके घरों की छतों पर तिरपालें थीं। उनके घरों पर इस बात का पता था शायद पर कोई उन्हें मना न करता था। शायद यह मौन स्वीकृति थी और मजबूरी भी।

उनमें से अधिकांश दोस्त पढ़ने नहीं जाते थे। कोई काँच बीनता था, कोई जूता-पॉलिश करता था। कोई गन्ने के जूस की दुकान पर गिलास धोता था, कोई साइकिल पंक्चर लगाने का काम करता था। उनके पास थोड़े पैसे जरूर रहते थे। उनसे वे फिल्में देखते थे, बीड़ी-सिगरेट पीते थे। समोसे, कचौड़ी और पान भी खाते

थे। मुझे भी वे साथ-साथ खिलाते और पिलाते भी। छुट्टियों में कभी-कभी मैं भी बिना घर पर बताए दोस्तों के कसम खाने के बाद काँच बीनने या जूता पॉलिश करने जाता। शुरू में शर्म आती थी, पर बार-बार करते रहने पर शर्म भी जाती रही। घर पर यह बात किसी को पता न लगती। ये काम मैं घर से हमेशा बहुत दूर और अंनजान जगहों पर करता था। मेरे साफ कपड़ों और तेल-चुपड़े बालों को देखकर लोग मुझसे पूछते, "पढ़ते क्यों नहीं? जूता पॉलिश क्यों करते हो?" "पढ़ता हूँ चौथी क्लास में।" मैं आँख चुराते हुए जवाब देता और अपने दोस्त चपेटा से जूता लेकर क्रीम लगाने लगता। "साब, ये भौत तेज है पढ़ाई-लिखाई में, अपनी मरजी से कोई करता है साब। पेट के लिए करता है। इसके माँ-बाप नहीं है। अनाथ है। साब अनाथ।" चपेटा किसी देखी हुई फिल्म का डायलॉग बोलकर बहुत दयनीय-सी शक्ल बनाता। चपेटा इतना कुशल था कि कभी-कभी तो बोलते-बोलते रोने भी लगता था, मैं चपेटा की तरफ देखता रह जाता। लोग दया करके हमें दो-दो रुपए देते कभी पाँच रुपए तक मेरे हाथ में रख जाते, जबकि पॉलिश करने की सिर्फ अठन्नी हम लेते थे। चपेटा हर इतवार को मुझे जरूर साथ ले जाता था। जाने से पहले कसम खाई जाती और फिर उसे पक्का किया जाता।

चपेटा जब पैदा हुआ था, तब वह पीलिया की चपेट में आ गया था। उसकी माँ उसका पीलिया झड़वाने बस्ती के पास के गूजरों (किसान) के गाँव के मन्दिर में गई। वहाँ का पुजारी ही पीलिया का झाड़ा लगाया करता था। झाड़ा लगवाने के बाद माँ ने पण्डित से उसका नाम रखने को कहा था, "इस पर पीलिया बाबा का कोप है बचने वाला तो नही है। अगर बचे तो चपेटा रख दियो। फिर बाबा दोबारा कोप नहीं करेगा। नाम से पता चल जाएगी।"

"ऐ पण्डित जी, अभी रख दूँ क्या?" चपेटा की माँ ने पूछा था।

"रख दे, क्या पता इसी से तंदुरुस्ती आ जाए।" वह बोला था, ऐसा हम सुनते थे।

चपेटा, रोंदू, भीक्या, राजकुमार, सुट्टल और गनेशी से मेरी खूब छनती थी। राजकुमार और मैं ही स्कूल जाते, चौथी क्लास में साथ-साथ हम सभी लगभग हम उम्र थे।

उस दिन दोपहर वैसी ही थी। तेज और गर्म। फाख्ते-कबूतर भी नाले के पास छाया में बैठे थे। और हम? हम हस्तमैथुन में जुटे थे। कर्मण्येवाधिकारस्ते मा फलेषु कदाचन। तभी एक गूजर (किसान) ने पीछे से आकर पकड़ लिया, दो थप्पड़ लगाए थे उसने। ऐसा झन्नाटेदार थप्पड़ जिन्दगी में फिर कभी न खाया। "सालों भागों इंगे तै, अभी तै नसें तोड़ डालोगे, हिजड़े हो जाओगे, हिजड़े" वह भगाते हुए पीछे से चिल्लाया था। बस वह शब्द हमारी समझ में आया था, 'हिजड़ा' बच्चा होने पर घाघरा उठाकर नाचने वाला। फिर हमने कभी इकसठ-बासठ नहीं

किया था...चाहकर भी।

माँ शायद बस्ती में इन्हीं बदकारियों से हमें बचाना चाहती थी। पर कई सालों बाद उस दिन वह सरल किसान कितना याद आया था, जब पता लगा था कि इस बीच गनेशी सात बच्चों का बाप बन चुका था। एक का मैं और तीन का राजकुमार। पुरानी बस्ती न रही, दोस्त न रहे। नए समाज, नई दुनिया में एक हीनताबोध, एक नफरत लिए हम पढ़े-बढ़े। इस आधुनिक, पढ़े-लिखे समाज में प्रत्यक्ष हिंसा नहीं थी हमारे लिए। प्रत्यक्ष नफरत भी नही। दबी आवाजें थीं, चीरती हँसी थी, व्यंग्य-भरी मुस्कराहटें थीं और...व्यंग्यपूर्ण विशेषण।

ये पड़ोस का बूढ़ा पीपल उसकी शाखाओं में अटकी वह लाल पतंग, "पापा उतार दो न यह पतंग...देखो अभी फटी नहीं है।" राहुज जिद कर रहा है, "नहीं बेटा वो बुरी तरह उलझी है।" मैं कह रहा हूँ, "आप ट्राई तो करो।" वह रुआंसा हो गया है। "उफ् ये पीपल कितना शोर करते हैं। पीपल के पत्ते, मेरी पतंग।" राहुल गुर्राया।

काश खून ने खून को पहचाना होता। इस पीपल की कैसी दुर्दशा होती तब और वह पतंग...नहीं जब वह लहकता लाल पतंगा होती, तब स्वाहा, वेद, पुराण, मनुस्मृति, व्यासस्मृति, गीता, रामचरितमानस...धूँ-धूँ-धूँ अरे पकड़ो...पकड़ो जंगल में बनी इस कुटिया से यह कौन अय्याश, तुंदियल, राजकुमारियों को भोगनेवाला शिखाधारी महल की ओर भागा जाता है? यह तो जाति का जन्मदाता कोई मनुष्य है। इसकी कुटिया...धूँ-धूँ-धूँ, इसकी धोती खुल रही है। धोती में लहकता पतंगा लगा है अरे ये हुजूम? कहाँ बढ़ा जा रहा है ये? राजमहल की तरफ? ये कौन है? अरे ये तो जोशी जी हैं, यादव जी हैं, वाल्मीकि जी हैं, कबीर के सूर्य को ग्रहण लगाने वाले आलोचक और समर्थक भी, अरे ये तो मैं हूँ, मैं ही हूँ, हाँ मैं भी, मैं भी हूँ...मैं भी, सबके हाथों में मशाल है, सब लहकते पतंगे हैं। हर पतंगे में लाल रंग है, नीला भी, साथ-साथ, वो अलग हो ही कैसे सकते हैं। जनभाषा में नारे हवा में तैर रहे हैं, एस धम्म सनंतनो...एस धम्म सनंतनो...एस धम्म सनंतनो, राहुल-राहुल दादा जी।

"उठ जाइए अब, आँखें बन्द किए क्यों पड़े हो।" दूर कहीं से एक आवाज धीरे-धीरे तैरती आ रही है, क्या नीलिमा...हाँ, नीलिमा। एस धम्म सनंतनो।

बलि

"मऽऽऽ।" कलेजे को चीर देनेवाली आवाज के साथ ही दिल दहला देनेवाली एक भारी आवाज हुक्म की तरह सुनाई पड़ी थी, "जोर लगा के दाब पैर, कालू।" बकरी का मेमना पड़ा-पड़ा अब फड़फड़ा रहा था। और मैं जमीन पर पड़े उस मेमने के पूरी ताकत से पैर दाबे था। मेमना पड़ा-पड़ा थरथरा रहा था पर उसकी आवाज अब बन्द हो गई थी। परन्तु उसकी आँखें अब भी मेरी तरफ गड़ी थीं, मानो यह मुझसे, अपनी दोस्ती का कसूर पूछ रहा था। काका (पिता) छुरी से उसका गला रेतकर अब शान्ति से चुपचाप बैठा पत्थर की सिल्ली पर छुरी की धार पैनी करने में लगा था। मैं भाग जाना चाहता था वहाँ से, पर अब बहुत देर हो चुकी थी। सात साल का मैं, सात महीने के अपने ही खिलाए मेमने पीलू के पैर...वहाँ से छोड़कर भागने का मतलब था काका से दोबारा जोरदार पिटाई खाना। कमजोर पैदा होना गलती होती है, पर कमजोर बने रहना गुनाह हो जाता है। इन सारी बड़ी बातों के बावजूद मैं कमजोर तो तब था ही न भैया। मेमना अब पूरी शान्ति से पड़ा था। बीच-बीच में रह-रहकर हल्के से वह धड़धड़ाता उसे धड़धड़ाते देख मुझे पसीने आ गए थे। आँख से आँसू भी। पीलू अगले सात-आठ मिनट में एकदम शान्त हो गया था।

"चल हट यहाँ से।" काका छुरी पैनी कर नीम के पेड़ के नीचे फिर आ गया था। वहीं जहाँ पीलू की लाश पड़ी थी। और मैं अब भी उसके पैर कसकर दबाए था। "अब छोड़ इसे, क्या उठकर भागेगा ये? जा रस्सी बाँध नीम पर।" मैं यन्त्रवत उठा और नीम की मजबूत डाल पर रस्सी बाँध दी। काका ने पीलू की लाश को उठाकर उसकी सिरी को धड़ से एक ही बार में अलग कर दिया। थोड़ा-सा खून अब भी निकला। गला रेतने के बाद गर्दन से अब तक खून बहकर तसले में भर चुका था। "जा अपनी जीजी को दे आ, इसका नातर बना लेगी।" खून से भरे तसले की तरफ इशारा करते हुए काका ने सहज भाव से कहा था।

मैं जानता था कि जीजी इस खून को चूल्हे पर चढ़ाकर थोड़ा तेल, मिर्च, नमक और प्याज डालकर नातर पका देगी। फिर सब उसे चाव से खा जाएँगे, जैसे अब तक खाते रहे थे। काका ने पीलू के घुटने तक काटकर पाए अलग कर दिए। सिरी-पाए एक तरफ रखकर उसने पीलू को पिछली टाँगों से निकलती मोटी

नस से बाँधकर नीम की डाल पर उल्टा लटका दिया। खून की बूँद अब भी उस लाश से चू रही थी। घुटने से धीरे-धीरे बहुत सधे हाथों से वह खाल उतारने में जुटा था। "इधर आ, देख खाल कैसे उतरती है। खाल कहीं से कटनी नहीं चाहिए, नहीं तो सस्ती जाएगी। और मांस भी खाल पर नहीं रहना चाहिए। ध्यान से देख इधर। कहाँ ध्यान है तेरा।"

मैं खून से भरा तसला जीजी को दे आया था। नातर बनाने के लिए। दूर खड़े देखकर काका ने कड़ककर आवाज लगाई थी। मैं धीरे-धीरे खिसककर पास आ गया था। मेरा प्यारा-सा बच्चा, पीलू उल्टा लटका कितना डरावना लग रहा था। काका ने उसकी खाल उधेड़ दी थी। थोड़ी ही देर में जीता-जागता मेरा बच्चा पीलू गोश्त के ढेर में बदल गया। ग्राहक उसको दुकान से खरीदकर ले जाएँगे। कोई कपूरे खरीदेगा, कोई सिरी, कोई पाए, कोई गरीब खटीकनी (खटीक औरत) ओजड़ी और फेर ही खरीदकर अपने शराबी आदमी का शौक और भूखे बच्चों का पेट भर देगी। उछलता-कूदता मेरा पीलू मेरा मुलायम-सा बच्चा किसी को याद नहीं आएगा। मैंने शायद यही सब सोचा होगा उस वक्त। "अबे देख रहा है कि नहीं? तेरा ध्यान कहाँ है? ले पकड़ इसे।" काका ने खाल ऐसे उतार दी थी जैसे सुआटर उतारा हो। उसने पीलू के पेट को तेज छुरी से चीर दिया। उसके ओजड़ी-फेर थैली से लटक गए थे। काका ने उसके ओजड़ी-फेर, गुर्दे, कलेजी और फेफड़े तेज छुरी के दाब से अलग करके हाथ में थाम लिए थे। साले ग्राहकों का क्या करें? सबको बच्चे का मुलायम गोश्त ही चाहिए?" काका को बुदबुदाते हुए मैंने सुना था।

आसमान में सूरज पश्चिम की तरह ढुलकने लगा था। सड़ी गर्मी पड़ रही थी। पेड़ पर उल्टे लटके पीलू की परछाई लम्बी हो गई थी। काका पेड़ के नीचे उकडूँ बैठा चुपचाप बीड़ी फूँकने में लगा था। काका बिल्कुल गिद्ध-सा लग रहा था। पर मुझे तो पीलू याद आ रहा था। मैं-मैं करता, उछलता-कूदता मेरा पीलू। सरू बियाई थी, तब से पीलू को मैंने ही सँभाला था। वही मेरा साथी था, वही मेरा भाई था। अपने हाथ से पत्ते खिलाता था मैं उसे, अपनी गोदी में बिठाक़र पूरी-पूरी दुपहरी उसके साथ खेलता रहता था मैं।

सरू को 'हरी' कराने मैं भी गया था, काका के साथ। सरू ने दो बच्चे दिए थे। पीलू बकरा था और शान्ति बकरी। जब काका उसे काट रहा था तब सरू दूर सामने आ खड़ी हुई थी। दूर खड़ी-खड़ी वह मिमियाती रही। पर पीलू की नजरें सरू की तरफ नहीं थीं, वह तो मुझ पर नजरें गड़ाए था। शायद वह कसाई बाप के कसाई बनते बेटे को देख रहा था। सरू का तो दो दिन तक दूध नहीं उतरा था। और कर भी क्या सकती थी वह? कमजोर नसलों के भाग में तो दूसरों का खाना बनना ही बदा है भैया? काका उसको साइकिल पर टाँगकर

मण्डी ले गया था। सिरी और पाए उसने पीछे कैरियर में दबाए और धड़ आगे डंडे से लटका दिया। जाते हुए उसने अपनी आदत के मुताबिक जीजी को आवाज भी दी थी। कैसा गुलाबी रंग था पीलू का अन्दर से, जैसे खून को बहुत धोने के बाद होता है। साइकिल पर टँगे हुए भी मैंने उसे जब आखरी बार देखा तो वह मुझे फड़कता हुआ-सा लगा था।

काका चला गया था। मैंने उसके जाते ही उल्टियाँ कर दीं। मैं नीम के नीचे पड़ी खाट पर ही लेट गया। जाने कब आँख लग गई। सपने में पीलू सामने खड़ा था। वह शेर की तरह गुर्रा रहा था। उसके बड़े-बड़े, पैने-पैने दाँत थे। शेर की तरह। मैं और काका उसके ढोक दे रहे थे। वह हमारी तरफ बढ़ा ही चला आ रहा था। उसके हाथों में पैनी छुरियाँ थीं। मैंने देखा काका बकरा बनता जा रहा है। 'जीजी' मैं जोर से चिल्लाया। झटके से आँख खुली, पर जीजी वहाँ थी ही नहीं। वह कुएँ पर पानी भरने गई थी। अँधेरा अभी घिरा नहीं था। अभी छुटपुटा था। पर जल्द ही रात घिर जाने वाली थी।

जीजी लौटी तो खाट पर लेटे देख उसने मेरे माथे पर हाथ रखा। "अरे तुझे तो ताप हो रहा है। चल खड़ा हो अन्दर चलकर लेट।" वह बहुत प्यार से बोली थी। "तू कहाँ गई थी।" मैंने रूआँसी आवाज से पूछा था। "कुएँ पर पानी लाने।" उसने मुझे गोद में उठाने की कोशिश करते हुए कहा था। मुझे अन्दर लिटाकर राई-मिर्च लाकर मेरी नजर उतारने लगी थी जीजी। माँएँ ऐसी ही होती हैं। अपने खून पर आई जरा-सी आफत उसे पीर-फकीर, सयाने-ओझा तक पहुँचा देती है।

रात घिर आई थी मेड़ी (छान की झोंपड़ी) में जीजी ढिबरी जला गई थी। काका मण्डी से लौट आया था। 'नमक लइयो रे कालू। कहाँ है री तू कालू की माँ, सुन नहीं रही क्या?" काका ने रोज की तरह आते ही कड़ककर आवाज लगाई। टेंट से गुलाब का अद्धा अब तक वह निकाल चुका होगा और कप में डालकर एकाध कप पी भी चुका होगा। मैंने मेड़ी में लेटे-लेटे ही काका की आवाज सुनने के बाद अगले दो-चार पलों का अन्दाजा लगाया था। काका का यह रोज का नेम था। उसे नींद न आती थी...गुलाब या कस्तूरी का अद्धा चढ़ाए बिना। पीने के लिए वह इतना बेसबरा हो जाता था कि नमक का इन्तजार भी उसे एक जनम-सा लगता था।

"मैंने तो तुझे पहले ही मना की थी। छोरा छोटा है पर तू जिद कर लेता है। ताप में पड़ा है। नातर भी नहीं खाया उसने।" ये जीजी की आवाज थी। वह भी काका के साथ जा बैठी थी। "क्या बात हुई।" काका ने इस बार कुछ मुलायम आवाज में कहा, "रो रहा था। कह रहा था पीलू को भी काट दिया काका ने।" यह जीजी की आवाज थी। "तो क्या उसे पालकर साँड बनाता। और किस मतलब का था वो। बाद में भी कटना ही तो था वो। बच्चे के गोश के गाहक जल्दी

मिल जाते हैं री। गाहक का क्या करें। बच्चे की रास जल्दी चुक जाती है। बड़ी रास को बच्चे के सामने कोई नहीं पूछता। थोड़ा गोश मैंने पहले ही बचा लिया था। ले बना लियो।'' काका ने हमेशा की तरह अंगोछे से गोश्त निकालकर जीजी को दिया होगा। खून के दाग काका के अंगोछे पर लगे होंगे। मैंने लेटे-लेटे ही अन्दाजा लगाया था। ''कालू को मत बतइयो कह दियो दूसरी रास का है।'' मैं सुन रहा था काका की आवाज। यही है अपनी कहानी बेटा। तुमने कहा सुनाओ तो सुना दी। मैं भी खुसमान की उमर का ही तो था तब। इसीलिए मैंने खुसमान को हटा लेने को कही थी। पर भाई साहब जिद कर गए कि इसी के नाम पर बलि बोली है, इसके सामने ही काटो। मैं फिर चुप पड़ गया था। पर वह एकदम घबरा गया था। कटा गोश्त देखने में और कटते बकरे को देखने में फरक होता है भैया। मैं भी कोई पैदायशी कसाई नहीं था। ये तो काका की मार और टरेनिंग ने बना दिया।'' कालू उसी कमरे की तरफ झाँकते हुए बोला जहाँ कुषाण को उसने जाते हुए देखा था। उसकी आँखें बेरौनक जर्द और खामोश थीं। कालू की आँखों में दीनता झलक रही थी। वहाँ से आँख हटाकर वह अब मेरी तरफ देखने लगे थे। पर वह अटके कहीं और ही थे। जैसे कीड़ा खाए दाँत से फँसे टुकड़े को निकालते वक्त आँख कहीं होती है और ध्यान कहीं।

कोई गहरा दर्द था। जो खूँटे से बँधा था और तोड़ते न बनता था। और आज वह बलि का दिन है। जिसके लिए कालू को पिता जी ने खासतौर से गाँव से बुलाया है। पिता जी को मैं कैसे समझाता कि बच्चे के होने में किसी देवी-देवता का नहीं सारा जोर मेरी जाँघों और मेरी पत्नी की पिण्डलियों का था। खैर कालू आया है, आने-जाने किराए के अलावा, खाल और दो सौ इक्यावन रुपए देने की बात की थी पिता जी ने। मन्दिर के चक्कर लगाते-लगाते पिता जी को हर रकम पर एक रुपया लगाने की आदत पड़ गई है। और खुला एक रुपया आजकल जल्दी से मिलता नहीं है। कालू अपने इलाके का नामची कसाई है। ऐसा पिता जी ने कहा। पिता जी ने यह भी कहा कि कालू घड़ी देखकर पाँच मिनट में बोटी-बोटी काटकर अलग कर देता है। बोटियाँ, फड़कती रहती हैं। बोटी को जैसी सफाई से वह काटता है आजकल के लड़के क्या काटेंगे। हुनर नहीं रहा वो। फैसन करा लो। बोटी पर दुनियाभर के तो छिछड़े ही रह जाते हैं। पर कालू की हाथ से कटी बोटी तो ऐसी कि देखते ही मुँह में पानी आ जाए। और पिता जी कहते हुए सच में ही थूक गटकते जैसे बोटी उनके मुँह में ही रखी हो।

मैं इस अनुष्ठान से शुरू से ही दूर था। मैं अपने कमरे से बाहर ही नहीं आया था, पर कुषाण को लेकर जब अनीता कमरे में आई। तब सारा माजरा मेरी समझ में आया। मैं गुस्से में कमरे से उठकर बाहर आने लगा तो अनीता ने रोक लिया, ''रुको अविनाश जाने दो। बेकार बखेड़ा हो जाएगा। पापा तुमसे इतना नहीं

कहेंगे जितना मेरी जात की छीछालेदार करेंगे। उन्हें तो मौका चाहिए। जाने दो। दो-तीन महीनों की बात और है फिर तो सरकारी फ्लैट मिल ही जाएगा। जात के ताने सुना-सुनाकर उन्होंने मुझे...'' वह चुप हो गई थी।

कुछ देर बाद मैं कमरे से बाहर निकला था। पिता जी वहीं बैठे थे। ''मिल गया टैम बाहर निकलने का। हम तो तुम्हारे लिए मरे कटें। और आप लाट साहब घर में बैठे हैं। ये है हमारे बड़े सपूत, भैया कालू। जात में नाक कटा दी इसने पता नहीं यू.पी. से किस गौतम बुद्ध की बेटी से ब्याह कर आया था चुपचाप। पर ये हमारा ही कलेजा है कि इसे और उसे फिर भी अपने घर में जगह दे दी। वरना फिरते मारे-मारे।'' मेरी तरफ इशारा करते हुए पिता जी ने कालू से कहा था, ''अरे रामा-किसना तो कर ले रामेसर। चाचा लगता है तेरा कालू। यह भी भूल गया हो तो वो क्या कहता है तू, तेरा जयभीम कर ले।'' माँ का प्यार पिता जी के व्यवहार पर भारी था। वरना मैं और अनीता कभी एक पल भी यहाँ नहीं रहते।

माँ पिता जी को नहीं समझा सकती। उन्हें दुनिया का कोई इन्सान नहीं समझा सकता। वह ये मानते हैं और घोषणा करते हैं कि दुनिया में उनसे बड़ा समझदार और मुझसे बड़ा मूर्ख कोई नहीं है। पर माँ? माँ अनीता को वैसे ही प्यार करती है जैसे मुझे। माँ जब तक सिर्फ माँ होती है तब तक उसके मुकाबले प्यार देनेवाला संसार में कोई दूसरा नहीं होता। वे अनीता की भी सास नहीं बनी थीं। उसे बेटी की ही तरह अपनाया था उन्होंने। मैंने कालू चाचा का अभिवादन किया और कुर्सी पर बैठ गया। पिता जी भी सामनेवाली कुर्सी पर बैठे थे। सिर्फ कालू नीचे उकड़ूँ बैठा बीड़ी पी रहा था। ''ऊपर बैठिये।'' मैंने खाली कुर्सी की तरफ इशारा करते हुए कहा। ''नहीं नहीं भैया, मैं तो यहीं ठीक हूँ।'' कालू ने मुस्कराते हुए कहा। कुषाण को उल्टियाँ करते देख वह चालीस साल पीछे पहुँच गए थे। वह अपना काम निपटा चुके थे। बड़े पतीले में सारा गोश्त भरकर रख दिया गया था।

''उसे बुलाकर तो ला बेटा।'' कालू ने कहा था। कालू की सुरमा लगी आँखों के किनारे पर इकट्ठी मैल पर मेरी नजर पड़ी तो मुझे उनसे थोड़ी अरुचि-सी हुई। ''किसे?'' मैंने उसकी आँख की मैल से भरसक अपनी नजर हटाते हुए उनसे पूछा। ''क्या अंग्रेजी-सा नाम है भैया तुम्हारे बेटे का। मेरी तो जबान पर ही नहीं चढ़ रहा है। खुसनाम।'' उन्होंने हकलाते हुए कहा तो मुझे हँसी आ गई।

''खुसनाम नहीं कुषाण।'' मैंने कहा तो वह झेंपकर बोले।

''हाँ भैया खुसनान, खुसनान।''

''अरे ऐसे-ऐसे नाम रखेंगे तो किसको याद रहेगा।'' ये पिता जी का वार था। हमारी तरफ आते हुए पिता जी के कान में कालू के ये शब्द पड़ गए थे।

उनके चले जाने से मैं राहत महसूस कर रहा था।

"सब उसी का किया धरा है, ये तो जोरू का..." मैंने पिता जी की तरफ आँख तरेरकर देखा तो एक पल को वे चुप हो गए। पर वे ज्यादा देर तक चुप नहीं रह सकते। "किसी का डर पड़ा है क्या मुझे अपने घर में। मेरा घर है सच्ची बात है तो डंके की चोट पर कहूँगा। जिसके जहाँ सींग समाए चला जाए। क्यों भैया कालू। ये सब उसी काले मूंड वाली का जादू है। आचार जी कहते हैं कि अपने धर्म में मौत से तो सुवर्ग मिलता है। मैंने तो रामकुमार रखा था लाला का नाम पर नहीं भैया इससे तो हमारा कोई सुख देखा नहीं जाता। मूरख कहता है इससे गुलामी की बदबू आती है। राम के नाम में भी इसे दिक्कत है। अपना नाम भी बदल लिया इसने, वो छोटा है न मेरा रामसहाय। वो है जबर मर्द। ऐसा आज्ञाकारी कि पूछ मत और उसकी औरत मजाल कि औरत चूँ भी बोल जाए। एक बार चिल्लाकर पड़े तो मूत निकलने को हो जाए। उसके लड़के का नाम मैंने गनेशी रखा है। गनेशी मल। बड़ा होकर दुकान सँभालेगा लाला गनेशीमल।"

पिता जी का पुराण शुरू हो चुका था। उन्हें शुरू होते देख मैं पहले ही उठकर चला जाना चाहता था परन्तु कालू से बात करने का मोह संवरण नहीं कर पाया। मनचाहा वैसे भी पूरी तरह नहीं मिल पाता, कुछ अनचाहा छिछड़ों की तरह चिपटा ही रहता है। पिता जी की यह अभद्र भाषा शुरू से ही मैंने सुनी है। हालाँकि दुकान पर वह एक दूसरे ही पिता जी होते हैं। मीठे, मृदुभाषी, पर दुकान बढ़ाते ही वे दुकानवाले पिता जी को भी बढ़ा आते हैं। माँ से बात करते हुए बात-बेबात उसके मायकेवालों की म, ब, भ करना उनका प्रिय शौक रहा है। माँ के साथ दो बातें करना भी उन्हें बेमतलब बात से ज्यादा कुछ नहीं लगा। "कालू भाई, इसने बिरादरी माता को रुसवा किया है। मेरी जो नाक कटाई वो अलग। जयपुरवालों से रिश्ता ठीक कराया था...विचौलिये ने। अब तुझे तो सब पता है। हमारे पास किस बात की कमी है। पर बेटी वाला देवे तो कोई हाथ तो नहीं रोकेंगे उसका! अपनी बेटी को देते हैं सब। बिचौलिया कहता था पाँच लाख तो नकद की ही कह रहे थे। पर भैया इसकी फूटी किस्मत, मास्टरनी ले आया ब्याह के। जोरू से कमवाएगा। जोरू की कमाई खाएगा। पूरी जिन्दगी भी कमाएगी तो पाँच लाख के दर्शन नहीं होंगे। और जिन्दा बचा तो देखूँगा इसके बच्चों का ब्याह कौन-सी बिरादरी करेगी। उठा लाया ऽऽऽ।"

"चुप रहिए। एकदम चुप। शर्म नहीं आती आपको।" मैं इतनी जोर से चिल्लाया कि पलभर सब सकते में आ गए। मैं जानता था कि इसके आगे वे अनीता की जात को गाली ही देंगे। "जान खा ली है आपने हमारी। जात, जात, जात...कुत्ते, बिल्ली हैं क्या हम। किससे शादी की, किससे नहीं करनी थी। यह मेरा मामला था। एक बात के पीछे पड़ जाते हैं जब देखो। मैं तो खुद यहाँ रहना

नहीं चाहता। और कान खोलकर सुन लीजिए अपने बच्चे का नाम मैं अब्राहम रखूँगा, सिद्धार्थ रखूँगा पर रामलाल, श्यामलाल नहीं रखूँगा। समझ गए आप।" मैं बुरी तरह फट पड़ा था। बर्दाश्त करने की भी कोई सीमा होती है। पिता जी जानते हैं कि माँ की वजह से मैं चुप रहूँगा; तभी वे अंट-शंट बके जाते हैं। मैं बुरी तरह चिल्लाने लगा था। उन्हें चुप कराने का यह तरीका मैंने धीरे-धीरे सीख लिया था। अब वे शान्ति से बैठ गए थे। सफेद-कुर्ते पाजामें में वह एकदम बगुले से लग रहे थे। बगुला भगत...। मैं उन्हें बताना यह भी चाहता था कि डॉ. अम्बेडकर नहीं होते तो आज वे गाँव के किसी खटीक पाड़े में बैठे बकरे काट रहे होते। यह रामसहाय उस बकरे के पैर पकड़े बैठा होता। पर मैं क्रोध में बहुत कुछ भूल गया।

कालू घर के इस झगड़े को देख चुपचाप छुरी पर धार लगाने लगा था। चार-पाँच मिनट बाद पिता जी उठकर अन्दर चले गए। उनके जाने के बाद मैं जबरन मुस्कुराया। मुझे मुस्कुराते देख कालू फटी-फटी आँखों से मुझे देखने लगे। "अरे चाचा, ये तो आए दिन की कहानी है यहाँ। कब तक दिल से लगाए अपना खून जलाते रहें ये ऐसे ही चुप होते हैं। मुझे बुरा लगता है ऐसे बोलना, पर इनका इलाज यही है। जो इनसे ज्यादा जोर से चिल्लाएगा, वो जीत जाएगा। माँ, मामा, नाना, सब सुन लेते हैं बेचारे तो ये खूब चिल्लाते हैं उन पर इन्हें आदत पड़ गई हैं अपनी बात बड़ी करने की।" कहकर मैंने कुर्सी के पास बड़ी चमकदार छुरी उठाई। "अपनी तो यही सच्चाई है चाचा।" छुरी को आगे-पीछे चलाते हुए मैंने कहा, "ना बेटा, भाई साहब पहले ऐसा नहीं था। बहुत हँसमुख-हँसोड़ था ये तो। बीस साल का रहा होगा लगभग तब तक तो गाँव में ही रहता था। दिल्ली में तो बाद में आया। ब्याह हुआ उसके बाद। भाभी को गाँव में ही छोड़कर शहर कारोबार करने आ गया था। खूब फला था इन्हें वो धन्धा। गाँव खूब पैसे भेजते थे, गाँव में बहुत चर्चा होती थी इसकी। दिल्ली आने के पाँचवें-छठवें साल में ही सारा माल जलकर राख हो गया था। फिर वही शुरुआत, तुम्हारा दादा बहू को लिवा ले जाने को कहता पर भाई साहब कोई-न-कोई बहाना करके टाल जाता था। जी पर चढ़ी नहीं थी शायद भाभी।" उसने मुस्कराते हुए दूसरी बीड़ी सुलगा ली। माचिस की तीली कई बार फूँक मारकर बिल्कुल बुझा दी। "हाँ, दादा, दादी को मुफ्त की नौकरानी मिल गई तो वो क्यों जिद करते।" मैंने व्यंग्य करते हुए कहा। "नहीं, नहीं भैया, बात तो कुछ और ही थी। बड़े राज की बात है। कसम उठाओ कि कभी जिकर न करोगे तो बताऊँ।" उसने बहुत दबी आवाज में कहा, "अच्छा ये सब छोड़िए, आप तो ये बातइए कि आपको बुखार हो गया तो फिर आपके पिता जी ने आपके सामने दोबारा रास नहीं काटी।" मैंने बात को अपने मनचाहे रुख पर लाने के लिए एकदम बदल दिया। कुछ लोगों में लगाई-बुझाई की बहुत बुरी आदत होती है।

"अरे कहाँ, काका ऐसे मानने वाला कहाँ था? वो बहुत कड़ा था। मेरी जीजी को बहुत फटकारा था उसने। अपने पूरजों का काम नहीं करेगा तो क्या पटवारी बनेगा? अपनी जात के काम में ही अपनी सान होती है।" वो कहता था, ताप तो दो दिन उतर गया था। मैं गाँव की पाठशाला में पढ़ने जाता था। वहाँ से लौटता तो फिर काका के साथ मण्डी जाने लगा, मैं अकेला ही था। और कोई औलाद तो थी नहीं जीजी के। जीजी मना भी करती थी पर वह नहीं मानता था। चार-पाँच साल में मैं भी रास काटना खूब सीख गया था। बारह-तेरह साल का तो मैं अकेला ही दो-तीन रास काट लेता था। लोगबाग कहते थे काका से कि तेरा कल्या बहुत बढ़िया कारीगर बनेगा एक दिन। काका की छाती फूल जाती थी सुनकर। काका यही तो चाहता था। मैं उसके बुढ़ापे की लाठी था। काका की तरह रास काटने के बाद बीड़ी पीने का मेरा भी मन होने लगा। धीरे-धीरे मैं भी बीड़ी पीने लगा ाा खूब। काका ने कई बार देख लिया था, पर कभी डांटा नहीं मुझे।" कालू छुरी उठाकर धार पर अँगूठा फेरने लगा।

"पढ़ाई-वढ़ाई नहीं की फिर।" मैंने पूछा तो जैसे सोते से जागे वह। "कहाँ ...चौथी कक्षा तक तो पाठशाला गया था पर बाद में मन नही करता था। माटसाब का व्यौहार भी जी जलाता था। बामन-बनियों के टाबर (बच्चे) भी चिढ़ाते थे जात का नाम ले-लेकर गालियाँ देते थे। फिर मेरा मन भी फटने लगा था। रोज-रोज की इस बेस्ती को कब तक सहता। दूसरी तरफ मण्डी थी। वहाँ सब मेरे फन की तारीफ करते थे। फिर छूट गई पढ़ाई-वढ़ाई।" उनके माथे पर कितनी सलवटें थीं। उनका मन कसैली यादों से कड़वा गया था। "पर चाचा क्या आपको कभी ये नहीं लगा कि खून की कमाई है। मतलब पाप नहीं लगता था जीव को मारना।" मेरे मन में अनेक सवाल थे जिनके जवाब उन्हीं के पास थे। "काहे का पाप भैया। हाँ पर, शुरू में तो लगता था बुरा, दो-तीन साल तक तो मन नहीं होता था। फिर आदत पड़ गई। तारीफ भी होती थी। इससे बहुत हौसला बढ़ता था। भैया ये तो काम है। हलाल की कमाई है। मेहनत का काम है।" वह बहुत धीमी आवाज में बोले थे, इस बार जैसे उन्हें खुद अपनी कही बातों पर विश्वास न हो।

"हाँ चाचा, ये काम तो है परन्तु लोग-बाग तो इसे गन्दा ही समझते हैं न। अभी आप ही बतला रहे थे कि बनिया-बामन के टाबर और माटसाब आपके साथ अच्छा बर्ताव नहीं करते थे। ये सब उसी काम की वजह से ही तो होता था न आपके साथ।" मैंने और कुरेदा। वह एकदम आवेश में आ गया, "भैया अगर ये काम गन्दा है तो ठाकरों के साथ कोई छुआछात क्यों नहीं करता? ठाकर भी तो शिकार करते हैं, मांस खाते हैं, जंगली सुअर, हिरन, खरगोश तक खाते हैं वो तो अब भी। हम तो पेट के लिए काटते हैं और वो, पर उनके साथ कोई करता है छुआछात। नहीं-नहीं कमी पेशे की नहीं, गरीबी की है। हमसे वो छुआछात इसलिए

करते हैं क्योंकि हम गरीब हैं। बामन-बनिया तक ठाकरों के सामने बेअदबी नहीं करते। अब तो वक्त और बदल गया है। मीणे-गूजर ही ठाकर बना दिए हैं। गाँव में तो अब इन्होंने जीना मुश्किल कर रखा है।'' उसके इस ग्रामीण परन्तु सुलझे हुए तर्क से मैं वाकई कुछ पल के लिए सोचने को विवश हो गया था।

''धन्धे से कोई शिकायत नहीं, पर बच्चा काटने में अब भी जी नहीं ठुकता।'' बीड़ी सुलगाते हुए उसके मुँह से अनायास ही कुछ शब्द चिनगी की तरह चमके थे। ''अच्छा चाचा आपके परिवार में और कौन-कौन है?'' मैंने बात को व्यक्तिगत करने के उद्देश्य से पूछा यह सुनकर पलभर वह चुप रहे थे, फिर बोले, ''तेरी चाची थी। सात साल पहले अकेला छोड़कर चली गई।'' उनका स्वर भीगा हुआ था। ''और बच्चे,'' मैंने पूछा तो उनकी आँखों में पीड़ा और घनीभूत हो गई। वह चुप ही रहे कुछ न बोले। मैंने फिर दोबारा उनसे नहीं पूछा। कुछ बातें पूछने से और दुःख ही बढ़ाती हैं, दुख कम नहीं करतीं। मैंने घड़ी देखी, साढ़े पाँच बच गए थे। लगभग रात घिरने लगी थी। जनवरी की सर्दियाँ और दिल्ली। ''खुसनान तो सो रहा होगा।'' उनकी आवाज में इतना स्नेह था कि मेरा मन अपनत्व से भर गया। ''जगाऊँ।'' मैंने कहा तो उन्होंने मना कर दिया कि नहीं सोने दो। सो लेगा तो भूल जाएगा, जी अच्छा हो जाएगा। ''तुम्हारी घरवाली का क्या नाम है?'' उन्होंने उसी अपनत्व से पूछा, ''अनीता।'' मैंने संक्षिप्त-सा जवाब दिया। ''और...मतलब गोत...'' उन्होंने आगे पूछा तो मैं समझ गया कि ये भी उसकी जाति ही जानना चाहते हैं मैं चुप ही रहा। मुझे चुप देख वह चुप नहीं रहा। गाँव के लोगों की यह सरलता विशेष होती है। ''कौन जात है भैया, अपने ही धरम की है या...''

''हाँ अपनी ही जात की है। एस.सी. है।'' मैंने कुछ कड़वाहट से उनकी बात बीच में ही काटते हुए कहा। पर अगले ही पल यह सोचकर नार्मल भी हो गया कि क्यूँ मैं जाति की बात छिड़ने पर एकदम आवेश में आ जाता हूँ। ''एस. सी. मतलब छोटी जात की ही है।'' कहकर वह चुपचाप कश लगाने लगे। मैं हतप्रभ रह गया। वह खुद को छोटी जात का स्वीकार करने में जरा भी परेशान नहीं हैं। जाहिली कितना बड़ा गुनाह है। मैं भँवर में पड़ डूबने उतराने लगा। कुछ वक्त के लिए मैं कुछ भी न बोल सका। ''कहाँ खो गया बेटा। जात पूछी तो बुरा लगा क्या?'' उन्होंने बहुत दीन भाव से कहा। ''हूँ छोड़ो चाचा।'' मैं वर्तमान में लौट आया था। ''उसका नाम भी तो अ से ही था।'' वह मुस्कराते हुए बोले। मैंने सोचा वह अपनी बीवी बच्चों की बात कर रहे हैं। मैंने पूछा, ''किसका।''

''उसी का जिससे तुम्हारे पिता जी का इश्काना था।'' उन्होंने एक आँख दबाते हुए कहा। आँख दबाते ही उन्हें तेज की धाँस लगी। वह खाँसते ही चले गए। उनकी आँखें उबल आईं। मैंने पानी का गिलास भरकर जल्दी से उन्हें दिया। वह ओक लगाकर पानी पीने लगे। पानी पीने से उन्हें राहत मिली। पानी पीने

के बाद उन्होंने अपनी तर्जनी को हुक की तरह मोड़कर अपनी बड़ी-बड़ी अधपकी मूँछों में लटक गए पानी को निचोड़कर एक तरफ फेंक दिया। उन्हें ऐसा करते देख मुझे अरुचि हुई पर मेरी उत्सुकता उनकी बात में स्वाभाविक रूप से बढ़ गई थी। ''पिता जी को भी किसी से प्यार हो सकता हैं मतलब उन्हें भी कोई प्यार कर सकता है। मुझे विश्वास नहीं होता चाचा।'' मैं हैरान यह सोचकर भी था कि यह आदमी मुझसे यह सब बात कैसे कर सकता है। परन्तु जब उन्होंने आगे बताना शुरू किया तो मेरे आश्चर्य की सीमा नहीं रही कि वह पिता जी से तेरह-चौदह साल छोटे थे और मुझसे बस दस-ग्यारह साल बड़े थे। वह इतने बूढ़े लगते थे कि मैं उन्हें पिता जी से एक आध साल छोटा ही समझ रहा था।

''अरे भैया, मत मान पर कैसा गहरा इश्काना था इनका। न दुपहरी लगती थी, न रात का भय। हमसे तो खूब सन्देसे पहुँचवाता था भाई साहब। बहुत लिपटम-फिपटम होती थी। हम छोटे तो थे, समझते सब थे। ये समझ तो इन्सान में जल्दी ही आ जाती है।'' उन्होंने फिर बाईं आँख दबाई थी। आँख दबाते ही उन्हें फिर खाँसी उठी थी। उनके चेहरे पर गहरी मुस्कान थी। एक अजीब-सी शान्ति भी। शायद राजफाश करने का सुकून। ''क्या नाम था उनका।'' मैंने झिझकते हुए पूछ ही लिया। पिता जी के इस पहलू को जानने की उत्सुकता ने रोमांच से भर दिया था। ''अर्चना। बामनी थी।'' उन्होंने आदतानुसार जाति के साथ नाम बताते हुए फिर बाई आँख दबाई, तो मुझे अभद्र लगा। ''फिर!'' मैंने पूछा, ''फिर क्या!'' बहुत इशक था दोनों में वो पाठशाला में पढ़ती थी। सबसे बड़ी कच्छा में। भाई साहब बकरियाँ चराता पाठशाला के पास ही घूमता रहता भरी दुपहरी में। वो भी बार-बार पानी पीने के बहाने घाम में आ खड़ी होती। 'भैया परेम करनेवालों को मेह-घाम कुछ नहीं लगता। माटसाब की बेटी थी। हेडमाटसाब थे वो। इतने सज्जन इन्सान मैंने दुनिया में कम देखे हैं। माटसाब किसी से छूतछात नहीं करते थे। एक दिन मुझे गोदी में बिठा लिया। ऐसी ही बेटी थी। रंग ऐसा कि दूध सरमा जाए। ऐसा कोमल हाथ था जैसे पाँच दिन का बकरी का बच्चा हो। एक दिन भाई साहब ने एक चिट्ठी दी थी उसे देने को। मैं आधी छुट्टी में उसके पास जा पहुँचा। वो घड़े के पास पानी पी रही थी। मैंने कहा मुझे भी पिला दो। पिसाई लग रही है। उसने पानी डाला तो मेरी छोटी-सी ओक से सारा पानी गिरने लगा। उसने मेरे दोनों हाथों को पकड़कर गहरी-सी ओक बनाकर कहा था ऐसे बनाते हैं ओक। तभी मैंने टेंट से चिट्ठी निकालकर दे दी। उसने भी झट कागज को अपने बिलौज में छिपा लिया था। बहुत मुलायम हाथ उसका। बहुत सुन्दर थी। पूरे गाँव में वैसी सुन्दर और कोई न थी। अपना भाई साहब भी तो लाखों में एक था।'' वह मेरी तरफ टुकुर-टुकुर देखने लगे थे। फिर अपने घुटनों पर हाथ लटकाए उँगलियों से पक्के फ़र्श को बजाते जाने वह किस सोच में डूब गए। उकडूँ बने ही फिर वह

कुडकुड़ाये थे। और फिर वैसे ही निश्चल बैठ गए जैसे वर्षों से ऐसे ही बैठे हों।

पिता जी ऐसे प्रेम करनेवाले। ऐसा इन्सान, ऐसा निर्दय कैसे हो सकता है? क्या ये पिता जी का प्रतिशोध है? खुद से, दूसरों से, माँ से। "चिट्ठी में क्या लिखा था? पढ़ा था आपने?" मैंने अपने आप को सहज दिखाते हुए ही पूछा था। "मुझे तो पढ़ना तब तक कहाँ आता था। मैं तो पहली दूसरी कक्षा में था। पर पढ़वाया था चुपके से दूसरे लड़के से।" वह बोले, मेरे पेट में गुदगुदी-सी हो रही थी। "क्या लिखा था उसमें।" "पाँच-छः बात लिखी थीं। एक शेर लिखा था। और आगे लिखा था शाम को मन्दिर के पीछे की ढलान के नीचे मिलना।" वह मुस्काये तो उनका इस तरह मुस्कुराना मुझे खराब लगा। "आप तो जरूर पहुँचे होंगे।" मैंने कहा तो वह शरमा गए। "भैया ऐसे मौके जो छोड़े वो तो पागल। मैं और मेरा दोस्त चुपचाप पेड़ की ओट में छिपकर खड़े-खड़े देखते रहे दोनों को गुत्थमगुत्था होते हुए।" उन्होंने फिर बीड़ी की पुड़िया खोली तो मैंने मना कर दिया कि इतनी खाँसी है बीड़ी मत पियो तो उन्होंने वापस पुड़िया जेब में रख ली। वह अब भी उकडूँ ही बैठे थे।

मैं उन्हें तब से इसी मुद्रा में बैठे रेख रहा था। मैंने सोचा कि क्या इन्हें यह आसन सिद्ध हो गया है? इन्हें ऐसे बैठने से जाँघों में दर्द नहीं होता होगा। मैं दो मिनट भी ऐसे नहीं बैठ सकता। पैर सो जाते हैं। झन-झन करने लगते हैं। "क्यूँ, क्या झगड़ रहे थे किसी बात पर?" मैंने जान-बूझकर अनजान बनते हुए पूछ ही लिया। ठीक यह रहता कि मैं चुप ही रह जाता। पर अब मैं बोल चुका था और उसे फेरा नहीं जा सकता था। इससे पहले कि वह कोई जवाब देते सामने से पिता जी चिमटे से कण्डे की एक छोटी-सी दहकती कौर दबाए आते दिखे। पिता जी को देख वह सतर्क हो गया। पीछे-पीछे रामसहाय, गनेशी को गोद में लिए चला आ रहा था। बिल्कुल उसी दिशा में, उसी दशा में, एकदम पीछे-पीछे।

पिता जी पालथी मारकर बैठ गए। दहकती कौर लुहार की धौंकनी में तपे लोहे की तरह दमक रही थी। पिता जी ने कौर के चारों ओर वृत्ताकार रूप में लोटे से पानी के छींटे दिए। बोले, "कालू लइयो भाई कलेजी का झुमका।" उन्होंने उठकर पास रखे डोंगे में कटे गोश्त में से कलेजी का झुमका डालकर दे दिया। पिता जी ने छुरी की तरफ देखा तो रामसहाय का झुककर झट से छुरी उठाकर दे दी। पिता जी ने छुरी से कलेजी के दो-तीन टुकड़े किए और उन्हें दहकती कौर पर रख दिया। छुन्न-छुन्न की आवाज के साथ पलभर में छत पर भुने मांस की खुशबू फैल गई। जैसे-जैसे हवा लगी वह और भुनकर महकने लगी। उसकी खुशबू नथुनों में घुसी जा रही थी। अचानक मेरे जेहन में महीना भर पहले एक रिश्तेदार का शव श्मशान में जलाने की घटना तैर गई। लगभग सभी लोग शव के जलने की पिरायंध से बचने के लिए हवा के विपरीत रुख में जा खड़े हुए थे। कुछ ने तो मुँह पर रूमाल ही रख लिया था। परन्तु मेरे मुँह में थूक भर गया और मैंने

उठकर छत पर एक तरफ थूक दिया। पिता जी ने इस बीच पास रखी शराब की बोतल से कुछ छींटे भी आँच के चारों ओर तथा आँच पर दे दिए थे।

"रामेसर तू तो ढोक (दण्डवत) देगा नहीं, तेरे तो बाबासाब ने मना कर रखी है तुझे।" पिता जी ने मेरी तरफ देखकर कहा। फिर भी कुछ पल उन्होंने मेरी तरफ देख इन्तजार किया। मैं कुर्सी से हिला तक नहीं। सिर्फ वही हैं जो आज भी मुझे रामेसर कहकर बुलाते हैं। माँ तक मेरे नए नाम से ही बुलाती हैं। पिता जी के पूजा-पाठ के इस ढंग से मेरा कोई मतभेद नहीं था। इसमें उनके और उनके भगवान के बीच किसी दलाल पुरोहित की जरूरत कम-से-कम नहीं थी। यह सहज था पर पिता जी ने पुरानी बातों की रास की गर्दन कसकर दबाई हुई है। वो बातें भाग जाना चाहती हैं, पर पिता जी एक कुशल कसाई की तरह उन्हें मजबूती से पकड़े रहेंगे। मेरी कोई प्रतिक्रिया न देख उन्होंने रामसहाय को कहा।

"तू बैठ ढोक दे ले।" इतना सुनते ही रामसहाय ने गनेशी को जमीन पर बिठाकर पूरी श्रद्धा से ढोक दी।

पिता जी ढोक लगाकर उठ गए और माँ को आवाज लगाई, "अरे सुन रही है रामसहाय की माँ, कुसान को लेकर आ, ढोक तो लगवा ले उसे। "वो सो रहा है। उसे मत बुलाइए। फीवर हो गया है उसे।" मैंने प्रतिकार करते हुए कड़े शब्दों में कहा तो पिता जी घूरकर मुझे देखने लगे। वे चुप रह गए, आगे कुछ नहीं बोले। मैं भी चुपचाप कुर्सी पर बैठा रहा। "चार-पाँच किलो तो होगा गोश्त।" पिता जी ने कालू से पूछा, "हाँ थोड़ा ज्यादा ही होगा।" उन्होंने बैठे-बैठे ही पतीला उठाते हुए तौलने के भाव से कहा। वह अब भी उठे नहीं थे। बैठे-बैठे ही बतख की तरह चलकर पतीले तक पहुँच गए थे। "बाजार का तो गोश्त ही बेकार लगता है भाई कालू।" ये पिता जी थे। "भाई साहब वहाँ तो ज्यादातर कोकरा (भेड़) कटता है। कोकरे में ऐसा स्वाद कहाँ? सब नसिया (पैसा) जौंसा (खींच) रहे हैं।" कालू ने मण्डी की अपनी व्यक्तिगत और कूट भाषा में कहा। यही भाषा बाजार में उनका साथ देती है।

शाम ढलने लगी थी। लगातार रंग बदलती शाम काली होने लगी थी। चाँद भी थका-हारा-सा जल्दी चला आया था। कालू अब फिर उकड़ूँ बैठे थे। हालाँकि इस बीच वह एक बार पेशाब करने के लिए जरूर उठे थे, पर फिर उसी तरह आकर बैठ गए थे। उन्हें देखकर लगता नहीं था कि वह कहीं भी उठकर गए हो। ऐसा लग रहा था जैसे वह हमेशा से यहीं निश्चल बैठे हैं। अजीब आदमी है यह भी। मैं उन्हें देखता तो बार-बार मुझे उनकी इस कठिन मुद्रा पर झुँझलाहट होती। पिता जी शराब की बोतल उठाकर सीढ़ियाँ चढ़ते हुए बरसाती वाले कमरे में जाने लगे। मैं कालू से बात पूछने की गरज से कुछ बोलता, इससे पहले ही पिता जी की आवाज आ गई। "कालू ऊपर आ जा भाई। रामसहाय कलेजी

बनवाकर ऊपर लिया।''

कालू भी आवाज सुनकर यन्त्रवत्-से सीढ़ियाँ चढ़ने लगे। मैं अकेला बैठा रह गया। ऊपर चढ़ते कालू को मैंने पीछे से एक बार गौर से देखा था। उनके शरीर पर मांस नाममात्र को ही था। बिना चर्बी की पतली ढीली चादर की तरह हड्डियों पर झूल रही थी। फिर मैं जाने क्या-क्या सोचता रहा। अनीता आई तो विचारक्रम टूटा। ''अविनाश, ये ऊपर पापा को दे आइए।'' उसने कहा। ''क्या बनाया है तुमने?'' मैंने पूछा, ''मैंने नहीं पापा की लाडली बहू ने ही बनाया है। मेरे हाथ का बना खाएँगे वो?'' अनीता ने हँसते हुए कहा। उसकी हँसी सहज न थी। कितने व्यंग्य और पीड़ा से भरी थी। आकाश में धुँधलाए तारे थे। कोहरे की एक हल्की परत चारों तरफ छाई थी। ठण्ड बढ़ गई थी। मैं उठा और फ्राइड कलेजी से भरी प्लेट को अनीता के हाथ से लिया। बेध्यानी में नंगें पाँव ही सीढ़ियाँ चढ़ गया। पिता जी और कालू की आवाजें खिड़की से छन-छनकर बाहर तक आ रही थीं। ''अर्चना मर गई। कैसे?'' यह पिता जी की आवाज थी। आश्चर्य, दुःख और पुराने घाव से कराहती। मेरे पाँव यह नाम सुनते ही ठिठक गए। मैं आगे न बढ़ सका।

''भाई साहब, मर तो बिचापड़ी बहुत पहले ही गई थी। अब तो बस उसकी मिट्टी ठिकाने लगी है। साल भर तो हो लिया उसे गुजरे...'' यह कालू की आवाज थी। व्यंग्य और दया से भरी। शराब का रंग असर कर चुका था। ''अभागन थी बिचापड़ी। आप तो दिल्ली चले आए थे। आपके ब्याह के दस-बारह दिन बाद ही तो हुआ था उसका ब्याह। ब्याह क्या हुआ बिचापड़ी का, सरासर अन्याय हुआ। माटसाब तो सीधे आदमी थे। कैसे सज्जन थे, आप तो खूब जानते हो भाई साहब। इसी से बैरी हो गए थे उनकी बिरादरी के लोग। अर्चना का रिश्ता भी उनके भाई-बन्द ने ही ठीक किया था। जैसा बन पड़ा, माटसाब ने किया अपनी तरफ से कोई कमी नहीं रखी थी, मैं भी गया था जीमने। माटसाब ने बुलाया था सातों जात के लोगों को। अर्चना मिली थी। आपके बारे में पूछा था। भाभी के बारे में भी पूछा था कि कैसी है। सुन्दर है क्या? मैंने कहा 'हाँ' तो बोली 'मुझसे भी' अब मैं झूठ कैसे बोलता बोल दिया नहीं।'' उसका झिझकता-सा स्वर मुझे बाहर सुनाई पड़ा।

''उसकी कलाई में पट्टी बँधी थी। मैंने पूछा कि क्या हो गया तो बोली कि कट गया। फिर रोने लगी थी। उसे रोते देख मैं भी रोने लगा था। उसने मुझे गोदी में बिठा लिया था। ''तेरे भैया आए तो कह दियो अर्चना मर गई।'' वो रोते-रोते बोली थी। ब्याह हुआ पर जिसके भाग में सुख नहीं बदा हो तो कोई मनुख क्या कर सकता है।'' कालू कहकर चुप हो गया था। शायद घूँट भरने के लिए...तुझे पता नहीं है रे कालू? मेरा ब्याह भी कोई ब्याह था। हुआ क्या था फिर।''

पिता जी की आवाज में पुराने प्रेम की याद की तड़प थी।

"बस विदा हुई है और दो दिन बाद ही राँड हो गई। उसका आदमी रेल से जाकर कट गया था। लोग-बाग कहते थे जनखा था...नामरद। पता नहीं सच्ची बात थी कि झूठी।" उसने फुसफसाते हुए कहा कुछ ने तो आपका नाम भी उछाला था। कहते थे रामजीलाल ने मजे लेकर जूठन दूसरे के हवाले कर दी, इसी से मर गया वो। साले नीच कहीं के...जिसके जो मुँह में आता, बोलता था।" कालू फिर चुप हो गया था। कमरे से आवाज आना कुछ पल के लिए एकदम बन्द हो गई थी।

"फिर अर्चना?" पिता जी के अस्फुट शब्द खिड़की से बाहर आ गिरे। "उसका क्या...लोगबाग कहते थे उसके ससुरालिए साले एकदम बदमाश थे। उसके बाल मूँड दिए थे। भूखा मारते थे उसे। ये बड़ी जात वाले बहुत निर्दयी होते हैं। अपने यहाँ तो कोई औरत राँड हो जाए तो दूसरा खसम कर लेती हैं। उसके बाल कोई मूँडकर तो दिखाए। लोगबाग तो यह भी कहते थे कि उसका ससुर भी उसकी इज्जत खराब करने की फिराक में था। साला रँडवा था वो। माटसाब लिवाने गए थे अर्चना को, तो उसने बहुत जात निकाली थी (बेइज़्ज़ती) माटसाब की। माटसाब भले मानुष थे। सरल आदमी का कोई जीना नहीं है भाईसाब। चुपचाप वापस आ गए थे। भाई-बन्दों ने भी साथ नहीं दिया था।" कालू की बीड़ी का तेज कश लगाने की आवाज आई थी।

"उसके बाल तो एकदम रेशम थे। कमर तक लम्बे। तूने तो देखे थे कालू।" पिता जी की आवाज उदास थी। "हमारी छोड़ो भाईसाहब, हमने क्या नहीं देखा था? हमने तो आपको और उसको बहुत कुछ करते देखा था।" कहकर कालू ने जोर से सुट्टा मारा था। उन्होंने फिर बाईं आँख दबाई होगी। मैंने सोचा। मुझे बुरा लगा। पिता जी को भी बुरा लगा होगा। पर शायद इस वक्त उनका ध्यान उसकी आँख पर नहीं गया होगा। ये प्रेम के दर्द का रंग था।

"फिर वो वहीं रहे गई थी क्या?" पिता जी की आवाज बहुत दूर कुएँ से आई थी।

"और क्या? भेजी नहीं सालों ने। उसके ससुर की दाढ़ थी उस पर तो। ऐसे कैसे भेजते? पर सात-आठ महीने बाद एक शाम वो गाँव के बाहर बलाइयों के मोहल्ले में पड़ी थी। उसके सारे शरीर पर नील पड़ी हुई थी। बहुत मारा-पीटी हुई थी उसके साथ। चुपचाप पटक गए थे मारपीट के उसके सुसुरालिये साले। बलाई तो पहचान गए देखते ही। माटसाब को बुलाया गया। फिर उठाकर घर पहुँचाया। कुछ हफ्तों बाद वो तो ठीक हो गई पर 'माटसाब' से उसका दुःख देखा नहीं गया। तीन चार महीने बाद ही उठ गए संसार से। अच्छे भले, बैठे थे। बैठे-के-बैठे रह गए। अन्दर-ही-अन्दर घुल रहे थे वो। भले आदमी थे शान्ति की

मौत मर गए।" कालू को खाँसी का एक धसका लगा और वह बहुत देर तक खाँसता रहा। खाँसते-खाँसते बेदम हो गया। फिर एकाएक बन्द हो गई। शायद पिता जी ने उसे फिर पानी दिया होगा। मैं चाहकर भी अन्दर नहीं जा पा रहा था। प्लेट कलेजी के टुकड़ों से भरी मेरे हाथ में थी।

"माई भी तो थी, अर्चना की माँ उनका क्या हुआ? क्या वो पहले ही गुजर गई थीं।" ये पिता जी का उदासी से भीगा स्वर था। पिता जी की ऐसी आवाज मैंने आज तक नहीं सुनी थी। मुझे यह आवाज अपने चिर-परिचित कसाई पिता की नहीं, प्रेम से भरे किसी इन्सान की लग रही थी। पिता जी का ये रूप, ये प्रेमसिक्त स्वर मेरे लिए नितान्त अपरिचित और नया था। "नहीं, पंडतान तो जिन्दा थी। माटसाब जिस साल मेरे, उससे तो दो-तीन साल बाद मरी वो। शुरू में तो बहुत दुःख उठाए। माटसाब की पिनसन से ही घर चलता था। अर्चना नरस बन गई थी। बाद में उसने बहुत कोशिश की मास्टरनी बन जाए पर काम बना नहीं था। शायद सबसे बड़ी विपदा तो उस पर बाद में आई। चील के घोंसला में मांस कैसे बचे। मुँह रुकता है कैसे कही जाए।" कहकर कालू चुप हो गए थे। मेरे कान और ऊँचे हो गए थे।

"क्या हुआ था?" पिता जी ने पूछा।

"एक औरत अपने लिए इसे जिनगी का सबसे बड़ा दाग मानती है।" कहकर वह फिर चुप हो गए थे। अन्दर से कोई आवाज नहीं आ रही थी। पिता जी ने फिर पूछा तो वह बहुत भारी आवाज में बोले, "उसकी इज्जत बिगाड़ दी सालों ने। रात को पास गांव की डिस्पेंसरी से लौट रही थी। दाँव लग गया। लोग-बाग कहते थे साले उसके कुनबे के लड़कों ने ही मुँह काला किया था अपना। इनके तो चलता है न ये सब भाई साहब। वो महात्मा जी आते हैं न गाँव में। कुण्डलनाथ जी। वो बताते थे कि इनके तो सब शुरू से ही चलता है। इनके सास्तरों में भाई-बहन, बाप-बेटी के ऐसे बहुत सारे किस्से हैं। और भी कई नई-नई बातें बताते थे। महात्मा जी, कहते थे ये भैनचों...बेटीचो सबद हमारे पूरजों ने इनके पूरजों के लिए रचे थे। ये सब यही काम करते थे। तभी इन्होंने इन्हें गालियाँ बना दिया। मुसलमानों में तो हमने सुनी थी। ताऊ, मामा, चाचा के भाई-बहनों में ब्याह की बात। पर ये तो कोई ब्याह भी नहीं हुआ साला। नीच पहले से ही नीयत खराब कर बैठे थे। महात्मा जी कहते थे कि इनके सास्तर इसे पिसाच बियाह कहते हैं। पिसाच बियाह मतलब भाईसाहब जबर्दस्ती। शायद वह इस इन्तजार में थे कि पिता जी आगे पूछें तो वह कहे। मैं जानता था पिता जी आगे पूछ नहीं सकेंगे। अलबत्ता जाने बिना वह...। कमरे से फिर एक आवाज बाहर झाँकी, ये कालू की थी। "इस सदमे से दो-तीन दिन में ही पंडतान के प्रान निकल गए। पुलिस-कचहरी तो हुई थी। छोटी जात के आठ लड़के नामजद हुए, पाँच बलाइयों के, दो अपने खटीकों

के और एक भंगियों का। दो को, सात-आठ साल की सजा हुई। बाकी दो-दो साल के लिए अन्दर गए। अर्चना से किसी कागज पर पहले ही दस्तखत करा लिए थे। वो तो बिचापड़ी होश में ही नहीं थी। मैं जाता था उसके पास। मुझे कोई रोकता नहीं था। बाद में, उसने एक-दो बार आपके और भाभी के बारे में पूछा जरूर था, पर आप तो गाँव आते ही न थे।

पाँच-छह महीने बाद वो बलाइयों के मोहल्ले में ही रहने चली गई थी। भाई साहब आप ही बताओ अगर बलाइयों ने उसके साथ जबरदस्ती की होती तो क्या वो वहाँ रहने जाती? नहीं न? बलाइयों ने तो बहुत सहारा दिया उसे। मरते दम तक वहीं रही वो। एक लड़की हुई थी उसे। साल भर बाद...वह फिर चुप हो गया। "हमें तो सब यही सिखाते थे कि बलाई चोर हैं और बलाई...।" पिता जी की आवाज डूबी हुई थी। पर एक गहरा पछतावा भी था। "अब कहाँ है वो बच्ची?" ये पिता जी का स्वर था, टूटा-सा। "और कहाँ होगी? वहीं है चैना बलाई के लड़के से ब्याह कर दिया था अर्चना ने। उसका लड़का पुलिस महकमे में अफसर था। अर्चना की बेटी कॉलिज में मास्टरनी बन गई थी। बामन-वनियों ने बहुत थू-थू की थी। पगलैट कहते थे वो अर्चना को। वह पगली नहीं थी। बहुत समझदार थी। उसे नफरत हो गई थी अपने ही लोगों से।" कहकर वह हँसे थे। वह हँसे और उन्हें फिर खाँसी का एक धसका लगा। वह खाँसते ही चले गए। शायद उन्हें पिता जी ने फिर पानी दिया होगा। पर इस बार खाँसी रुकने का नाम ही नहीं ले रही थी। एकाएक फिर खाँसी की आवाज बन्द हो गई। पिता जी की एक तेज आवाज आई, "रामसहाय।"

मैं दौड़कर अन्दर पहुँचा तो मेरी आँखें फटी-की-फटी रह गईं। कालू चाचा जमीन पर पड़े थे। उनकी आँखें पलट गई थीं। मैंने नब्ज देखी, नब्ज चल रही थी। मैंने झुककर दिल पर कान लगाया। दिल भी धड़क रहा था। वह बेहोश हो गए थे। मैंने दौड़कर नीचे रामसहाय को आवाज दी। रामसहाय और मैंने फटाफट उन्हें कार में लिटाया और अस्पताल भागे। पिता जी साथ ही थे। उन्हें इमरजेंसी में दाखिल कर लिया गया। मैं रामसहाय और पिता जी बेचैनी से इधर-उधर टहलते रहे। रात के आठ बज गए थे शायद। आधे घण्टे बाद सीनियर डॉक्टर बाहर आया। "बचने के चांसेज बहुत कम हैं। सिंक पर कर रहा है। वी विल ट्राय आर लेवल बेस्ट बट...उसके दोनों लंग्स डेमेज्ड हैं। पूरी तरह। इस पर भी वह ड्रिंक किए हुए हैं। मरना चाहता था क्या वो। यह गलती नहीं खुदकुशी है। अल्कोहल तो एकदम पायजन है उसके लिए। अभी थोड़ा होश में आ गया है। भाई साहब कौन है?" डॉक्टर मुझसे सब कहकर अन्दर आने का इशारा करते हुए बोला। पीछे-पीछे पिता जी और उनके पीछे मैं भी अन्दर चला।

हमें आते देख उन्होंने लेटे-लेटे ही दोनों हाथ जोड़ दिए। "भाई साहब माफ

कर देना। मरते-मरते परेशानी दे रहा हूँ।'' पिता जी ने उनके हाथों को हाथों में भर लिया। ''पागल मत बन भाया। तू ठीक हो जाएगा। मैं कराऊँगा तेरा इलाज। तुझे तो कुछ नहीं होने दूँगा, सारी दौलत लगा दूँगा। तू घबरा मत।'' कहते-कहते पिता जी की आँख से आँसू ढुलक गए। उनकी आँखों में भी नमी थी। ''मेरा तो कोई आगे-पीछे है नहीं। यही मरना लिखा था शायद। जलाने के बाद मेरे फूल गंगा जी मत ले जाना। मैंने महात्मा जी से गुरुनाम ले रखा है।'' वह अटकते-अटकते बोले। उनकी आवाज बहुत धीमी हो गई थी। ''मुझे पहले ही पता था कि जहर है शराब मेरे लिए। पर क्या करता। अकेले जीने से तो बड़ा जहर नहीं है। बच्चे बहुत अच्छे हैं आपके भाई साहब। इनको इनकी जिनगी जीने दो। जिनावर भी बड़े होने पर बच्चों को आजाद कर देते हैं। बच्चों का होना ही बहुत बड़ा सुख है भाई साहब।'' कहते-कहते उनकी आँखों से सर्र-सर्र आँसू फिसलने लगे।

''तू बात मत कर ज्यादा। ठीक हो जाएगा तू, जी छोटा मत कर। बड़े-से-बड़े हस्पताल में ले जाऊँगा तुझे। तुझे तो ऐसे नहीं जाने दूँगा।'' पिता जी ढाँढ़स बँधाते हुए भी खुद को रोने से रोक नहीं पा रहे थे। उनकी आँखें बार-बार भर आती थीं। कालू चाचा मुस्कराए थे।

''पीलू बहुत याद आ रहा है, ऐसा लग रहा है जैसे वह अब भी मेरा इन्तजार कर रहा हो। वही मेरा बच्चा था। मेरा मुलायम-सा सुन्दर बच्चा। उसे भी काट दिया था काका ने। मैंने पैर दाबे थे उसके भाई साहब। अपने बच्चे के। ऐसा कसाई हूँ मैं।'' वह हिचकियाँ ले-लेकर रोने लगा था। ''खुसनान बाहर है क्या।'' रो चुकने के बाद उसने धीमे से पूछा था। ''बस प्लीज तुम लोग बार जाओ।'' मलयाली नर्स ने उसे रोते देख हमारे पास आकर अजीब ढंग की हिन्दी में कहा। शायद वह जानती थी कि वह बचेंगे नहीं, इसीलिए इतनी मोहलत दे दी थी उसने।

मैं और पिताजी बाहर आ गए। रात के दस बज गए थे। रामसहाय को पिताजी ने घर भेज दिया था। सुबह दुकान भी खोलनी थी। लगभग ग्यारह बजे डॉक्टर बाहर आया और सपाट शब्दों में उसने कालू की खुदकुशी की खबर दी, ''ही इज नो मोर। सुबह मार्चरी से बॉडी ले जाना। केस में दम नहीं था।'' डॉक्टर कारीडोर में अपनी जूनियर डॉक्टर से हँसता-बतियाता थोड़ी दूर बने केबिन में चला गया।

''घर चलें पिता जी, सुबह से पहले यहाँ कुछ होना नहीं।'' मैंने पिता जी से कहा।

''तू जा। मैं यही रुकूँगा।'' उन्होंने कहा, ''खाना।'' मेरे कहने पर भी वे चुप रहे। दोबारा कहने का कोई अर्थ नहीं था। मैं घर चला आया। रात आँखों-ही-आँखों में कट गई। अनीता को मैंने सोने के लिए कह दिया। वह और कुषाण निश्चिन्त सोते रहे। एक ही घटना कितनों को कितनी तरह से छूती है।

पूरी रात कालू की बातें चकरघिन्नी की तरह चक्कर काटती रही। एक मासूम अबोध बच्चे के क्रूर कसाई बनने की प्रक्रिया। अर्चना जी से जुड़ी सामाजिक विसंगतियाँ। पिता जी की प्रेम में क्रूर कसाई तक का रूपान्तरण कल्पनाएँ और यथार्थ। रात पूरी रात मुझे मथती रही। उधर पिता जी अकेले...भूखे रातभर हॉस्पिटल में...रात आँखों-ही-आँखों में कट गई।

रात बहुत लम्बी थी। सुबह पिता जी लौट आए थे। "अविनाश।" ये पिता जी का दरवाजे पर धीमा-सा स्वर था। टूटा-सा। उनके मुँह से अपना यह नाम सुनकर मुझे अपना ही नाम बेगाना-सा लगा। मैं पास पहुँचा। वे सोफे पर अधलेटे से निढाल पड़े थे। "अनीता जाग गई क्या?" उन्होंने बिना आँख मिलाए हुए कहा। पिता जी के मुँह से अनीता का नाम मेरे लिए विस्फोट से कम नहीं था। एक सुखद आश्चर्य। पिता जी की यह आवाज भी रातवाली आवाज से कितनी मिलती थी। पिछले आठ साल में एक बार भी उन्होंने अनीता को नहीं पूछा था। "हाँ जाग रही है! बोलो।" मैंने कहा।

"चाय पिऊँगा।" पिता जी सोफे पर ही लेट गए। मैं अवाक उन्हें देखता रह गया। आज उनकी भवें सरल रेखा की तरह थीं।

उपमहाद्वीप

"अतीत की सुरंग से खूँख्वार भेडिए बार-बार लौटते हैं। ईसा पूर्व 185 वर्ष, 30 सितम्बर 1939, 30 जनवरी 1948... उनके जहरीले दाँतों के निशान हैं। भेड़ियों की आँखें रात में चमकती हैं और दहशत रात में बढ़ जाती है। रात भेड़ियों के सिर का ताज।" चाचा सुनाते थे। इतिहास की किताब हाथ में लेकर। हम सब फटी-फटी आँखों से सुनते थे। दिल धुड़क-धुड़क करता रहता था।

खामोश, स्वगत चालू है...

कैसी बड़ी-बड़ी थी अम्मा की आँखें, काली-काली सलवटों वाले उसके चेहरे पर बुझी-बुझी दो भूरी आँखें, भूरी आँखों के पास हल्की पीली सफेद थी। कैसी सुन्दर थी अम्मा। खामोश अम्मा। उसकी हथेली के गट्टे जब मेरे बालों में फिरते तो मुझे लगता था कि कोई मेरे सुख को कुचल रहा है। मना न कर पाता था कभी अम्मा को। अम्मा की भूरी आँखों का काला तारा।

अम्मा को शहर लिवा लाए थे पापा, दादा जी के देहान्त के बाद। पर अम्मा ...वह कभी शहर नहीं आ पाई। पापा के बार-बार समझाने पर भी। अम्मा के चेहरे की काली सलवटों में गाँव की झोंपड़ी की छान बसी थी। चूल्हे के धुएँ से धुँआई, काली छान और जेहन में बसी थी भेड़ियों और लकड़बग्घों की घुर-घुराहट। अम्मा ने दादा जी की मौत को कभी नहीं स्वीकारा था। वह अन्तिम साँस तक इसे गाँववालों की करनी ही मानती रही। जंगल से लौटते वक्त दादा जी को शाम के धुँधलके में भेड़ियों ने फाड़ दिया था। गाँव की आँखों में किरकिरी थे वह। अम्मा शरीर छोड़ते वक्त तक शहर आकर भी शहर न आ पाई थी। मिट्टी बनकर ही वह सब जगह बस सकी दादा जी की तरह। बाइज्जत...गाँव, शहर सब जगह और कहीं नहीं, भेड़िए और उनकी कहानी, अम्मा और मेरे बजते कान। शादी...गाँव में शादी गाँव...भेड़िए...भेड़ियों का झुण्ड...

विज्ञान बताता है...एक ही वंश है भेड़िए और कुत्ते का। केनिडे वंश, पर भेड़िए जंगल चाहते हैं। और ये जंगल से झुण्डों में आते हैं। और कुत्ते...

आँखें खुलीं, सामने खिड़की के चौखटे में फँसा छटपटाता चौकोर आसमानी टुकड़ा था। एक बड़ें, स्याह बादल ने मरियल सूरज को पकड़ में भींचकर मानो उसकी टाँगें तोड़ दीं ,रात-सी घिर आई थी। परन्तु जाने कौन-सा घोड़ा वक्र रेखा

की तरह बादलों को भेदता खिड़की से सीधे कमरे में आ कूदा था। पूरा कमरा उसकी टाप की धमक से किसी ढिबरी-सा दिपदिपा रहा था। एक अस्थिर लौ। जलते रहने को तत्पर। यह सूरज का ही कोई घोडा था शायद। घड़ी देखी, सवा पाँच बच रहे थे। आँखें बन्द न कर सका। पर मुँह ढंक लिया था, कम्बल से।

"तुम उठोगे नहीं क्या?" उसने आते ही कम्बल खींचते हुए कहा था। "सो गए थे क्या?" उसे मेरी हालत देखकर जैसे एकदम अहसास हुआ। उसने शायद सोचा था कि मैं यूँ ही आँखें बन्द किए लेटा हूँ। "नहीं पता नहीं...हाँ, शायद आँख लग गई थी।" एक पल बाद, सोचते हुए मैं अनमना-सा बोला। ज्यादा सोचना नींद नहीं देता। उजड़ी-उजड़ी नींद, उजड़ा-उजड़ा चेतन। थोड़ा-सा उजाला, थोड़ा-सा ही उजाला। खण्डहर-सा उजाला, राख-सी चेतना...

"चाय पियोगे।" वह उठते हुए बोली। "हूं ऽऽ...नहीं, हाँ...हाँ, बना लो, बना लो।" मैंने आखिरी शब्द पर जोर देकर खुद को संयत दिखाने की कोशिश की। मैं खुद ठीक-ठाक होने से अधिक उसको आश्वस्त दिखना चाहता था। वह मुस्करा दी। मुस्कराते हुए उसकी आँखें और चमक जाती थीं। पर आज उसकी आँखें चमकी नहीं थी। या वह और दिनों की तरह चमकी होंगी पर मुझे नहीं दिखाई दी होंगी। वह चली गई थी। उसकी सफेद टी-शर्ट की बैक पर एक छोटा बच्चा किसी विदेशी शीतल पेय की बोतल पकड़े अँगूठा दिखा रहा था। किचन में मुड़ने तक वह मुझे दिखा था। पत्नी की पीठ पर चढ़ा वह...लुभावना...भेड़ की खाल में? सोचकर मैं अकुलाया था।

बाहर का अँधेरा कमरे में भरने लगा था। पश्चिम में सूरज की लाली काली पड़ गई थी। मैंने उठकर स्विच ऑन किया। तपेदिक के रोगी की तरह पुरानी ट्यूब लाइट ने सात-आठ बार खाँसा और हल्की पीली बलगम-सी बेरौनक रोशनी से कमरे को भर दिया। खिड़की के बाहर अब कितना अँधेरा था। बाहर का अँधेरा अन्दर के इस उजाले से और स्याह, और वीभत्स लगने लगा था। सिरहाने रखी 'रिडल्स इन हिन्दूज्म' और 'आर्ट एण्ड सोशल लाइफ' पर नजर पड़ी। दिल्ली...क्या हमारा घर? हमारा राजस्थान हमारे पुरखों की जन्मभूमि। हमारी मातृभूमि। परन्तु सच में हमारा क्या है वहाँ? मैं सूखी लताओं से घिरी बावड़ी में उतरने लगता हूँ। उतरता जाता हूँ। सीढ़ी-दर-सीढ़ी। एक गहरा कुहासा। सर्रऽ ऽ ऽ सी ऽ ऽ ऽ ऽ...झन ऽ ऽ। एक...दो...तीन...पच्चीस। पच्चीस सीढ़ियाँ नीचे, गुडुप-गुडुप।

"थारे पैर पड़ूँ महाराज। गलती माफी। अबके ना होगी ऐसी गलती। जलम भर ना होगी ऐसी गलती। सहर में रहबा के कारण भूल कर गए। थे रहम करो मालिक।" अम्मा छह जवान लड़कों के गिरोह के पैरों में माथा रगड़ रही थीं।

"साली बुढ़िया, सैर में रैहंगे तो क्या हमारे सर पर मूतेंगे। अपनी जात भूल गया ये। यह ऐसे मानने वाली नहीं है। लगा इस साली के भी नारायण।" उनमें से एक ने भेड़िए की तरह गुर्राकर कहा।

"हाय मर गई माई। मालिक बखश दो अबके ना होगी।" अम्मा के सिर पर भारी जूती के तड़ातड़ वार पड़ते ही वह फिर चिल्लाई थी। उसकी आँखों से आँसू बहे जा रहे थे। अब वे सब हँस रहे थे। अम्मा को जूतियाँ पड़ते देख पिता जी ने फिर उठने की कोशिश की थी। उन्हें उठते देख वह फिर उन पर टूट पड़े। लात, घूँसे, जूती, तड़ातड़। मैं खड़ा काँप रहा था। एक ने जोर से थप्पड़ मेरे मुँह पर मारा था। पिता जी जमीन पर पड़े थे। बेहोश। उनके माथे से टप-टप-टप खून गिर रहा था। खून की लाल लकीर उनके पाजामे तक खिंच गई थी। मेरा होंठ फट गया था। खून अब भी निकल रहा था। कँपकँपी अब भी हो रही थी मुझे। मेरा पेशाब निकलने को था। लग रहा था जैसे अब नहीं रुकेगा। पिता जी शान्त पड़े थे। उनका नया सफेद कुर्ता छाती से चिरता पेट तक पहुँच गया था। मुँह से खून टपके जा रहा था। मैंने समझा था कि पिता जी मर गए होंगे। आठ साल का बच्चा खून से लथपथ होने को ही मौत समझता है। अपनी फटी कॉलर से मैंने होंठ का खून जाने कब चुपचाप साफ कर लिया था। मेरी आँखों में आँसू न थे। पर मैं रोए जा रहा था। बस हूँ-हूँ की आवाज के साथ, इस डर से कि चुप हुआ तो वह फिर मुँह पर थप्पड़ मार देंगे। इतनी देर में ही मैंने यह जान लिया था कि उनके सामने रोते रहना जरूरी है। इतने में ही अम्मा दौड़कर थोड़ी दूर से गुजरते हुए एक आदमी के पैरों में पड़ गई थी।

"पंडिज्जी! बचा लो महाराज। म्हारे बालकों को बचा लो माई-बाप। अब कभी नई करेंगे इसा अपराध।"

उसके काले माथे पर सफेद तिलक और हाथ में मोटे-मोटे दानों की माला थी। सफेद धोती, कुर्ता उसके काले रंग पर थोड़ी उजास फैलाए थे। मैं और तेज हूँ-हूँ करने लगा था। वह भला आदमी लगा था शक्ल-सूरत से। उसने आते ही पहले लड़कों से धीमे स्वर में कुछ पूछा था। "अरी राँड तुझे भी तो कुछ समझ होनी चाहिए। तू तो गाम में ही रहती है।" अम्मा की तरफ आँखें तरेरता वह चिल्लाया था। "तेरी भी क्या मत मारी गई थी। जो तूने इनकू नहीं समझाया। छोरों का क्या दोष है इसमें। समाज का नियम-कायदा भी कोई चीज होती है कि नहीं।" अपनी माला को तेज-तेज घुमाते हुए वह जाते हुए बोला था।

"मत जाओ महाराज। गलती हो गई। माई-बाप। अब की छिमा कर दो। आंदा नई होगी।" अम्मा लूगड़ी (ओढ़नी) जमीन पर छुआ-छुआकर उसके पैरों के आगे पड़ गई थी और माथा जमीन पर छुवाने लगी।

"डण्ड उठाना पड़ेगा, डण्ड उठाने को तैयार हो तो बोल।" वह अमेरिकी काले लकड़बग्घे की सीटी मारती आवाज में नकियाया था।

"जैसा हजूर हुकम करेंगे, वैसा ही करूंगी। म्हारे बच्चों की जान बखसवा दो।" अम्मा ने रोते-रोते ही कहा था।

"हाँ बड़े आए तेरे बच्चे। साली राँड। तूने पैदा किए होंगे ये? पण्डित जी इसके नहीं हैं ये। इसके यार के हैं। हरकू का है यह हरामजादा।" पिता जी की तरफ उँगली करते हुए उसने कहा था। "बड़े बुजरग सही कह गए हैं पण्डित जी की राँड और साँड का इतबार नहीं करना चाहिए। कुछ भी कर सकते हैं। और ये हरामजादा तो भौत हेकड़ी दिखा रहा था। कोरट-कचैरी की धमकी दे रहा था। भैनचों। अब दोबारा पहनियों साले। अब चलके दिखा इतरा के गाम में।" दादा जी का नाम लेकर बोलने वाला यह वही लड़का था जिसने अम्मा को जूतियाँ मारी थीं। मृतप्राय से जमीन पर औंधे मुँह पड़े पिता जी की तरफ घूरते हुए वह बोला था।

"साले का सैहर जाके भौत दिमाग चढ़ गया है। हमें दिखाएगा सान।" एक ने अपने कुर्ते की बाजू चढ़ाते हुए कहा था।

"कायदा-कानून भूल गया गाम का। यह सैहर नहीं है भैनचो। गाम है गाम। इसमें वही होगा जो यहाँ का कायदा होगा। यहाँ बस हमारा कानून चलेगा। उखाड़ लियो। तेरे से कुछ उखड़े तो।"

"अच्छा, हरकू का है ये।" पण्डित की पेशानी पर सलवटें पड़ गई थीं। वह पिता जी का चेहरा घूरे जा रहा था। फिर उसके चेहरे पर नरमी आई थी। "बाप पर ही गया है। उस कम्बख्त को ही मैं समझाते-समझाते हार गया था। पर नहीं आजादी की हवा घुस गई थी उसमें तो।" पण्डित पंजों के बल पिता जी के पास बैठ गया था।

"उसकी मौत भूल गया यह। गाम के बीच से चौधरी बनकर निकलेगा हराऽ ऽ मखोर।" एक ने आँख तरेरते हुए कहा था।

"अरे तो बस शेरो, अब छोड़ दो। मर लेगा। जान से मत मारो इसें चलो, जाओ तुम लोग यहाँ से...।" उस माला वाले काले आदमी ने कहा तो मन-ही-मन थोड़ी आशा बँधी।

"नहीं-नहीं, ऐसे नहीं पण्डित जी। इस पर डण्ड लगाओ ताकि गाम-बिरादरी का कायदा-कानून तोड़ने से पहले यह नीच हजार बार सोचे। पुरखों ने इत्ती मेहनत से बनाया है सब। इससे थूक के चटाओ।" उनमें से एक ने जमीन पर बेहोश पड़े पिता जी के बाल पकड़कर सिर उठाया था। पर उनमें कोई हरकत न देख वापस पटक दिया था।

"इस हरामजादी से चटवाओ।" वह अम्मा की तरफ हाथ करते हुए बोला था।

"अब देख क्या रही है तू। जल्दी से थूककर चाट ले राँड..." पण्डित माला फेरते हुए पंजों पर उचका था। अम्मा ने हथेली पर थूककर चाटा तो वह सब हो-हो करके हँसने लगे थे।

"अब तू यह बता, तेरे पास पैसे कितने हैं?" वही काले बिच्छू से रंग वाला पण्डित माला को गले में डालते हुए सुरसुराया।

''पैसा-धेला तो म्हारे पास कुछ नहीं है हजूर।'' अम्मा फिर रोने लगी थी।

''इसकी जेब में टटोल राँड। यह कमा के लाया है सहर से।'' जमीन पर पड़े पिता जी की तरफ इशारा करते हुए वह तेज आवाज में डपटते हुए बोला। अम्मा ने जमीन पर औंधे मुँह पड़े पिता जी के कुर्ते की जेब में हाथ डाला। हाथ बाहर निकाला तो उसके हाथ में भारत सरकार के शेर छपे दो दस-दस के मुड़े-तुड़े नोट थे, जिन पर खून के धब्बे लग गए थे। साथ ही पचास-पचास पैसे के दो सिक्के। मैं जानता था इनमें से दस रुपए बस किराए और राह खर्च के थे और ग्यारह रुपए अम्मा की बेटी के घर खाना खाने के जूठ करने के लिए पिता जी ने अलग रखे थे। बाकी बँधे पैसे घर से निकलते वक्त ही उन्होंने बनियान की जेब में अन्दर रख लिए थे।

''साले भिखारी, गाँठ में पैसे नहीं। कपड़े पहनेंगे साहूकारों की तरह। ला दस रुपए पंचायत के और ग्यारह रुपए मन्दिर के।'' पण्डित ने हाथ फैलाया था। फन की तरह। नोट देखकर उसकी आँखों में चमक आ गई थी। उसका मुँह खुल गया था, पिटारी की तरह। आगे के दो नुकीले दाँत काले सर्प के जहरीले दाँते जैसे पैने थे। हाथ को कोहनी पर लगाकर रुपए ऊपर से उसके हाथ में डाल दिए थे अम्मा ने और उस पण्डित के पैरों में पड़ गई थी। फिर वह सब चले गए थे। हँसते हुए। एक-दूसरे के कूल्हों पर थपकियाँ मारते हुए। पण्डित भी उनके पीछे-पीछे लहराता ज़ा रहा था। जिसने पिता जी का सिर बालों से पकड़कर उठाया था, उसकी खाकी पुलिसिया पैंट पर लगी थेगली कूल्हे पर दूर तक दिखी थी। जमीन पर उनकी परछाइयाँ नहीं थीं। आसमान में सूरज नहीं था। बादल घिरे हुए थे। घर से निकलते वक्त भी लग रहा था कि बारिश होगी, पर बारिश अभी तक हुई नहीं थी। मुझे तब महसूस हुआ कि हवा ठण्डी जल रही थी। शायद दूर कहीं आसमान रोया था।

''पापा जी यहाँ तो बहुत हरियाली है। बहुत सुन्दर-सुन्दर खेत, कुआँ और पहाड़ हैं। अपना गाँव तो बहुत सुन्दर है।'' मैंने बुआ के गाँव के लिए निकलते वक्त घर पर पिता जी से कहा था। मैंने नई नीली कमीज और आसमानी नेकर पहना था। पिता जी ने झकाझक सफेद कुर्ता-पाजामा डाला था। पिता जी का वही कुर्ता अब गिरेबान से चिरता हुआ टुण्डी तक पहुँच गया था। कुर्ता सनकर लाल हो गया था। मेरी नीली कमीज में लाल खून मिल गया था...

''चाय पी लो।'' उसने कहा। मैं बावड़ी की सीढ़ियों से ऊपर चढ़ा। वह चाय रखकर स्टडी टेबल पर बैठकर कुछ लिखने लगी थी। लैम्प की रोशनी उसके बाएँ गाल पर पड़ रही थी। बाएँ गाल के साँवले रंग में कम्पेक्ट टयूब की सफेदी मिल गई थी। शायद वह कल कॉलेज में पढ़ाने के लिए नोट्स बना रही थी। समाजशास्त्र, शोशल मोबिलिटी, मोबिलिटी, सामाजिक गतिशीलता, चाय का कप उठाते-उठाते हाथ सिर पर जाकर बालों में उँगलियों से कुछ सहलाने लगा।

कुत्ते अकेले-अकेले हैं, इस वंश की 36 प्रजातियों में, पर इनका भेड़ियों से 36 का आँकड़ा है। फिर भी भेड़ियों के दाँत पैने हैं अभी तक...

बालों के बीच एक पुराना टीसता ज़ख्म था। छप...छप...छप...बावड़ी के पास फैला अँधकार। घुपा-घुप। खर-पतवार की सिसकियाँ। काले सर्प की फुफकारों-सी फुसफुसाहटें। सीढ़ियाँ...टूटी उखड़ी। एक...दो...तीन...पन्द्रह...गुडुप। ''मारो इन सालो को। एक भी नहीं बचना चाहिए। इनमें से।'' तेज आवाज से बाराती एकदम सकते में आ गए थे। पिचहत्तर-अस्सी पिशाचों की भीड़ सामने से बढ़ी आ रही थी। हाथों में बल्लम, कुल्हाड़ा, गँडासा, लाठियाँ लिए वे सब सामने आ खड़े हुए थे। अभी घर से निकासी हो ही रही थी। घर के आठ-दस बुजुर्ग हाथ जोड़कर उनकी तरफ आगे बढ़े थे। अपनी-अपनी पगड़ी सिर से उन्होंने पहले ही उतारकर काँख में दबा ली थी। सिर कन्धों से नीचे झुक गए थे। उनके छितरे सफेद बाल पगड़ी के बोझ से कुचल गए थे।

''माफ कर दो हुजूर। बालक है, जिद कर गया। बावला मनाने से भी नहीं माना। आपकी ही परजा हैं मालिक। जब तक सूरज रहे, आपका इकबाल ऐसे ही बना रहे माई-बाप।''

यह दूल्हे के दादा थे। उन्होंने जाते ही पगड़ी सामने खड़े खूँख्वार बूढ़े के पैरों में रख दी थी जिसके कुर्ते की दिल के पास वाली जेब आधी उधड़ कर लटकी हुई थी। एक अर्द्ध चन्द्राकार में एक छोटा त्रिभुज फँसा था।

''ये सब छोड़। तेरे से मना नही की थी पंचायत ने गाँव में घोड़ी चढ़ाने को। जो काम आज तक नहीं हुआ, वह तू अब करेगा। तेरे भेजे में बात आई नहीं बेटीचो...! बूढ़ा हो गया पर अकिल नहीं आई अब तक तुझे।'' एक अधेड़ आदमी ने लाठी उनकी पेट में घुसाते हुए कहा था। उन्होंने आँख उठाकर भी उस अधेड़ आदमी की तरफ नहीं देखा। फिर उसी खूँख्वार बूढ़े की तरफ देख सिर झुकाकर वह बोले–

''गलती हो गई हुजूर। आपकी परजा है हुकम।'' उनके हाथ अब भी जुड़े थे।

''अब नीचे, धरम-ईमान का नाश करने पर तुला है। तेरी बिरादरी ने नहीं समझाई तुझे यह बात। तू हैजा-प्लेग फैलाएगा गाँव में। सूखा पड़ेगा देख लेना इस बार। गाँव की परम्परा तोड़ी है हजारों साल की इसने। इसका पातक लगेगा गाँव को। गूजरों के गाँव में यह अधरम। कलजुग है कलजुग।'' यह गाँव का कोई पण्डित था। अपनी परम्परागत भाँडो वाली वेशभूषा में था वह। माथे पर बड़ा-सा त्रिपुण्ड। हाथ में मनकों वाली माला। गले में जनेऊ। कन्धे पर रामनामी। नंग-धड़ंग। वह एक ही साँस में बोलता चला गया था।

भीमा घोड़ी पर बैठा-बैठा चुपचाप सब देख रहा था। टुकुर-टुकुर। हल्दी से सना उसका चेहरा और जर्द हो गया था। भय से फटी हुई थीं उसकी आँखें। वह

चार साल छोटा था मुझसे। शायद चौदह का।

"आप माई-बाप हो हमारे महाराज। ऐसे तो असगुन मत बोलो। जो प्रासचित कहोगे, कर लेंगे महाराज।" भीमा के दादा के मुँह पर घबराहट हिचकोले खाने लगी थी। सूखे की बात सुनकर उनका मन डगमगा गया था। किसान मौत से लड़ सकता है, पर सूखे का डर उसकी जान लिए रहता है।

"अब तो कुछ नहीं हो सकता कमीण। पहले पाप करो। फिर प्रासचित। जो तूने करना था, वह तो तू कर बैठा। अब तो जो हो उसे कम ही समझियो। इसका प्रासचित तेरे बस में नहीं।" यह वही पण्डित था। बोलते-बोलते भी उसकी आँखें भीमा के झोंपड़े के पास बँधे बैलों को देखने से चमक रही थीं। यह वही बैल थे जो भीमा के भाई के भेजे पैसों से खरीदे गए थे। शहर से भेजे थे पैसे। इसी बैसाख में। पर भाई अभी तक नहीं पहुँच पाया था। भाभी ने भीमा की आँख में काजल भी आँज दिया था, एक आँख में काजल आँजकर, दूसरी में आँजने से पहले नाक की लोंग की हाँ भराई थी भीमा से भाभी ने।

"पण्डित जी आप पीछे हो जाओ। कोई प्रासचित नहीं करवाना इस हरामखोर से।" एक जवान लड़का पण्डित को हाथ से पीछे ठेलता हुआ बोला। खिसियाकर वह पीछे तो हो गया, पर बैलों पर से उसकी नजर अभी हटी नहीं थी। अलबत्ता उसकी आँखों की चमक बुझ गई थी।

"क्यों रे ननकया उतारता है अपने पोते को घोड़ी से या लगाऊँ एक लाठी इसके सिर पर। अभी अर्थी निकालूँ तेरे इस सुअर की।" वह जवान लड़का आँखें तरेरता हवा में लाठी उठाने लगा। "छिमा कर दो चौधरी साहब।" भीमा के दादा उसी खूँख्वार आदमी के पैरों में लोट रहे थे। मेरा खून खौलने लगा था। मुट्ठियाँ भिंच गई। जी में आया कि इसकी लाठी से ही इसका सिर फाड़ दूँ। पर मैं आगे बढ़ने की हिम्मत नहीं कर सका।

"देखूँ तो किसकी अर्थी निकलती है।" चिल्लाते हुए बारातियों में से एक आदमी लाठी लेकर उसी लड़के की तरफ दौड़ा था। पकड़ते-पकड़ते भी सबको धकेलते हुए वह उसके पास लाठी का वार करने पहुँच ही गया था। उसकी लाठी उठने से पहले ही उस पर दमादम चारों तरफ से लाठियाँ पड़ने लगीं। मैंने सामने पड़ी लाठी उठानी चाही। पर मैं झुक नहीं सका। औरतों के रोने-चिल्लाने की आवाजें आसमान में भर गईं। सारा आसमान भाँय-भाँय रोने लगा था। मैं दौड़कर उस आदमी पर गिर गया। वरना वह मर ही जाता। लाठी का एक वार मेरी खोपड़ी पर पड़ा था और मुझे आखिरी होश में अँधेरा होता दिखा था।

जब आँख खुली तब भी अँधेरा था। झोंपड़ी में कुप्पी जल रही थी। मौसी राख से दबे सुलगते चूल्हे के पास ही बैठी थी। बारात जा चुकी थी। भीमा पैदल ही गया था। घोड़ी लौट गई थी। मौसी ने बताया था। दर्द से सिर फटा जा रहा

था। सिर पर किसी पुरानी धोती की पट्टी बाँध दी थी किसी ने। जाने फिर कब आँख लग गई। एक जनाना चीख से मेरी नींद टूटी थी। मैंने हड़बड़ाकर उठने की कोशिश की, पर उठते ही मेरी पीठ पर एक जोरदार ठोकर पड़ी थी। मैं मुँह के बल गिर पड़ा। आधा झोंपड़ी के बाहर, आधा अन्दर...

"साले सहरी जरा भी हिला तो गोली उतार दूँगा तेरी खोपड़ी में।"

दुनाली का स्पर्श मेरे दाएँ जबड़े से थोड़ा ऊपर कराते हुए किसी ने गरजकर कहा था। और ठीक मेरी आँखों की दाई तरफ दस हाथ की दूरी पर किसी गोरे देवता की सफेद लाँग के नीचे से किसी के जमीन पर बेतरह ऊपर-नीचे गिरते काले तलुवे नजर आ रहे थे और उस गोरे देवता की नंगी पीठ पर लहराती गेहुँअन-सी मोटी शिखा थी...और एक चीख। कातर, लगातार, आसमान को दो भागों में चीरती हुई, 'छन्न'!...

मेरा ध्यान टूटा। सुन्दर इन्द्रधनुषी रंगों का कप टेबल से नीचे गिरकर टुकड़े-टुकड़े हो गया था। चारों ओर टुकड़े बिखर गए थे।

"कहाँ ध्यान है?" उसने मुड़कर बैठे-बैठे ही पूछा। मैं कभी नहीं जान पाया कि वह काले तलुओं वाली कौन थी? अगली सुबह रोज की ही तरह थी। हवा वैसे ही चल रही थी। औरतें कुएं पर पानी भरने जा रही थीं। आज वे सब चुप थीं। एकदम चुप। कोई नहीं बता सकता था कि रात को कुछ हुआ भी था। कोई नहीं पता लगा सकता था कि रात को कौन जीते-जी मर गई। बारात लौटी तो सब थाने पहुँचे थे। शिकायत करने। सूरज निस्तेज हो चला था। उसकी ताप बुझने लगी थी।

"भाग जाओ यहाँ से हरामजादों खाने को तुम्हारे पास है नहीं। गहने-जेवर लूटेंगे तुम्हारे। यहीं बन्द कर दूँगा सबको। एक-एक से चक्की पिसवाऊँगा। भैनचो, इज्जतदार लोगों की इज्जत पर बट्टा लगाने चले आए यहाँ पर।" नायब थानेदार ने बड़ी-बड़ी मूँछों को ऊँचा तानते हुए कहा था और सब लौट पड़े थे। "रामधनी किसकी थी रातवाली। बड़ी मजेदार बता रहे थे। भाग था साली का, पवित्तर हो गई।" पीछे से उसी नायब थानेदार ने सियार की तरह अपने किसी मातहत का नाम लेकर तेज स्वर में ठहाका लगाया था। मेरे मन में आया था कि सामने पड़ी ईंट इसके सिर पर दे मारूँ। रात की लाठी तब भी टीस रही थी।

और उसी दोपहर मैंने निश्चय किया था। आने वाले भविष्य के लिए। मैं अपनी पत्नी और बेटी को नहीं सिखाऊँगा कि औरत की इज्जत लूटने से लुट जाती है। कि वह सिर्फ शरीर है। वे गार्गी नही बनेंगी। अम्बपाली का मनोबल सीखेंगी। अप्रतिहत जिजीविषा से पूर्ण। कुदरती खासियतों का बेहतरीन इस्तेमाल। 'उईऽऽऽ'। उसके मुँह से निकला। मैंने उसकी ओर प्रश्नवाचक नजर से देखा। "चूहा था।" वह बोली।

"चौथी मंजिल पर चूहा कहाँ से आ गया?" मैंने बेड से उतरते हुए दोनों पाँव एक तरफ किए कि कहीं फर्श पर पड़े कप के टुकड़े पैरों में न लग जाएँ। टुकड़े एक-एक करके उठाए। उन्हें डस्टबिन में डालकर फर्श पर फैली चाय को 'मॉप' कर दिया। मैं खिड़की के पास आ खड़ा हुआ आसमान में धुँधुआते तारे थे। हवा ठण्डी थी।

"चाय पीनी हो तो बनाऊँ।" उसने वहीं से पूछा।

"नहीं मै खुद बना लूँगा। तुम पियोगी?"

मेरी नजर अब भी तारों पर थी। "हाफ कप", पीछे से आवाज आई थी।

रात खत्म होने और सुबह होने से पहले अँधेरा गहराता है। फिर एक लाल किरण अंकुआती है विस्तृत नीले आसमान में। तब भेड़िए भागते हैं और भागते-भागते भेड़ बनते जाते हैं...

इधर गाँव है, हमारी जड़ें, हमारी जमीन, जहाँ जलालत है, अपमान है, लाचारी और बेबसी है। हर पल बेइज्जत होने का डर है, हर क्षण छोटे होने का अहसास है। दूर-दूर तक रेत है, पानी से निचुड़ी, जहाँ हमारे लिए न थाना-पुलिस है, न अस्पताल, न कचहरी, गाँव की पंचायत है, पर वह हमारी नहीं है। उस पंचायत में हमारे लिए न्याय नहीं है। सुनवाई नहीं है। सिर्फ उपहास हैं। वहाँ खेत न थे। जमीन न थी हमारी, बस मेहनत थी। फसल उनकी थी, खेत उनके थे। घर उनके थे, धरती उनकी थी हमारे पास एक झोंपड़ी थी। हमारे पास सिर्फ नमक था, मिर्च थी, आधे पेट के लिए रोटी थी, आधे के लिए पानी था। पर कुआँ नहीं था। हमारे पास नया कपड़ा नहीं था, जूती नहीं थी।

इधर शहर है, जहाँ एक बड़े सरकारी संस्थान में मैं मैनेजर हूँ। एक अधिकारी। मिस्टर सिद्धार्थ निर्मल, मार्केटिंग मैनेजर। मेरी पत्नी की कॉलेज लेक्चरार की नौकरी है। हमारे पास घर है। मेरा और मेरी पत्नी का एक कमरा, बेटी के लिए एक अलग कमरा, मेहमानों के लिए बैठक और पढ़ने के लिए एक स्टडी रूम। जब बेटी बीमार थी। तब डॉक्टर पुंज को फोन करके घर बुलाया था मैंने। उन्होंने अच्छी और महँगी दवा लिखी थी, जिससे बेटी जल्दी ठीक हो गई थी। बुआ की तरह ठण्ड से नहीं मरी थी वह। कार है, जिसमें एयर कंडीशनर लगा है, जिसका अधेड़ गढ़वाली ड्राइवर भट्ट दरवाजा खोलते वक्त झुककर सलाम करना कभी नहीं भूलता। लिफ्ट से मेरे उतरते ही दौड़कर मेरा ब्रीफकेस पकड़ने में उसने कभी पल भर की की कोताही नही की। बेटी के लिए महँगा कान्वेंट स्कूल है। उसकी टीचर ने बताया था एक दिन, पेरेंट्स-टीचर्स मीटिंग में। "योअर डोटर मे बी ए गुड सिंगर सर!" और मैंने म्यूजिक सिखाने वाले एक बंगाली टीचर को इंटरनेट पर कॉल किया था। वह घर पर सप्ताह में दो दिन बेटी को संगीत सिखाने आता है। बेटी की जिद के लिए मैकडोनॉल्ड है, पीजाहट है, हल्दीराम भी है। जहाँ हम

पैसा फेंककर भी दे सकते हैं। हम जानते हैं पैसा नीचे गिरने पर भी कम्प्यूटर के पास बैठा काउंटर ब्याय ही मुस्करा कर अंग्रेजी में 'सॉरी सर' कहेगा। हमें खेद भी व्यक्त नहीं करना होगा। यहाँ हमारे सामने, हमारे लिए सिर्फ मुस्कराहटें हैं, हमारी कोई हँसी नहीं उड़ा सकता। यहाँ पुलिस है। यहाँ महँगा वकील है, शहर के इस नितान्त अपरिचित संसार में हमारे लिए सुख-ही-सुख है। अनवरत, ताउम्र। यह अपरिचय हमारे इन्द्रधनुषी सपनों में लगातार रंग भरता है।

परन्तु परिचित संसार में वही सर्प है। वहीं फुसफुसाहटें हैं, वही जहर-बुझी मुस्कराहटें हैं। हमारा 'कोटा निश्चित है', मैं कोटे की वजह से तरक्की कर गया हूँ...बस वरना...वरना...शायद मैं अब भी गन्दा हूँ। अब भी नीच। ऑफिस के सफाई कर्मचारी किशन की तरह। क्लर्क कर्दम की तरह। क्योंकि मैं उनकी जाति का हूँ। कर्दम के घर का बना खाना साथी कर्मचारी नहीं खाते। उसने मुझे बताया था। मैं उनके साथ नहीं खा सकता था। पासवान और कर्दम दोनों साथ-साथ खाते थे। परन्तु किशन कब खाता था इसका किसी को पता नहीं था। कर्दम ने जनरल मैनेजर महापात्रा से साथी क्लर्क गुप्ता की लिखित शिकायत की थी। गुप्ता ने उसे 'कोटे का' कहा था। मैंने केस 'परस्यु' करने की कोशिश भी की थी। फिर महापात्रा साहब ने मुझे अपने केबिन में बुलाया था। आधा घण्टे तक उन्होंने मुझसे केस डिसकस किया था। मैंने उन्हें बताया था कि किस तरह गुप्ता ऑफिस में माहौल खराब करता है। 'मिस्टर सिद्धार्थ, यू आर एन आफिसर। आपको प्रज्डिस्ड नहीं होना चाहिए। कहीं ऐसा तो नहीं कि कर्दम भी एस.सी. है इसलिए आप...' महापात्रा साहब ने आँखें सिकोड़ी थीं। 'और फिर गुप्ता ने कास्ट पर तो कोई गाली भी नहीं दिया है। कोटे से तो वह आया ही है। यह तो आप जानते ही हैं इसमें वह बुरा क्यों मानता है? यू मे गो। आई विल सी।' उनके चेहरे पर मैंने वही मुस्कराहट देखी थी जो मैं अक्सर गुप्ता के चेहरे पर देखता था। पिछले पाँच सालों से उसका फैसला पैंडिंग पड़ा था।

क्यों अक्सर कर्दम और पासवान मेरे पास आते हैं? क्यों वे मुझे अपना दुखड़ा सुनाते हैं? क्यों मैं वहाँ अकेला ऐसा अधिकारी हूँ? क्यों असिस्टेंट पासवान मेरे चपरासी छेदी खटीक के नहीं होने पर मेरा चाय का कप पकड़ने में हिचकता नहीं है? क्यों गुप्ता और दूसरे दो-एक लोग आफिस में मेरे आने पर मुझे विश नहीं करते? क्यों मेरे डिप्टी थपलियाल का हर काम यह दौड़कर करते हैं? क्यों...क्यों...? हम अलग हैं? इनसे अलग? मुसलमानों की तरह? ईसाइयों की तरह? अश्वेतों की तरह? इनके परिचय क्षेत्र से बाहर...अजनबी? मलेच्छ? नीच? अछूत?

अम्मा के रस्सी बँटते हाथों के सैकड़ों रेशों में से एक रेशे की तरह ही ऐंठता जा रहा था मैं।

पर तारे कितने साफ दिखते थे वहाँ। कितने सारे। कितने नीचे। एक पर

एक चढ़ते। एक-दूसरे को धकेलते। एक-दूसरे के लिए जगह न छोड़ते। दादा जी के फकीरी बोल चमकते हैं उन तारों के बीच। फसल की सुनहली बालियों पर, कुओं पर, बावड़ियों पर उनका पसीना चमक रहा है आज भी। छान का वह झोंपड़ा जिसकी कच्ची मिट्टी की दीवार पर उनके हाथों की खुशबू है। कितना अपना। अपनी धरती हमारी जमीन। मैं फिर बावड़ी की टूटी सीढ़ियों के पास था। किनारे खिली कुमुदिनी को तोड़ने लगा था। तारों की रात में चाँदनी से भरी कुमुदिनी।

''शादी में चलने का क्या प्रोग्राम है?''

उसकी आवाज सुनाई पड़ी थी, पीछे से उसे कहाँ पता था कि बस उसी शादी के बारे में सोच रहा हूँ...लगातार। डर? कैसा डर? किससे? चलते-चलते बालकनी में पहुँच गया। सैल फोन पर फोन बुक से नम्बर ट्रेस करने लगा। 'एस' में शिरीष सोनकर, डी एम स्क्रीन पर नाम और फोन नम्बर उभरा। शिरीष मेरा जूनियर था, युनिवर्सिटी में। दौसा में ही पोस्टेड है। मैं जानता हूँ वह मेरी आवाज सुनकर उछल पड़ेगा। तपाक से जयभीम कहेगा। पिछली बार जब मैंने उसे फोन किया था, तब भी दो-तीन मिनट तक तो वह कभी भूले से भी याद नहीं करने का उलाहना ही देता रहा था। वह आज भी मुझे सर कहकर ही सम्बाधित करेगा। कुछ लोग कभी नहीं बदलते। शायद इसलिए कभी नहीं मरते। 'हैलो', उधर से आहट होते ही मैंने कहा। पर यह तो किसी कम्प्यूटर का स्त्री-स्वर है, 'द नम्बर यू हैड डायल्ड डज़ नॉट एक्जिट प्लीज चैक द नम्बर अगेन।' मैंने चैक किया। नम्बर सही था। शायद उसने सिम कार्ड बदल दिया होगा। बालकनी से मैं बड़ी मेज के पास आ खड़ा हुआ। 'सिद्धार्थ'। कान के बहुत पास एक महीन आवाज आई थी। शोम...मेरे दोस्त शोम सान्याल की आवाज। ''कब तक सहोगे यह... कब तक?'' शोम कहाँ गया, कुछ पता नहीं, पाँच साल पहले उसका आखिरी खत जहानाबाद से आया था।

''कहाँ ध्यान है। मैं कुछ पूछ रही हूँ।'' वह उठी और पास आकर मेरी कमर को दोनो हाथों से कसती हुई बोली, ''वह तुम्हारी ताई जी के लड़के की शादी में गाँव चलने का क्या सोचा तुमने? चलना है या नहीं?'' अपना गाँव देखने के लिए बेटी की ही तरह बहुत उत्साही है वह। उसने कन्धे से नीचे बाईं तरफ वाले उसी साँवले गाल को हौले से रगड़ा जो अभी थोड़ी देर पहले कम्पेक्ट ट्यूब की रोशनी में सफेद लग रहा था। छज्जे पर कबूतर लौट आए थे कभी के। कबूतर के बच्चों की चींची से घर भरा हुआ था। मैंने मेज की दराज में पड़ी लाइसेंसी रिवाल्वर की चिकनी बट पर हाथ फेरा।

''जाना तो होगा ही। नहीं जाएँगे तो हम मर जाएँगे।''

मेरे मुँह से बेसाख्ता कुछ चमकते हुए शब्द निकले। आसमान में कुछ तारे और बढ़कर तेज़ जलने लगे। 'क्या', वह मेरे मुँह की तरफ अचरज से देखती रह गई।

ढाई आखर

बेसाख्ता उसके मुँह से निकला था, "हर शब तेरे नसीब में फूलों की सेज हो, तुझको नसीमें सुबह जगाया खुदा करे।" बालों को काले कपड़े से साफे की तरह बाँधे वह फकीर यह कहकर आगे बढ़ गया था। मैं अवाक् खड़ा उसे देखता रह गया। नंगे पाँव काला लम्बा चोगा पहने वह फकीर बहुत दिलचस्प नहीं था; आम फकीरों जैसा ही था। शेर की शक्ल में दुआ देने से कुछ पल पहले ही उसने लम्बूतरे कटोरे जैसा कुछ मेरे आगे बढ़ाया था। मैंने उसमें हाथ में पकड़ा सेब रख दिया था। दरअसल यह जेब से पैसा निकालने का आलस था। या जेब में खुले पैसे न होने का अहसास। उसने सेब पर एक उड़ती-सी नजर डाली थी। फिर गहरी नजर से मुझे देखा था। मुस्कराते हुए। अक्सर कोई शेर, कोई कविता, कोई नज्म सिर्फ इसलिए ओस की भीगी पंखुड़ियों-सी लगती है क्योंकि उसमें अपना दामन कहीं अटका होता है। सूरज सिर पर था पर सर्दी के कारण भला लग रहा था।

अगर आज समीरा मेरे साथ होती तो फकीर की दुआ में नसीम शब्द सुनकर वह जरूर खूब हँसती। जैसे वह अक्सर बात-बेबात हँसा करती थी। हँसने में उसकी बराबरी कर पाना मुश्किल था। वह इतनी छोटी-छोटी बातों पर ऐसे खुलकर हँसती थी कि मुझे कभी-कभी शक होता कि वह हँसती नहीं बस बनकर दिखाती है। कोई इतनी छोटी-छोटी बातों पर इतना कैसे हँस सकता है। पर जब हँसते-हँसते उसकी आँखों से आँसू निकल आते तो यकीन न करने का कोई कारण नहीं बचता था। मेरे यह पूछने पर कि तुम इतना कैसे हँस लेती हो, तुम्हारे गाल खिंचे-खिंचे दर्द नहीं करने लगते, तुम्हारी साँस नहीं फूल जाती, तुम्हारे पेट में बल नहीं पड़ जाते। वह सिर्फ मुस्कुरा जाती। एक दिन उसने जवाब दिया था, "तुम्हारे पास बहुत सवाल हैं, वरना तुम भी हँस पाते। हँसना चाहते हो तो अब आजाद हो जाओ इससे। सवाल कहीं नहीं पहुँचाते। पर जानती हूँ तुम हो नहीं पाओगे।" कुछ पल सोचकर वह फिर बोली थी, "शायद तुम्हें आजाद होना भी नहीं चाहिए। यह तुम्हारी सोसायटी की जरूरत है। तुम्हारे जैसे लोगों की बहुत जरूरत है, तुम्हारी सोसायटी को। एक यह फर्क भी हमारे-तुम्हारे बीच है कांति।" बात फिर आई गई हो गई थी। चीजें हमेशा के लिए नहीं रुकतीं। एक के बाद एक तह उस पर चढ़ती जाती है।

"समीरा माने नसीम"। वह बोली थी। हम जहाँ बैठे थे, वहाँ से सामने हिमालय नजर आता था। मैंने उसके नाम के बारे में उससे पूछा था। "माने ठण्डी हवा, अलस्सुबह की भीगी-भीगी, अलसाई-सी, सुकून देने वाली हवा। तुम सोच रहे होंगे कि इतनी उर्दू मैंने कहाँ से सीखी।" फिर वह देर तक हँसती रही थी। हवा ठण्डी थी। उसने स्कार्फ न बाँधा होता तो उसके बाल हवा में उड़ते रहते। तब शायद वह और खूबसूरत लगती। मैंने सोचा था। "मेरी क्लासमेट थी। नाइंथ स्टेंडर्ड में, अफरोज उसने बताया था।" वह बोली थी। "तुम सच में ऐसी ही हो। अपने मन से। अपनी हँसी से दूसरों को सुकून देने वाली। ताजगी देने वाली।" मैंने उसके सिर पर जहाँ स्कार्फ बँधा था, हल्की-सी चपत लगाते हुए कहा था। कहना मैं और भी बहुत कुछ चाहता था, पर डरता था। लगता कि इसके लिए यह सब एक और तरह का खेल न हो जाए। या फिर वह बात सुनकर बहुत जोर से हँस न दे। वह ऐसा करती थी। जब कोई उसे प्रभावित करने के लिए उसकी तारीफ कर रहा होता तो वह बड़ी संजीदा होकर अपनी तारीफ सुनती रहती थी। फिर अचानक, एक ऐसा पल आता था कि वह एकदम बहुत जोर से हँसती और हँसती ही चली जाती। सामने वाले की हालत एकदम पीले पत्तों की तरह हो जाती थी। वह कुछ भी न बोलती बस हँसती ही चली जाती। यह उसका खेल था। उसका एक अजीब बौद्धिक आतंक था दोस्तों पर। और यही डर मुझे कुछ भी अधिक बोलने से हमेशा रोक देता था।

वह हमेशा भागती-कूदती रहती। हमेशा जीवन्त। जिन्दगी उसमें पनाह पाती। हम बहुत-से लोग थे। वह सभी से खूब बातें करती। हँसती-मुसकराती। पर यह सब सिर्फ उसकी अपनी मर्जी पर था। लोग उससे तभी बात कर सकते थे जब वह उन्हें करने देना चाहती थी। वरना वह हमेशा उनकी पहुँच से बाहर रहती। हालाँकि वह कभी गुस्सा भी नहीं होती थी। मैंने सिर्फ एक बार उसे गुस्से में देखा था। वह भी बहुत ही मामूली बात पर। उस दिन हम टेबल टेनिस खेल रहे थे। सुशान्त ने खेलते हुए उसका हाथ पकड़ लिया था। बस इस बात पर उसने इतने जोर का तमाचा उसके मुँह पर मारा कि हम सब सन्न रह गए। सब एकदम चुप। यह गर्मियों के दिन थे। पंखों की हल्की चिर्र-चिर्र की आवाज ही उस कमरे में चिल्ला रही थी। यह बेहद मामूली बात थी। ऐसे हम अक्सर एक-दूसरे का हाथ पकड़ लेते थे। फिर वह पैर पटकती हुई कमरे से बाहर निकल गई थी। दरवाजे पर एक पल रुककर उसने मेरी तरफ देखा था। पर मुझे आगे बढ़ते न देख वह फिर रुकी नहीं। उसके पीछे-पीछे तसलीमा, फारूक और मल्लिका भी चल दिए। मैं पशोपेश में था कि कहाँ जाऊँ। सुशान्त मेरा अच्छा दोस्त था। वह आड़े वक्त में पैसे-धेले से हमेशा मेरी मदद करता था। पर मैं सुशान्त की तरफ भी न बढ़ सका। मैं दूसरे दरवाजे से सीधे अपने रूम में चला गया था। शाम ढल गई थी।

हालाँकि बाद में अपनी मूर्खता पर बहुत खीज हुई थी। किसी एक का तो होना चाहिए था मुझे।

इस घटना को गुजरे तीन दिन हो गए। वह न मुझसे मिलने आई, न फोन किया। मुझे आज तक उसे फोन करने की जरूरत न पड़ी थी। इससे पहले भी कभी वह नाराज होकर चली जाती थी तो खुद ही दूसरे दिन आकर 'जाओ माफ किया तुम्हें' कहकर बात करने लगती थी। पर इस बार तीन दिन बीत गए और न वह आई न उसने फोन किया। हारकर चौथे दिन मैंने ही उसे फोन किया। मेड ने बताया कि मिस बाबा घर पर नहीं हैं। मैंने उसे मैसेज देने को कहकर फोन काट दिया था। पर उसका फोन नहीं आया था। मैं रिसर्च के चलते मसरूफ हो गया। और इसी तरह उसे देखे बिना हफ्ता गुजर गया। इस एक हफ्ते में मैंने हर पल उसे याद किया। मसरूफियत के बावजूद मैं हर पल उसमें रहा, वह मुझमें रही। वह हर लम्हा साथ होती, और उसके साथ न होने की कसक भी साथ होती। और काम भी होता। "कैसी हो समीरा?" एक शाम अचानक वह कैम्पस में मिली थी। मैं लैब से निकल रहा था और वह लैब के सामने से गुजर रही थी। पेड़ों के पीछे से सूरज की आखिरी किरणों की हल्की रोशनी छन-छनकर आ रही थी। आसपास बहुत कम लोग थे। रात घिरने ही वाली थी।

"अब्सोलूटली फाइन" उसने बहुत सधे शब्दों में जवाब दिया और आगे बढ़ गई थी।

"रुको तो।" मैंने कहा, पर उसने सुना नहीं और वह रुकी नहीं, चलती रही। मैंने आगे बढ़कर फिर रुकने के लिए कहा तो वह रुककर बोली "क्यों?" यह आवाज बहुत तल्ख थी, बहुत अपरिचित। फिर मुझसे कुछ कहते नहीं बना था। मैं आगे से हट गया और वह आगे बढ़ गई थी। कुछ कदम आगे बढ़कर वह रुकी थी। उसने पलटकर देखा कि मैं वहीं खड़ा हूँ तो वह वापस आई थी। "बहुत दुख दिया है तुमने मुझे।" वह वापस आकर बोली थी। "मुझे माफ कर दो।" इससे अधिक मैं कुछ नहीं सोच पाया। मैं खड़ा-खड़ा निरुद्देश्य अपने जूते की नोक से कच्ची सड़क पर ठोकर मारता रहा। कुछ पल यूँ ही निकल गए थे। वह कुछ न बोली। मेरे पास तो बोलने को वैसे ही बहुत कम होता था। "जाओ तुम्हें माफ किया। पर कॉफी पिलानी पड़ेगी।" उसने भरसक हँसते हुए कहा था। मैं जानता था वह हमेशा ऐसा ही कहती थी और हमेशा पेमेंट खुद करती थी। अब मेरा ध्यान उसके स्वेटर पर गया। यह नया स्वेटर था। यह भी नीला। उसके पास लगभग एक दर्जन नीले स्वेटर थे। उसे नीला रंग बहुत पसन्द था। उसके स्वेटर की कलाई पर से बाजू हमेशा कुछ दिनों में ढीली होकर खुल जाती थी। बाजुओं को खींच-खींचकर वह अपनी ऊँगलियों में लपेटे रहती थी। इसी से कलाई से वह ढीली होकर झूलती रहती थी। यह अभी खुली नहीं थी। उस दिन क्या

हुआ था?—न उसने बताया और न ही मैं पूछ सका।

यह बहुत बड़ा शहर नहीं था। पर छोटे शहरों के मुकाबले लोगों में खुलापन अधिक था। जिन शहरों में बाहर से सैलानी आते रहते हैं, वे शहर शायद ऐसे ही हो जाया करते हैं। सैलानियों की अपनी जिन्दगी होती थी और स्थानीय लोगों की अपनी। सामाजिक लोकाचार के नाते भी उनका सैलानियों से वास्ता कम ही रहता था। दो समानान्तर तरह की जिन्दगियाँ शहर में चलतीं। ठण्ड इस बार कुछ ज्यादा पड़ रही थी, सुबह भी बर्फ पड़ी थी। सारी सड़क पर फाहे बिछ गए थे। स्थानीय लोग इक्का-दुक्का ही दिखाई देते। दुकानें खुली थीं, पर बहुत खाली-खाली। किन्तु माल रोड पर सैलानियों की भीड़ थी।

"आज सुबह मम्मी का लैटर आया था। मेरे भतीजे का बर्थडे था। हफ्ताभर पहले। हाँ तुम साथ तो थे उस दिन। जब हम कार्ड खरीदने माल पर गए थे। कार्ड उन्हें मिल गया था बर्थडे से पहले। भैया अलग रहने लगे हैं। उनके चले जाने से मम्मी बहुत लोनली फील करती है।" उसने कहा। इस वक्त हम जहाँ बैठे थे, वहाँ से शहर शुरू होता था। एक घुमावदार रोड़ खत्म होने के बाद शहर की गहमागहमी थी। सिर पर सर्दियों का कोहरे से भरा आसमान था। रोड़ के साथ ढलुवाँ जगह पर बनी थी यह पुलिया। सामने दूर तक जाती झील थी। जिसके किनारों पर काई इकट्ठा थी। अनेक ब्रांडों वाले चिप्स के पैकेटों के खाली रैपर। पालिथिन बैग्स। पता नहीं लोग इतने गैर जिम्मेदार क्यूँ होते हैं। दुनिया के सारे मूर्ख समझदारों की जिम्मेदारी हैं। मैंने उसकी बातें सुनते हुए सोचा था। "क्या तुम्हारे डैड रिटायर हो चुके हैं?" मैंने ठहरे लहजे में पूछा। जैसे इस बात पर बहुत कुछ निर्भर करता हो। पर कुछ समझ न आया तो यही कह दिया था। कभी-कभी कुछ बोलते रहना जरूरी हो जाता है।

"ऊँ हूँ। रिटायरमेंट तो अभी मम्मी का भी नहीं है। अभी तो बहुत वक्त है। पर..." वह चुप हो गई थी। "उन दोनों के बीच आपस में बहुत कम बातचीत होती है। सबके अपने दुख हैं। जानते हो कांति, दुख सिर्फ एक्सपेक्ट करने से होता है। अगर हम च्वाइसलेस हो जाएँ तो कोई दुख न रहे। पर क्या आदमी ऐसा हो सकता है? उसने अपने मुँह को दोनों हथेलियों से ढंक लिया। "खुद को सुकून देने के लिए यह एक तरीका तो समझ आता है। पर पूरी जिन्दगी इस तरह बिता पाना नामुमकिन है।" मैंने उसे दिलासा देते हुए उसकी बात का समर्थन किया था। "क्या मम्मी, डैड के बीच कोई..." पूछते-पूछते मैं रुक गया। यह नाहक कोशिश थी। इससे मुझे बचना चाहिए था। पर वह किन्हीं और ही रास्तों पर थी। जहाँ मेरा सवाल आड़े नहीं आया था।

"जानते हो कांति, इन्सान को सबसे ज्यादा डर किससे लगता है?" उन्हीं रास्तों से यह सवाल आया था। फिर उसने एक बार मेरी तरफ देखकर आँखें मूँद

ली थीं। मैं समझ न सका कि उसे जवाब चाहिए भी या नहीं। या वह सिर्फ सवाल ही पूछना चाहती थी। पता नहीं यह उसने मुझसे पूछा था या खुद से। और अब वह खुद उत्तर ढूँढ़ रही थी। "शायद मौत से।" मैंने झील में एक बड़ा ढेला फेंकते हुए कहा था। "नहीं लोनलीनेस से। मौत क्या है? फिर अपनों से कभी न मिल पाने की नाउम्मीदी।" वह दूर झील के किनारे तक देखती हुई बोली। "मौत अकेले हो जाने की ही दूसरी सिचुएशन है। यह फेमिली, कास्ट, सोसायटी, रिलीजन सब इसी डर के नतीजे नहीं हैं। रिश्ते बना रहा है। शादी कर रहा है। बच्चे पैदा किए जा रहे हैं, अपने चारों तरफ भीड़ कर लेना चाहता है आदमी। सिर्फ अकेलेपन को बाँटने के लिए ही न।" उसने बाजुओं को खींचकर ऊँगलियाँ अन्दर छिपा लीं। उसकी आँखें अब भी बन्द थी। अपनी जूती की नोक से उसने नीचे गीली मिट्टी पलटते-पलटते एक हल्का-सा गड्ढा कर दिया था। "इस अकेलेपन को मैंने जिया है बचपन से अपनी जिन्दगी में। मैंने इस अकेलेपन का नतीजा भुगता है।" कुरेदी हुई गीली मिट्टी को वापस बन गए गड्ढे में पैर से भरकर वह थपकियाँ देने लगी। यह उसका एक अलग ही रूप था। "तभी तुम इतना बोलती हो, इतना हँस लेती हो। मेरा ख्याल है कि इस अकेलेपन की हम सभी को जरूरत है। हम सभी को इसकी आदत होनी चाहिए ताकि हम भी इतना हँस-बोल सकें, उछल सकें, कूद सकें," मैंने मजाक करते हुए कहा ताकि माहौल और संजीदा न हो। वह जब-जब मेरे सामने संजीदा होती थी तब यह करना जरूरी हो जाता था। यह सन्तुलन था। मध्यमार्ग...एक अबोला समझौता था मारे बीच। हम में से कोई एक ही संजीदा हो सकता था। तब दूसरा उसे सँभालने का काम करता था।

"बेशक!" कहकर वह मुस्कराई थी। वह मेरे मजाक से समझ जाती थी कि इसके बाद संजीदा नहीं होना है उसे। वह इन्तहा होती थी। क्योंकि इसके बाद मैं नाराज हो जाने का स्वाँग करता था। वह उसके लिए ज्यादा परेशानी का कारण था। तब वह मुस्कराने लगती थी। उसकी यह मुस्कान अलग ही होती थी। टीसती, कराहती। उसके बर्फ से गोरे चेहरे पर मुस्कान ने फैलकर उसे और खूबसूरत बना दिया। वक्त बर्फ के फाहों की तरह गिरता रहा और मिटता रहा।

बर्फ इस साल पहले साल से भी ज्यादा पड़ी थी। मेरी नौकरी का कागज आ गया था। पर मैं आज फिर भी खुश न हो सका। मेरे शहर से कुछ दूर पाँच दलितों को जिन्दा जलाने की घटना अंग्रेजी दैनिक के मुख पृष्ठ पर 'लिचिंग ऑफ फाइव दलितस' शीर्षक से छपी थी। मैं देर रात तक उस घटना से उद्वेलित रहा था। समीरा समझती थी। पर वह मुझे अकेला छोड़कर गई नहीं। मैं समीरा से घूम-घूमकर उसी दुर्घटना पर बात करता रहा था। मैंने 'लिंचिंग' शब्द पर ही उससे पच्चीसों बार बात की थी। वह सुनती रही थी। वह मेरे दुःख में, मेरे दर्द में, हमदर्द की तरह शामिल थी।

"तुम्हारे परिचित थे, मतलब रिश्तेदार?" यह बनती जा रही गाँठ में छेद करने की उसकी कोशिश थी, ताकि मवाद बहने का रास्ता बने। परन्तु उस दुःख में मैं यह सब नहीं समझ सका था। और दुःख बह निकला था।

"हाँ, अपने ही लोग थे, रिश्तेदार भी कह सकती हो। खून के रिश्ते ही तो रिश्ते नहीं होते। फूफा, मौसा, जीजा, भाभी—ये सब रिश्ते खून के कहाँ होते हैं? पर क्या ये अपने नहीं होते? इन्हीं से तो परिवार बनता है, समाज बनता है। वे भी हमारे ही समाज के लोग थे। दूर कहीं चुपचाप अपनी जिन्दगी जीते हुए। जिन्दगी की लड़ाई लड़ते हुए। वह मरेंगे तो हम कैसे बचेंगे? हम भी मरेंगे, देर सबेर। एक दिन हमारी गर्दन पर भी धार आएगी। यह दुख एक का नहीं, सबका है...साझा।" मेरी आँखों में झिलमिलाहट आई थी। आवाज भर्राने को हुई थी। परन्तु पल भर को चुप रहकर मैं जज्ब कर गया था।

तीन साल बाद अपना शहर याद आया था...दिल्ली याद आया था। भाई याद आया था। जो जिन्दा होता तो अबतक एक काबिल डॉक्टर बनकर लाखों लोगों का हमदर्द बन गया होता। वह रात याद आई थी जब उसके एक्सीडेंट की खबर घर आई थी। सफेद चादर में लिपटा उसका साँवला चेहरा याद आया था। उसके शान्त, निस्पन्द चेहरे में मैंने अपना चेहरा देखा था। बाद में एक दिन अपने दोस्त से मैंने अपना सोते हुए फोटो खिंचाया था कि क्या मरकर मैं भी भाई के जैसा दिखूँगा।

शुचिता साल भर तक घर आती रही थी, पर मेरी माँ के बार-बार आग्रह पर उसने किसी और से विवाह कर लिया था। माँ भाई के लिए रोती-रोती दिल की मरीज हो गई थी। शुचिता आती तो माँ का सब्र टूट जाता था। भाई का शुचिता से विवाह नहीं हुआ था तब तक, सिर्फ प्रेम था। दोनों एक ही मेडिकल कॉलेज में थे। शुचिता के परिवार की ओर से सभी इस रिश्ते पर रजामन्द थे। परन्तु यहाँ पिता जी राजी नहीं थे। भाई को जब दाग दिया जा रहा था, तब शर्मा जी भी वहीं थे। उनकी आँखों में भी आँसू थे। पर मेरे पिता जैसा मजबूत आदमी वहाँ कोई नहीं था। एक अकेले वही थे जिनकी आँखों में एक क़तरा भी नहीं था। 'क्या हो गया यह सब' कहकर कोई उन्हें दिलासा भी देता तो कहते 'अब क्या हो सकता है।'

और अगली सुबह छः बजे जब वह मदर डेयरी से दूध लेकर लौटे थे तो उन्होंने रोज की ही तरह भाई को चाय बनाने के लिए आवाज लगाई थी, 'सुशील' आवाज देते ही जैसे उन्हें सब कुछ याद आया था। फिर जैसे ज्वालामुखी फूट गया था। वे वहीं फर्श पर गिर गए थे। डोल हाथ से छूट गया था। सारा दूध फर्श पर फैल गया था। अभय, माँ और मैं दौड़कर पिता जी के पास आए थे। वे चिल्लाए जा रहे थे। 'मेरा बेटा, मेरा सुशील उसे मार डाला हरामजादों ने, मार डाला मेरे

फूल से बच्चे को...मेरे राजा को।

बाद में हमें पता चला था कि शुचिता को लेकर भाई की कॉलेज में कुछ लोगों से रंजिश हो गई थी। भाई ने पिता जी को कुछ दिन पहले ही बताया था, इस सब झगड़े के बारे में। पिता जी ने भाई को शुचिता से दूर रहने के लिए कहा था, पर भाई ने नहीं माना था। भाई और पिता जी की रोज इस समय बातचीत होती थी। भाई को उठाकर पिता जी दूध लेने चले जाते थे। जब तक वह लौटते तब तक भाई नहा धोकर पढ़ने की टेबल पर बैठा होता। यही वक्त होता था, जब वह घुसते ही भाई को आवाज लगाते थे। 'सुशील, चाय बना रहा हूँ।' यह संकेत होता था कि वह लौट आए हैं। नहीं तो आधे घण्टे से ज्यादा देर होते ही भाई उनको खोजता हुआ मदर डेयरी पहुँच जाता था। पिता जी को वहाँ किसी बतियाते देखता तो चुपचाप घर आ जाता। पिता जी भी उसे देखकर चुपचाप पीछे-पीछे चले आते। घर आते ही वह पिता जी पर खूब नाराज होता। पिता जी के एक्यूट अस्थमा की वजह से वह बहुत चिन्तित रहता था।

वह पिता जी को इतनी सुबह निकलने के लिए मना करता था, पर वह मानते नहीं थे। वे बहुत जिद्दी थे और भाई उन्हीं पर गया था। पिता जी ने अपना बचपन ईंट के भट्टों पर मेहनत करते हुए गुजारा था, इसलिए भी वह ज्यादा चिन्तित रहता था। भाई पिता जी का लाडला बेटा था। उसी बेटे के लिए आज सुबह वे छाती पर हाथ रखकर रो रहे थे, जिसको आग देते हुए कल उनकी आँख में नमी तक नहीं थी। तीन साल बाद याद आया था घर मुझे—अभय, माँ और पिता जी। झज्जर में जलाए गए अपने लोगों के बहाने।

"माँ, पिता जी अब भी दिल्ली में ही हैं?" समीरा ने पूछा था।

"हाँ, अभय विदेश चला गया है। पिछले साल।" उसने वहीं बसने का फैसला किया है। माँ रोती है, पिता जी समझाते हैं कि ऐसे मोह करना अच्छा नहीं। हम अकेले कहाँ हैं। हम दोनो हैं तो। दुःख तो हर तरफ है। आदमी को हर हाल में सुख की तलाश करनी चाहिए। घर से खत आते हैं पिता जी लिखते हैं, माँ की तसल्ली के लिए।

"पिता जी उस शादी के लिए राजी क्यों नहीं थे?" समीरा ने फिर सवाल किया था। "क्या शुचिता उन्हें पसन्द नहीं थीं?"

"नहीं ऐसी बात नहीं थी। शुचिता तो अच्छी लड़की थी। उसके परिवार के लोग भी अच्छे थे पर...पर...देखो तुम समझने की कोशिश करना। इसे अदरवाईज भी मत लेना, शायद पिता जी को उसकी जाति अखरती थी। वे हमेशा एक ही बात कहते थे, इनसे रिश्ता रखने में नुकसान हमें ही होगा। यह एक अजीब बात थी जिसे न भाई समझ पाता था न मैं। भाई का मर्डर हुआ था, एक्सीडेंट के बहाने से। पिता जी की नजर में यह सब शुचिता की जाति की वजह से हुआ था। मेडिकल

कॉलेज के बाहर कुछ अपरिचित लड़कों ने भाई को 'साले कोटे के' कहकर धमकाया भी था। कोटे का मतलब शेडयूल्ड कास्ट...तुम समझती हो न? उन्हीं लड़कों ने शुचिता को छोड़ देने के लिए कहा था। पिता जी इसीलिए इस रिश्ते के हक में नहीं थे। यह सीधा-सीधा प्रतिस्पर्धा का मामला था। पर पिता जी इसे जाति से जोड़ते थे। वह उनके सोचने का अपना तरीका था, सबके अपने-अपने तरीके हैं। पर भाई ऐसा नहीं सोचता था, उसने शुचिता को नहीं छोड़ा था और एक दिन संसार छोड़कर चला गया था। यह सन् 1980 की बात है। कई साल हो गए। वह जिद्दी था बिल्कुल पिता जी की तरह।'' मुझे वह बहुत याद आया था। पिता जी की बात अगर वह मान गया होता तो शायद वह आज जिन्दा होता—मैंने सोचा था।

''यहाँ यह हर जगह है समीरा उजागर भी, छिपी हुई भी। कॉलेज में मेरी जब पहले दिन रैगिंग हुई, तब सीनियर लड़कों ने मुझे झाड़ू लगाने को कहा था। पहले ही दिन उन्हें यह कैसे पता था कि मैं एस.सी. हूँ। मेरे साथ ही एक लड़का जूतों पर पॉलिश करने का अभिनय कर रहा था। मैंने किया था। हम अकेले थे। हमारे साथ ऐसा कब तक होगा? मेरा कॉलेज में प्रवेश भी आरक्षण की वजह से हुआ था। मेरे बारहवीं में इकसठ प्रतिशत नम्बर आए थे, पर मेरे साथ के सभी छात्रों के अस्सी प्रतिशत से ऊपर ही थे। हमारे अध्यापकों ने कक्षा के एस.सी. लड़कों को प्रेक्टिकल परीक्षा में सिर्फ पास होने लायक अंक दिए थे। इसी से हम दूसरे लड़कों से पिछड़ गए थे। आरक्षण न मिलता तो शायद मैं यहाँ तक कभी न पहुँच पाता। चार हजार परिवारों की हमारी बस्ती में हम आठ दस लड़के ही थे जो ग्रेजुएशन तक पहुँचे थे। लड़की तो एक भी नहीं।''

''शायद तुम्हारे पिता जी ठीक ही कहते होंगे, उन्होंने दुनिया हम से ज्यादा करीब से देखी है...नहीं?'' उसने कहा तो मैंने उसके चेहरे को बहुत गौर से देखा था। उसके द्वारा ऐसा सवाल उठाना मेरे लिए अकल्पनीय था। मुझे उसकी ईमानदारी पर हल्का-सा सन्देह भी हुआ था।

''हाँ, उन्होंने बहुत संघर्ष किया था। गाँव में भट्टों पर काम करते थे। दादा जी तो तभी मर गए थे जब पिता जी पाँच वर्ष के थे। पाँच बरस की उम्र से ही दादी के साथ वे भी भट्टों पर काम में हाथ बँटाते थे। फिर दादी भी नहीं रहीं। पिता जी तब तेरह वर्ष के थे। रोज का काम, रोज की पिटाई। फिर भाग आए थे पिता जी दिल्ली। दिल्ली में उन्होंने हर वह काम किया, जिसे लोग छोटा काम कहते हैं और जिनके बिना उनका गुजारा भी नहीं है। फल-सब्जी की रेहड़ी लगाई, पटरी पर दुकान लगाना शुरू किया। एम.सी.डी से उन्होंने सस्ते दामों पर एक थड़ा खरीदा था, जे.जे. कालोनी में, दस बरस बाद वहाँ से एक बड़ा रोड़ निकला था और उस जगह की कीमत बढ़ गई थी। पिता जी की मेहनत से दुकान खूब चलने

लग गई थी। कई होटलों तक सप्लाई थी माल की। मुझे खूब याद है जब पिता जी ने टूव्हीलर खरीदा था। वे उस दिन कितने खुश थे। माँ ने स्कूटर पर टीका लगाया था रोली का। पिता जी को यह सब अच्छा न लगा था। पर माँ को वह उस दिन मना नहीं कर पाए थे। पिता जी माँ को चिढ़ाते थे, मेरा दादा क्रिस्तान था, उसने बत्तीसवाँ ले लिया था। मेरे सरदादा ने कलमा पढ़ा था और तू जाने कौन से दुनिया जहान के फेर में पड़ी रहती है। पिता जी बपतिस्मा को बत्तीसवाँ कहते थे। पर माँ कभी-कभी नहीं मानती थी। कुछ चीजों के लिए वह भी जिद्द कर जाती थी और अन्ततः पिता जी को मान ही जाना पड़ता था। पिता जी पढ़े-लिखे नहीं हैं। परन्तु लिख पढ़ लेते हैं। स्कूल तो वे कभी जा ही नहीं पाए थे। हमें पढ़ते लिखते देखकर उन्हें तसल्ली मिलती थी। सुबह पाँच बजे जब वे साइकिल पर सब्जी की खरीदारी के लिए मण्डी निकलते। तब माँ और भाई को जगा जाते थे। भाई तब शायद पाँचवीं क्लास में पढ़ता होगा, हम तो पढ़ने ही नहीं जाते थे। भाई शुरू से ही पिता जी का आज्ञाकारी बेटा था। जब तक पिता जी मण्डी से लौट न आते, तब तक वह पढ़ता ही रहता था। माँ दोबारा सो जाती थी। पर पिता जी के लौटने से पहले वह जागकर काम में लग जाती थी। कभी-कभी सोती रह जाती तो माँ को पिता जी खूब चिल्ला-चिल्लाकर डाँटते। दरअसल झुग्गी में झाड़ू-पोंछा जैसा तो कोई काम था ही नहीं बस माँ को खाना बनाना होता था क्योंकि पिता जी आते ही खाना खाते और रिक्शा में सब्जी लगाकर वसन्त विहार की कोठियों में निकल जाते थे। उनकी कोठियों के नौकरों से सैटिंग रहती थी। मैं भी जाता था। कई बार फेरी पर, पिता जी के साथ। अभय भी जाता था। पर भाई को कभी नहीं ले जाते थे पिता जी। भाई ईमानदार था और पिताजी बेईमानी करते थे। एक दिन मेरे सामने ही पिता जी ने कोठी के नौकर को तीन किलो की जगह दो किलो प्याज और चार किलो आलू की जगह ढाई किलो आलू की डंडी मारी थी। नौकर चुपचाप बट्टों को देखता रहा था। पैसों का हिसाब लगाकर पिता जी ने दो पाँच के नोट नौकर के हाथ में दिए थे। तब मैं बारह साल का रहा होंगा। मैंने पिता जी से पूछा था। ''यह बिजनेस है, बिजनेस'। पिता जी ने मुझे समझाया था। और मैं समझ गया था। वे मारपीट करने में भी बहुत तेज थे।

''हम तो पिटे हैं और पीटा है। जो पिट नहीं सकता वह पीट भी नहीं सकता। बगीचे को जंगल बनने से बचाना है तो हमें लड़ना भी होगा।'' वह मुझे समझाते थे। बड़े होने पर यह सब मुझे समझ आने लगा था। दसवीं तक पहुँचते-पहुँचते मुझे अपनी बस्ती का हर छोटा-बड़ा आदमी जानता था। माँ लड़ाई-झगड़े से डरती थी। वह मुझे डाँटती थी। पर पिता जी ने मुझे कभी नहीं डाँटा। वे नजरअन्दाज कर जाते थे। पढ़ने में मैं भी तेज था, भाई की तरह। पर पिता जी के डर से। परन्तु ज्यादातर मैं स्कूल के बाहर ही रहता था। स्कूल के टीचर्स डरते थे। प्रिसिंपल

तक डरते थे। स्कूल में जाने की कोई वजह भी नहीं थी। अध्यापक क्लास में आते ही नहीं थे। स्कूल नहीं जाने पर नाम भी नहीं कटता था। मेरा तो खैर डर था पर बाकी लोगों का भी नहीं। मैं छठी में आया, तब भाई बारहवीं में था। भाई जैसे दो-चार लड़के ही स्कूल में आखिरी पीरियड तक बैठे रहते थे। अध्यापक तो कोई होता नहीं था। जब कॉलेज में रैगिंग हुई तब मैं अकेला था। भाई की मौत के बाद ही मेरे रास्ते बदल गए थे। फिर भी अगले दिन मैंने अपने दोस्त के साथ उन सभी सीनियर्स को उसी ग्राउण्ड में चुन-चुनकर पर पीटा था। जिन्होंने मुझसे झाड़ू लगवाई थी। दूसरे ही दिन मैं एक महीने के लिए 'रस्टिकेट' हो गया था। पर उसके बाद तीन साल तक कॉलेज में मेरा कोई सीनियर नहीं रहा था। सब मुझे भाई कहकर ही बुलाते थे। भाई ने भी अगर बता दिया होता तो शायद उसके साथ कभी ऐसा नहीं होता। पिटने से सबको डर लगता है समीरा। पिता जी ने मुझे आखिरी बार भाई के गुजरने के बाद समझाया था। 'लड़ाई मरने के लिए नहीं जीतने के लिए लड़ी जाती है' उन्होंने ही रास्ता बदल देने को कहा था। भाई जब गुजरा तब मैं ग्यारहवीं में था।'' वह चुपचाप सुनती ही रही थी। उस रात न समीरा सोई और न मैं। बातें करते-करते ही रात खत्म हो गई थी।

हफ्ते भर बाद मुझे वापस दिल्ली एक महीने की ट्रेनिंग पर जाना था। उसके बाद वहाँ से सीधे असम। अपनी नौकरी ज्वाईन करने। यह जाने से पहले की शाम थी। हमने 'रोंदेवू' रेस्तरां में साथ डिनर किया। कैंडिल की रोशनी उसकी उठी नाक पर पड़ रही थी। उसकी आँखें छोटी थी। और रोशनी से चमक रही थीं। फिर देर तक हम माल पर घूमते रहे थे। उस रात पहली बार मैंने उसे साफ शब्दों में अपनी जिन्दगी के अकेलेपन को दूर करने के लिए अपनी जिन्दगी में शामिल होने का न्यौता दिया था। हमारे बीच उस रात यह आखिरी बात थी। इसके बाद वह कुछ न बोली। न हमेशा की तरह मुस्कराई। न हाँ किया ना मना किया। रात काफी हो चुकी थी। उसे घर छोड़कर मैं अपने रूम पर आ गया।

अगले दिन वह बहुत सुबह आ गई थी। उसी ने आकर मुझे जगाया। उस दिन वह बहुत खामोश थी। चुपचाप मेरे साथ इधर-उधर का काम करती रही। पहले नाश्ता बनाया। फिर सामान पैक कराती रही। दो बार कॉफी बनाई थी। खाली वक्त में खिड़की के पार आसमान में जाने क्या ताकती रही। पूछा तो बोली, ''परिन्दों को देख रही हूँ। कितने आजाद हैं। न जाने कहाँ से आते हैं, न जाने कहाँ को जाते हैं, न परिवार, न शादी।'' कभी कहती, ''आसमान का कोई किनारा नहीं होता न कांति!'' मैंने उसका हाथ हाथों में लेकर पूछा था, ''क्या सोचा तुमने।'' पर वह कुछ न बोली। रेलवे स्टेशन तक सी-ऑफ करने आई थी वह, पर कुछ न बोली। दोपहर में हम स्टेशन पर थे। छोटा-सा पहाड़ी स्टेशन था। फिर वह पल भी आया, जब ट्रेन ने चलने की सीटी दी। उसी पल एक लिफाफा उसने अपने

पर्स से निकाला था। उस पर अंग्रेजी में उसने अपने-गोल हुरूफों वाली लिखावट में मेरा पूरा नाम लिखा था। चैतन्य कांति। नाम लिखने में खासा वक्त लगाया गया था। काफी बनाकर गाढ़ा-गाढ़ा। बेख़याली में ऐसे ही लिखा जाता है। मैंने उसे देखकर सोचा था। "इसे पढ़ लेना, परेशान मत होना। मजबूत आदमी हो मूल निवासी!" उसने भरसक मुस्कराने की कोशिश की थी। वह मुझे अक्सर अनार्य घोषित करते हुए मूल निवासी कहकर छेड़ती थी। मैं भी मुस्करा गया। वह कम्पार्टमेंट से उतर गई। ट्रेन चलने लगी थी। मैं भी पीछे-पीछे दरवाजे तक आ गया था। मैंने हाथ हिलाया, पर वह चुपचाप देखती रही। उसकी आँखें लाल थीं, पर उसकी आँखों में दूर तक कोई कतरा तक न था। वह मैं सुबह ही से महसूस कर रहा था। "रात सोई नहीं थी क्या?" मेरे पूछने पर उसने प्रति प्रश्न किया था 'क्यों?' "आँखें लाल हो रही हैं।" मैंने कहा था। "आँखों का क्या है।" फिर धीमे से फुसफुसाते हुए मैंने उसे सुना था, "होने को जिस्म का भी क्या है?" तब भी उसकी आँखें लाल थीं। वह खूब जज्ब किए थी। मैं कुछ पूछने की जबरदस्ती नहीं करना चाहता था। यह उसका अपना निर्णय था।

शायद ट्रेन जाने के बाद भी वह काफी देर खड़ी रही होगी। मैंने उसकी आदतों का ध्यान आने पर सोचा था। ट्रेन स्टेशन के बाहर पेड़-पौधों को पीछे छोड़ती जा रही थी। बहुत देर तक उसका चेहरा आँखों के सामने घूमता रहा। फिर मुझे खत का ध्यान आया था। वापस आकर सीट पर बैठ गया। ट्रेन पहाड़ी घुमावदार रास्तों पर चक्कर खाने लगी थी। वह पहला खत था जो समीरा ने मुझे लिखा था। ट्रेन की हल्की ठक-ठक की थपथपाहट का संगीत समीरा से वियोग के खालीपन में गूँज रहा था। मैंने लिफाफा खोला, कई फुल स्केप कागजं थे।

कांति,

विद लव, पता नहीं मेरे इस लैटर को तुम कैसे लोगे? पर मुझे इस बात से कोई डर नहीं है, न कोई शर्म, हाँ फर्क जरूर पड़ता है। तुम मेरे क्या हो; यह न मैं एक्सप्रेस करना चाहती हूँ न कर सकती हूँ। पर इतना जरूर है कि इस तरह का लैटर, जिस तरह का यह है, मैं किसी को पहली बार लिख रही हूँ। आज तुम्हें मैं तुम्हारे कई सवालों के जवाब देने जा रही हूँ। मैं पहले भी बताना चाहती थी, पर न हो सका। मुझे हमेशा गिल्टी फील होता रहेगा अगर आज मैंने तुम्हें यह सब न बताया तो। इन्सान की जिन्दगी बहुत पेचीदा होती है। शायद इसीलिए कि वह इन्सान की है। हर इन्सान के कुछ जख्म, कुछ सच इतने पर्सनल होते हैं कि उन्हें वह दुनिया में किसी से भी शेयर नहीं कर पाता। ऐसे सचों को याद करने से वह खुद भी बचता है, फिर दूसरों से बाँटना...खासतौर पर वह सच जो किसी औरत की जिन्दगी के हों। पर तुमसे वह सब कहने की हिम्मत कर रही हूँ। जाने क्यों लगता है कि तुम मुझे समझोगे। हालाँकि मैंने ही एक दिन कहा

था कि किसी से एक्सपेक्ट करना ही दुःख है। कांति मैं जानती हूँ, हर इन्सान समझदार होता है। परन्तु जज्बातों के कमजोर लमहों में सब बेबस हो जाते हैं। तब अच्छा लगता है किसी से उम्मीद रखना। सुकून मिलता है यह सब करके भी। भले ही तुम्हें नाकामी मिले।

पन्द्रह साढ़े पन्द्रह साल की उम्र क्या होती है। शायद कुछ भी नहीं और शायद बहुत कुछ। मैं एक छोटी लड़की थी। पर मुझे तो लगता है लड़कियाँ कभी छोटी होती ही नहीं। वह पैदायशी जवान होती हैं। वह वन इयर ओल्ड नहीं होतीं। वन इयर यंग होती हैं, हर मर्द की नजर में मादा की उम्र अलग होती है। किसी मर्द की नजर में वह साल भर की ही जवान होती है, किसी की नजर में सात साल की और कुछ पन्द्रह साल की किशोरी को ही जवान मानते हैं। मैं लोगों की बदलती नजरों को महसूस करने लगी थी। मैं चकित थी अपने जिस्म में आते बदलावों को देखकर। उन्हें ऐसे देखते देख, मैं पलट-पलटकर देखती थी। मैं बिल्कुल साफ बात कर रही हूँ तुमसे। हरेक के साथ ऐसा होता है, पर लोगों में कुबूल करने की ईमानदारी नहीं होती। अपने से ईमानदार हो पाना बहुत आसान नहीं है। मम्मी और मुझमें कई समानताएँ थीं। मम्मी की ही तरह मेरे होंठ के ऊपर और नाक के ठीक नीचे हल्का कट था। मेरी नाक के किनारे भी उनकी नाक की तरह किसी नदी की तरह बलखाए थे। उनकी आँखें भी छोटी थीं। कुल मिलाकर फेस काफी मिलता-जुलता था। मम्मी बहुत सुन्दर थीं। और मैं भी सुन्दर होती जा रही थी। मेरी छाती, तुमसे सब सच कहने का फैसला किया है मैंने। मेरी छाती ऐसी उभरी हुई थी कि अगर मैं टी-शर्ट पहनती तो उन्हें किसी भी तरह चलते लोगों की निगाह रोकने से रोक न पाती। इतना ही नहीं कुछ लोग जब रुककर देखने लगते तब मैं मारे खुशी के और पैर पटककर चलती। मेरी सुडौल जाँघों में कसी जींस मेरी सुन्दरता को और बढ़ा देती थी। होस्टल का रूम बन्द करके मैं पूरे कपड़े खोलकर शीशे में चारों तरफ से खुद को देखती। मैं सोचती कि लोग मुझे क्यों देखते हैं। और क्या कहूँ, बस इतना कि यह मेरे जवान होने की शुरुआत थी। मेरा कोई ब्याय फ्रेंड नहीं था जिन मायनों में हिन्दुस्तानी ब्याय फ्रेंड समझे जाते हैं। तुम यकीन कर लोगे ना? आमतौर पर लड़के ऐसी बातों पर यकीन नहीं करते। लड़के बहुत शंकालु होते हैं। और लड़कियाँ बहुत विश्वासी। तब की समीरा में और आज की समीरा में बहुत फर्क है, सच में। तब मैं बहुत चुप रहती थी। इतनी चुप कि मेरी क्लासमेट मेरे साथ कम ही रहना पसन्द करतीं। वह मुझे मेरी लम्बी गहरी पलकों की वजह से 'स्लीपी गर्ल' कहकर बुलातीं। पर मैंने कभी पलटकर जवाब न दिया था। अपनी रूममेट से भी किन्हीं खास मौकों और विषयों पर ही मेरी बात होती थी। उसका नाम रम्या चावला था। मुझे उससे बहुत घिन भी आती थी। दिल्ली की ही थी। वह इतनी बेशर्म थी कांति कि उसे मेरे सामने 'मास्टरबेट'

(हस्तमैथुन) करने में भी शर्म न आती थी। एक बार तो उसने कैंडिल...बहुत ब्लीडिंग हुई थी। पर उसे आखिरी साल तक भी मैंने ऐसा करते देखा था। कुछ साइकिक थी वह।

हॉलीडेज में मैं हॉस्टल से घर आ जाती थी। हॉस्टल से लगभग सभी लड़कियाँ चली जाती थीं। खाली हॉस्टल खाने को दौड़ता था। मम्मी और डैड दोनों ही सर्विस में थे। संदीप भैया पढ़ाई करने बैंगलोर जा चुके थे। मुझे हॉस्टल और घर में कोई फर्क नहीं लगा था कभी। हॉस्टल में अकेलापन था और घर में बहुत अकेलापन। आमतौर पर जब मैं हॉलीडेज में आती तो डैड या मम्मी में से कोई एक टूर पर होता और कभी-कभी दोनों ही। पाँच-छह दिन ही ऐसे होते जिनमें हम तीनों साथ होते। पर साथ होना भी जिन्दगी में 'पैच' की तरह होता। जबरदस्ती का पैच-अप...बदरंग और अनमेल। कोई सिमेट्री नहीं थी इस सब में। हम साथ एक छत के नीचे तो होते पर एक साथ कभी नहीं होते थे। मैं और मम्मी लॉन में होते, तो डैड स्टडीरूम से न निकलते। हम कमरे में होते तो वे घर के लॉन में टहलते। मम्मी खूब बातें करती थी मुझसे। खूब हँसी मजाक। मम्मी बहुत सीधी थीं। बहुत सरल। डैड ज्यादातर चुप रहते थे। वे हमेशा मुझे गुस्से से देखते। कभी बात भी करते तो लगता कि डाँट रहे हैं।

मैंने जब से होश सँभाला था, डैड को ऐसा ही देखा था। ना वह मुझे कभी बुलाते थे, न प्यार करते थे। मुझे उन्हें ऐसे देखने की आदत हो गई थी। वह संदीप भैया के साथ भी ऐसा ही व्यवहार करते थे। दादा जी जब तक जिए तब तक तो मैंने डैड को टाइम से घर आते भी देखा पर उनकी डैथ के बाद, वह एकदम बदल गए। दादा जी गुजरे तब मैं चौदह की थी। मम्मी और डैड के बीच भी बातें न के बराबर ही होती थीं। कभी होतीं भी तो थोड़ी देर में झगड़े में बदल जातीं। उन दोनों के बीच होने वाले झगड़ों की वजह तब तक मेरे लिए पहेली थी। और शायद ये बात मेरे लिए पहेली ही रह जाती, अगर मैं उस दिन, उस वक्त घर पर ही मौजूद न होती। मम्मी-डैड के झगड़े मेरे लिए नए न थे पर मैंने कभी वजह जानने की कोशिश ही नहीं की थी। उम्र भी छोटी थी। जब उनके बीच झगड़ा शुरू होता था; संदीप भैया मुझे बाहर घुमाने ले जाते थे। उस दिन भी इत्तेफाक से ही मैं यह कारण जान पाई थी। भैया भी घर पर नहीं थे कि हम बाहर चले जाते।

मम्मी दो दिन के टूर के बाद सुबह ही वापस आई थीं। वह हमेशा की तरह खिली-खिली और खुश थीं। उनकी खुशी से उनकी बातें चहक रही थीं। टूर पर जाते वक्त भी उन्हें मैंने ऐसे ही खुश देखा था। टूर पर वह अक्सर जाती थीं और तब वह बहुत खुश दिखाई देती थीं। डैड उस दिन घर पर ही थे। वह शायद संडे था। मम्मी कोई गीत गुनगुना रही थीं। किचन से चिकन बिरयानी की खुशबू मम्मी

की गुनगुनाहट के साथ बाहर आ रही थी। डैड नॉन वेज नहीं खाते थे। मैं, मम्मी और संदीप भैया अक्सर खाने में चिकन खाना ही पसन्द करते थे। दादा जी आर्मी से रिटायर्ड थे। उन्हें चिकन रोज चाहिए था। उन्होंने ही मम्मी को जबरदस्ती बनाना और खाना सिखाया था। तब संदीप भैया होने वाले थे। तब से लगभग हर संडे चिकन डे होता था। मैं साथ वाले कमरे में थी। किचन के सामने ही ड्राइंग रूम है हमारा। बिल्कुल 'एल' अल्फाबेट की तरह। इतने में सीढ़ियों से डैड की चप्पलों की आवाज आई थी। वह स्टडीरूम से नीचे आ रहे थे। मैंने धीरे से पूरा दरवाजा भिड़ा दिया और बेड पर पेट के बल लेटकर एक मैगजीन उठा ली। मुझसे छाती के बल न लेटा जाता था। मेरी छाती बहुत भारी थी। एक पिलो उठाकर मैंने पेट के नीचे लगा लिया था।

"हटो एक तरफ को। सारी जगह घेरकर क्यों खड़ी हो। पानी पीना है मुझे।" यह डैड की आवाज़ थी। रफ और लाउड। वह शायद किचन में फ्रिज से पानी लेने गए थे। मम्मी की कोई आवाज नहीं आई थी। "क्या पका रही हो।' उन्होंने उसी आवाज में पूछा था। शायद उन्होंने पानी पी लिया था।

"चिकन बिरयानी।" मम्मी की आवाज आई थी। एकदम ठहरा हुआ लहजा। उस लहजे में कोई और लिहाज था भी नहीं। एक अरसे तक ओवरलुक किए जाने से इन्सान बेरुखा हो ही जाता है।

"टूर पर मन नहीं भरा तुम्हारा जो अपने यार को घर पर भी न्यौता दे दिया।" ये अंगार डैड ने फेंके थे। कुछ बात मुझे समझ में आई थी, कुछ नहीं। "शर्म नहीं आती आपको। जो मुँह में आता है बके जाते हो।" मम्मी ने पलटकर जवाब दिया था। वह किचन से निकलकर ड्राइंगरूम में आ गई थीं। दरवाजे की झिर्री से उनकी साड़ी दिखाई देने लगी थी।

"मुझे शर्म आएगी। शर्म तो तुम्हें आनी चाहिए, यू बिच। रंगरलियाँ मनाती खुद फिरो और उपदेश मुझे। उससे कहो कि वो शर्म करे कि उसके बच्चे बड़े हो गए हैं।" डैड ने कहा था। "चुप करिए। कम-से--कम अपने बच्चों को तो बखशिए। सिम्मी घर पर ही है।" यह आवाज मम्मी की थी। कातर, खीज और दुःख से भरी। "क्यों चुप करूँ। मेरे माथे मत डालो। मैं हजार बार कह चुका हूँ जिसका गन्दा खून है उसे जाकर कहो। दूसरों का पाप मैं ढोने वाला नहीं; समझी तुम।" डैड चिल्लाने लगे थे। "उससे कहो कि शर्म करे अब उसकी औलादें जवान हो गई हैं। बेगैरत औरत।" "तुम्हारे शक का मेरे पास कोई इलाज नहीं है। तुम बीमार आदमी हो। जाओ अपना इलाज करवाओ किसी साइकेटिस्ट से या फिर जाओ, कोर्ट में जाओ, इनका डी.एन.ए. टेस्ट करवाओ। सब सामने आ जाएगा तो अपनी नजरों में गिर जाओगे। जाओ, मरो, तुम्हारा जो मन करे करो।" मम्मी चिल्लाने लगी थी, जोर-जोर से रोते हुए।

"साली नाटक करती है। रो रो के डराती है। मुझे पागल कहती है। मैं साबित कर दूँगा तुझे। नंगा पकडूँगा एक दिन तुझे। हरामजादी, साली, कुतिया, रंडी।" और वह गालियाँ देते-देते सीढ़ियाँ चढ़ गए थे। मम्मी रोते-रोते दूसरे कमरे में चली गई थीं। मैं फूट-फूटकर रो रही थी। तकिये में मुँह छिपाए। लंच उस दिन कोई न कर सका। मम्मी की हिचकियाँ बहुत शाम तक सुनाई देती रही थी। पूरी दोपहर कमरे में सन्नाटा बिसूरता रहा था। आमतौर पर लॉन के पेड़ों पर चिड़ियों की चहचहाटें होती थीं, पर आज वहाँ भी खामोशी बैठी थी। चिड़ियाँ भी घर की बदहाली की खबर पा गई थीं शायद।

मैं बेड पर पड़ी-पड़ी सोचती रही थी कि क्या मैं वाकई नाजायज औलाद हूँ? क्या मेरी खूबसूरत और भली दिखने वाली मम्मी एक अय्याश और बेवफा औरत है? उस गम, उस दर्द में मेरा कोई साथी नहीं था। कांति! तुम्हारे जैसा कोई साथी नहीं। संदीप भैया भी नहीं। मैंने डैड के बारे में भी सोचा था। वह बहुत गुस्से वाले थे पर हँसमुख भी। वह हमसे हँसते-बोलते न थे पर आए दिन घर में पार्टियाँ करते थे। अपने दोस्तों के साथ। अपने कमरे में। बहुत दोस्त थे उनके। डैड शराब खूब पीते थे। अपने दोस्तों के बीच वह हँसते थे। उनके ठहाके कमरे से छन-छनकर नीचे तक आते थे। पर वह अपने कमरे के बाहर हमेशा गम्भीर दिखते। मुझसे, मम्मी या संदीप भैया से उन्होंने हमेशा कम-से-कम बातें कीं। उनके दोस्तों की बातों की उड़ती कतरनों से पता चलता कि बाहर की दुनिया में वह बड़े नेक और दरियादिल इन्सान के तौर पर फेमस थे। ज्यादातर वह लोगों की भलाई के कामों में लगे रहते थे। गरीब और धर्म के कामों के लिए वह हमेशा तैयार रहते थे। फिर डैड घर में क्यूँ ऐसे थे, मैं पहले सोचती थी और आज वह राज फाश हो गया था।

हफ्ते भर बाद मम्मी फिर से टूर पर थीं। दो दिन के लिए भोपाल किसी मीटिंग के सिलसिले में। दिनभर मैं वीडियो पर फिल्म देखती रही। म्यूजिक सुनती रही। रात हो आई। नौकरानी खाना बनाकर जा चुकी थी। डैड भी घर पर नहीं थे। संदीप भैया बेंगलौर चले गए थे। रात के नौ बज गए थे। मैं यूँ तो अक्सर घर पर या हॉस्टल में अकेली ही रहती थी। मुझे कभी डर न लगता था। पर उस दिन जाने क्यों मुझे डर महसूस हुआ था। फिर खाना खा लिया था मैंने। डैड अभी तक नहीं आए थे। मैं रह-रहकर घड़ी देखती थी। कुछ देर इधर-उधर टहलती रही। फिर सोने का मन बनाया और नाईटी डाल ली थी। पर्दे के पीछे किसी की आकृति नजर आई तो मैं डर गई। डरते-डरते पर्दा हटाया पर वहाँ कुछ नहीं था। मन के वहम अकेले में ज्यादा परेशान करते हैं। अभी थोड़ा ही वक्त बीता था कि बेल बजी। मैं दरवाजे पर गई और की-होल से झाँककर देखा था। बाहर डैड खड़े थे। उन्हें देखकर मुझे बहुत राहत महसूस हुई थी। मैं दरवाजा खोलकर पीछे हो गई

थी। वह भारी कदमों से अन्दर चले आए थे।

"मेरा फोन आया था।" डैड ने भारी आवाज में पूछा था।

"जी-जी नहीं।" अब मुझे लगा था कि वह नशे में हैं।

"डॉली से कहो खाना लगाए।" डैड ने नौकरानी का नाम लिया था।

"पर वह तो जा चुकी है। वह आठ बजे चली जाती है। अब तो दस बज रहे हैं, मैं लगाऊँ।" मैंने धीमी आवाज में अन्तिम शब्द कहे थे। डैड से इतनी बात मैं पहली बार कर रही थी।

"हूँ!" कहकर उन्होंने लाल-लाल आँखों से मुझे देखा था। मैं पलटकर किचन की तरफ चली गई थी। मैंने खाना गरम किया और एक प्लेट में डालकर ले आई। डैड वहीं टेबल पर बॉटल से दोबारा ड्रिंक बना चुके थे। "मैं जाऊँ।" खाना रखते हुए मैंने डैड से पूछा था। उनका ब्रीफकेस खुला हुआ था जिसमें कोई मैगजीन खुली पड़ी थी। मैगजीन में कई नंगी औरतें एक नंगे पुरुष के सारे शरीर पर जगह-जगह लिपटी हुई थीं। "हाँ जा, ये ब्रीफकेस मेरे रूम में रख आ।" उन्होंने कहा था। और मैं ब्रीफकेस बंद कर ऊपर सीढ़ियाँ चढ़कर ब्रीफकेस कमरे में रखने चली गई थी। वहाँ एक बार मेरा मन हुआ था मैगजीन खोलकर दोबारा देखने को। पर डैड के डर से हिम्मत नहीं कर सकी। तुरन्त वापस आ गई। मैं उनके पास आकर खड़ी हो गई। "बैठ।" उन्होंने मेरा हाथ पकड़कर अपनी बगल में बैठाते हुए कहा था। मैं चुपचाप बैठ गई थी। "बड़ी प्यारी लड़की है तू बिल्कुल अपनी माँ की तरह।" कहकर उन्होंने मुझे कसकर अपने गले लगा लिया था। मैं चुप रही जब कि मेरा दम घुटा जा रहा था। शराब की बदबू मेरी नाक में घुसी जा रही थी। पर मैं उनको जता न सकी थी। मैं अपनी परेशानी छिपा रही थी क्योंकि डैड ने पहली बार मुझे इतने प्यार से गले लगाया था। एक हाथ से मुझे अपने गले से सटाए-सटाए कुछ पलों बाद वे दूसरे हाथ से मेरी जाँघ सहलाने लगे थे। तब मुझे अजीब लगा था। मेरी नाइटी घुटनों से थोड़ी ही नीचे थी। अब वह सरकते-सरकते घुटने से ऊपर आ गई थी। मैं तब भी उन्हें मना न कर पाई थी। कुछ देर में उनका हाथ मेरी जाँघ पर चलने लगा था तो मैंने कहा था, "डैड मेरी साँस घुट रही है।" मैं एकदम बोल ही पड़ी थी।

"बाप नहीं हूँ मैं तेरा। समझी तू।" वह एकदम चिल्लाए थे। "तेरा बाप मैं नहीं समझी, साला...अंसारी का बच्चा। वो है जो तुम्हारी माँ के साथ भोपाल में मौज कर रहा है।" उन्होंने मेरे कन्धे झिंझोड़े थे बहुत जोर से। मैंने रब्बानी अंसारी का नाम पहले भी एक बार सुना था। शायद मम्मी के मुँह से। "तुम्हारी माँ को अपनी खूबसूरती का बहुत घमण्ड है न। मुझ जैसे बदसूरत आदमी से पेट नहीं भरा उसका। साली प्रोसीटयूट। जिन्दगी तबाह कर दी है उसने मेरी। बिच साली, मैं जानता हूँ वो आज भी किसी होटल के कमरे में उसकी हमबिस्तर हो

रही होगी।" डैड गुस्से से पागल हो गए थे। मैं रोने लगी थी। "तुम क्यों रोती हो? मैं तो, मैं तो...तुम्हें...!" उन्होंने झटके से मेरी नाईटी ऊपर खींच दी और मुझे सोफे पर गिराकर छाती पर चढ़ गए। मैं कुछ देर तक उनसे खुद को बचाने की कोशिश करती रही। पर मैं चिल्ला नहीं पाई। कैसे चिल्लाती, क्यों चिल्लाती? किसको सहायता के लिए पुकारती? किससे बचने के लिए पुकारती? रात चीखती-चिल्लाती कब मर गई, मुझे पता ही नहीं चला। जब आँख खुली तो दिन चढ़ आया था। मैं बेड पर पड़ी थी। एकदम निर्वस्त्र। एक पल में जिन्दगी मौत हो गई थी। एक मृत शरीर में बदल गई थी मैं। दिमाग में कुछ नहीं था। कुछ नहीं। बहुत देर बाद सब याद आया था। सारी दुनिया जैसे मेरे लिए एक जंगल बन गई थी। अँधकार से भरा अनन्त जंगल। मैं एकदम अकेली हो गई थी। सारी दुनिया से मेरा विश्वास टूट गया था। वही विश्वास जो आदमी को जिन्दा रखता है। उस दिन सुशान्त को जब मैंने तमाचा मारा था, जानते हो क्यों? क्योंकि उसने भी अपना हाथ मेरी जाँघ पर मारा था। तुम नहीं देख पाए थे। हालाँकि मैं मारना चाहती भी नहीं थी। मैंने डैड वाली बात आज से पहले किसी को नहीं कही। पर आज तुम्हें बता दिया क्योंकि तुम्हें बताए बिना मुझे चैन नहीं पड़ेगा। एक तुम्हीं हो जिससे मैंने सच में प्यार पाया है। बिना किसी रिटर्न की उम्मीद का प्यार।

मम्मी तक इस बात से बेखबर हैं आज तक। मैंने अगले ही दिन घर छोड़ दिया था और वापस हॉस्टल आ गई थी। उस दिन के बाद आज तक मैं घर में नहीं रही। सिर्फ मिलने जाती थी। मम्मी से मैंने कभी उनकी निजी जिन्दगी के बारे में सफाई नहीं माँगी। मैं क्यों माँगती? पता नहीं वह ऐसी थीं भी या यह सिर्फ डैड का वहम ही था। यह उनका अपना मामला था। वह कौन था, जिसे वह आज भी इतना मानती हैं या वह कोई था भी या नहीं? बिना आग के भी धुआँ हो जाता है; औरत की जिन्दगी ही ऐसी होती है। पर सच में अगर वह था या नहीं भी था, तो भी मैंने उसका खामियाजा भुगता था।

श्रीमान ब्रह्मदेव शर्मा यानी मेरे सामाजिक पिता अब मेरे सामने न पड़ते थे। मैं मम्मी से कभी मिलने जाती तो वह नीचे बिल्कुल न उतरते थे। नीचे तो वह पहले भी न उतरते थे। पर अब मुझे लगता जैसे मेरे आने से उनका नीचे उतरना और कम हो जाता है। अचानक एक बार सामने पड़ जाने पर वह बहुत लज्जित दिखे थे। मुझे उनकी इस शर्मिन्दगी पर बहुत गुस्सा आया था। उनको देखती तो हिस्ट्री के जोशी सर की सुनाई ब्रह्मा-सरस्वती वाली माइथोलोजिकल स्टोरी याद आ जाती थी। वह क्लास में अक्सर ऐसे अनैतिक और रसपूर्ण किस्से सुनाते थे परन्तु बहुत शाइस्तगी से। अपने डैड को देखती तो रह-रहकर मुझे स्टोरी वाला ब्रह्मा याद आता था। वह आधुनिक ब्रह्मा थे। यह पुनरावृत्ति थी। फिर बारहवीं पास की। बी.एस.सी, एम.एस.सी. दिल्ली से करके, रिसर्च करने के लिए यहाँ आ गई। दिल्ली

में भी मैं हमेशा हॉस्टल में ही रही। घर कभी महीने-दो-महीने में ही एकाध बार जाती थी।

यहाँ आने के बाद अब तक मैंने उन दोनों को नहीं देखा। पर तुम्हें सच बताऊँ अब मुझे डैड पर भी गुस्सा नहीं आता। कांति, तुम्हें ताज्जुब होगा, पर तुम समझोगे। मुझे उन पर दया आती है। वो बहुत कमजोर इन्सान थे। एक्स्ट्रीमली इमोशनल। कमजोर हौसले वाले ऐसे ही होते हैं। वह मम्मी का, उस आदमी का, अगर वह कोई था तो कुछ नहीं बिगाड़ सके थे। मैं आज भी अपने उस अज्ञात रिश्ते के लिए कोई बात यकीन से नहीं कह सकती क्योंकि मैं कभी उस शख्स से नहीं मिली थी और अगर वह सच में हमारा पिता होता तो क्या अपने बच्चों से मिलने कभी न आता? डैड एक कमजोर आदमी थे और वह अपने से कमजोर पर टूट पड़े थे। यह कंपेनशेट किया था उन्होंने और कुछ भी नहीं। यह जंगल का कानून है। पर हम पशु नहीं। हमें कम-से-कम इन्सान बने रहना चाहिए। वह अच्छे इन्सान थे पर एक बेहद जज्बाती इन्सान। प्रतिशोध में वो आपा खो बैठे थे। मैं आज उन्हें मन-ही-मन माफ कर चुकी हूँ। दुःखों के अहसास की भी एक सीमा होती है। जिन्दगी एक शरीर ही नहीं...तुम्हीं ने तो समझाया था। उससे ऊपर उससे अलग भी बहुत कुछ है।

तुमने मुझे अपनी जिन्दगी में शरीक होने का न्यौता दिया। सच में मैं उसकी बहुत कद्र करती हूँ। मैं आज तुम्हें स्पष्ट शब्दों में कहती हूँ कि मैं सच में तुम्हें ...मींस आई रियली लव यू। बट...मैं चाहकर भी तुमसे शादी नहीं कर पाऊँगी। लाईफ का यह ब्लैक मैं तुमसे छिपा नहीं सकती थी और बताकर अब मैं तुम्हारे साथ नार्मली बिहेव नहीं कर पाऊँगी। यह मेरी मजबूरी है। यह मेरी परेशानी है। मुझे तो इसे जिन्दगी भर ढोना है। मुझे माफ कर देना। हाँ इतना जरूर कहूँगी कि जब तक किसी से शादी न करो...अगर तुम चाहो तो...तुम मिलने आ सकते हो। नहीं मुझे एकदम साफ ही कहना चाहिए। क्योंकि मैंने तुमसे हर बात साफ कहने का वायदा किया था। मतलब यह कि देखो तुम मुझे समझोगे न। मैं बिल्कुल इमोशनल होकर यह नहीं कह रही हूँ।

तुम आ सकते हो कभी भी। हाँ मैं कभी मना नहीं करूँगी। एक शरीर भी तो हूँ। इस सच को कैसे भी मिटाया नहीं जा सकता। खैर तुम समझोगे, इस उम्मीद के साथ कि गलत नहीं समझोगे। और हाँ, मैं जानती हूँ तुम मुझे यह सब सुनने के बाद भी अपनाना चाहोगे क्योंकि तुम मुझे बहुत चाहते हो। मैं यह भी जानती हूँ कि तुम्हारी सोसायटी भी मुझे अपना लेगी मूल निवासी। क्योंकि इसकी सम्भावना वहाँ है। टूटे हुए लोगों को पनाह दी है तुम्हारी सोसायटी ने। जैसा कि तुम हमेशा बताते थे। पर मैं अपना क्या करूँगी। इन्सान अपनी जिन्दगी अपनी नजरों से जीता है; ढाई आखर।

—तुम्हारी समीरा

खत के पन्ने खिड़की से आती हवा से फड़फड़ा रहे थे और आँखें खोले मैं जाने कहाँ चला गया था। जिन्दगी कितने रंग बदलती है। हर आने वाले पल में परेशानियों का एक तूफान हो सकता है। प्यार से गुनगुनाती जिन्दगी हो सकती है। दुःखों का पहाड़ हो सकता है। सिर्फ आने वाला एक पल कितना कुछ छिपाए रखता है। एक जिन्दगी या एक मौत भी। उसने अन्त में फिर मुझे ढाई आखर कहा था। कभी-कभी वह मुझे ऐसा कहती थी, मेरे नाम 'कांति' की वजह से।

ट्रेन दौड़ती जा रही थी। मेरे दिमाग में आखिरी विचार था अगले स्टेशन पर उतरकर वापस अपने शहर चले जाने का। जहाँ समीरा थी। अपने पिता ब्रह्मदेव शर्मा द्वारा दिए शाप से विषाक्त जीवन जीने को विवश। मैं जानता था। मैं उसे मना लूँगा। मेरा और उसका अतीत एक था, वर्तमान एक है और हमारा भविष्य भी साथ ही है। वह अलग कैसे हो सकता है। यह पुनरावृत्ति थी? ऐतिहासिक पुनरावृत्ति? भविष्य के लिए। सामने वाली सीट पर बैठी गर्भवती ग्रामीण महिला तेज-तेज कराहने लगी थी। उसके साथ वाली बूढ़ी औरत उसे ढाँढ़स बँधा रही थी। पर लगता था कि उसके प्रसव का समय आ गया था। स्टेशन भी आने वाला था। ट्रेन की रफ्तार धीमी पड़ती जा रही थी। जिन्दगी में हमेशा नई शुरुआत की सम्भावना छिपी रहती है। मैं उठकर दरवाजे तक चला गया था।

चीख

"गुनाह बहुत लुभावना होता है। और बदला बहुत बहरूपिया।"....फादर की आवाज आ रही थी...डूबती-टूटती...जैसे पहाड़ी नदी में लट्ठे बहते आते हैं..."पटेल के सन से झगड़ा नहीं करना है।"

वह लगभग चीखी थी, उसकी आँखों में मनचाहा पाने का आश्चर्य था। "यू आर रियली ए डेविल।" लगभग पैंतालिस-छयालीस साल की मिसेज देशमुख के मुँह से निकला। उसके चेहरे पर गाढ़ा मेकअप था। "मैं साले सुनेजा को बताऊँगी ...इतना बढ़िया माल अब तक कहाँ छिपा रखा था।" फिर वह घूम गई थी। मेरे मन में आया था कि मैं उसके एक जोरदार लात मारूँ पर मैंने उसे हल्के से ठोकर दी थी लात से। 'वेट...वेट...मैं थक गई।" ठोकर लगते ही उसके मुँह से ये शब्द ऐसे बाहर आ गिरे थे जैसे दस्त लगने पर बिना दबाव के ही मल निकल जाता है। मेरे मुँह में थूक भर आया था।

मेरा गाँव बहुत सुन्दर था। तीन राज्यों की सीमाएँ मेरे गाँव को छूती थीं। सामने पहाड़ों में गढ़ चिरौली था जो महाराष्ट्र में पड़ता था और दक्षिण में आन्ध्रप्रदेश के चन्द्रू पटिया कस्बे की सीमा थी। गाँव के लोगों को यही पता नहीं था कि जिला क्या होता है? फादर आते थे पहाड़ पर। वही बताते थे कि हमारा गाँव मध्यप्रदेश के दान्तेवाड़ा जिले में आता है। तब छत्तीसगढ़ नहीं बना था। वही बताते थे कि जगदलपुर पहुँचने से पहले चन्द्रपुर पहुँचा जा सकता है। पहाड़ के इधर के गाँव दान्तेवाड़ा में और उधर के गढ़ चिरौली में थे। नदी के उस पार चन्द्रूपटिया था। पहाड़ पर हमारा गाँव था...पचास घरों का भिनसा। पिता कई काम करते थे। पशुओं की खाल खींचते थे, शहद के छत्ते तोड़ते थे, ताड़ी बनाते थे और पहाड़ के नीचे पटेल के खेतों में मजदूरी भी करते थे। माँ बहुत पहले कभी मर चुकी थी और उसका चेहरा बहुत याद करने पर याद आता था।

मैंने पिता को कभी समय से खेत पर पहुँचते नहीं देखा। बाकी लोग हमेशा समय से पहुँचते। पटेल गाली देता, "पेतुरा साऽऽले, हराऽऽमी...फिर देरी से आया।" पिता पटेल के सामने उसकी तारीफों के गीत गाने लगता और फिर उसकी चारपाई के नीचे बैठकर बीड़ी पीने लगता। कुछ देर बाद पटेल चला जाता तो पिता पटेल का नाम लेकर उसकी नकल उतारते। 'साला बाजीराव आज तुमको फिर संडास

नहीं आया...बस जोर से पाद आया...भों।'' पिता मुँह से आवाज निकालते। सब जोर-जोर से हँसने लगते। वह धोती की लाँग उठाकर एक पैर उठाकर बाजीराव की नकल करते। ''ये धरती हमारी है, पटेल कौन होता है हम पर हुकम चलाने वाला।'' फिर वह सबके साथ खेत में काम करने लगते। बाजीराव गाँव के मन्दिर के अलावा आसपास के मन्दिरों का प्रधान भी था। उसके माथे पर लगा त्रिपुण्ड उसके रूप को और भयानक बना देता था। गाँव के मन्दिर के छोटे पुरोहित की बीवी के साथ मैंने उसे जबर्दस्ती करते भी देखा था। छोटे पुरोहित सन्ध्या बाती के लिए गए थे। वह दिशा-मैदान के लिए गई थी। पटेल के सामने मैंने उसे हाथ जोड़ते देखा था। पर पटेल नहीं माना था। उसकी चीख उस सुनसान में पटेल की हाँफ के नीचे दब गई थी।

मैं फादर के स्कूल जाता। स्कूल चर्च के पास था। दसवीं कक्षा। अंग्रेजी पढ़ता। अंग्रेजी थोड़ी-थोड़ी बोलता। ''तुम बड़ा आदमी बनेगा एक दिन मेहनत करो। खूब पढ़ो।'' मैं फादर से बहुत प्रभावित था। वे कहते, ''अंग्रेजी सीखो...अंग्रेजी से ही आदमी बड़ा बनता है, मदर लेंग्वुज के लिए काम जरूर करो पर अंग्रेजी ही आदमी को शेर बनाता है।'' बहुत बाद में मैंने जाना कि यही बात डॉ. अम्बेडकर ने भी कही थी। मैं कुप्पी की रोशनी में रात-रात भर पढ़ता।

दसवीं की परीक्षाओं के दिन करीब थे। स्कूल दूर था...दो किलोमीटर...पहाड़ से उतरकर, पैदल-पैदल। बीच में छोटा-सा जंगल, अपना जंगल, अपनी धरती। स्कूल की छुट्टी होती तो खेलते-खेलते घर की तरफ चलते। दिनखा हमेशा साथ रहता। गाँव से मैं और दिनखा ही स्कूल जाते। दिनखा नवीं कक्षा में था। उस रोज दिनखा नहीं आया था। स्कूल की छुट्टी हुई। मैं घर की तरफ निकल पड़ा। दिनखा के बिना खाली-खाली लग रहा था। रोज साथ-साथ बातें करते चलते तो वक्त का पता ही नहीं चलता था। पर आज रास्ता बहुत लम्बा लग रहा था। लगता था कि यह रास्ता खत्म ही नहीं होगा।

दूसरा पहर खत्म होते-होते मैं जंगल पहुँच गया था। सामने पहाड़ दिखने लगा था। ''अबे रुक...कहाँ भागा जा रहा है क्रिस्तान।'' पटेल का लड़का विनायक गाँव के दूसरे चार-पाँच लड़कों के साथ पेड़ की झुकी मोटी डाल पर बैठा था। ''मैं क्रिस्तान नहीं हूँ मालिक।'' मैं आगे बढ़ गया था। ''तुझे जाने को किसने कहा बे, तेरी ये मजाल...इधर आ।'' विनायक झुकी डाल से नीचे कूद गया था। वह मेरे सामने आकर खड़ा हो गया। ''तेरा झोला दिखा। क्या चोरी क़रके लाया है?'' उसने मेरा बस्ता छीन लिया। सारी नोटबुक धरती पर पलट दीं। ''मालिक छोड़ दो...खराब हो जाएँगी...फादर गुस्सा करेंगे।'' मैंने हाथ जोड़ दिए थे। ''तेरा पैंट तो बहुत बढ़िया है...कहाँ से चुराया?'' पैंट को पेट से पकड़कर वह हो-हो करके जोर से हँसा। उसके सारे साथी हँसने लगे। ''फादर ने दिया है मालिक,

फट जाएगा।'' मैंने पैंट छुड़ाते हुए कहा। ''और क्या-क्या देता है तेरा फादर।'' उसने आँख मारते हुए अपने साथियों की तरफ देखा था। वे फिर हँसने लगे थे। ''ला ये पैंट हमें दे दे।'' वह बहुत नाटकीयता से बोला था। मैंने पैंट को कसकर पकड़ लिया। ''उतार लो इसकी पैंट।'' वे सब मुझे अपने शिकंजे में कसते हुए ऊँगलियों से कोंचने लगे थे। ''मालिक मेरे पास कच्छा नहीं है नीचे।'' मैंने याचना में हाथ जोड़ते हुए कहा था। इसके बाद वे पाँचों मुझ पर पिल पड़े थे। और पैंट खींच-खींचकर जमीन पर गिरा दिया था। ''इतना बड़ा!...कटवा है ये साला तो'' उनकी आँखों में अचरज था। वे सन्न खड़े रह गए थे। उनकी फटी आँखों में मेरे जननांग का भय था।

एक-दो पल बाद आँख-ही-आँख में उन्होंने एक-दूसरे को इशारा किया था। चारों ने मुझे धरती पर जबर्दस्ती औंधा पटक दिया। पटेल के लड़के की साँस मेरे कान के पास टकराई थी। दूर मेरे गाँव से ढोल की आवाज आ रही थी, धप-धप-धप, गड-गड़-गड। ढफली की आवाज...पड़-पड़-पड़। उधर हमारे लोग ढफली बजा रहे थे। गुंटया ने मेरे सिर को ऊपर उठाकर नाक पर जोरदार मुक्का मारा था। मैं जितनी ताकत से चीख सकता था, चीखा...पर मेरी चीख जंगल लील गया था। मुझ पर बेहोशी छाने लगी थी। होश आया तो कानों में विनायक की आवाज पड़ी थी, ''तेरी बारी गुंटया।'' 'नहीं' गुंटया की आवाज निकली। 'फिर मारो साले की दुकान पर लात।' आवाज के साथ-साथ एक जोरदार लात मेरे पीछे पड़ी थी। ''बड़ा हथियार फेल।'' धप-धप-धप, गड़र-गड़र-गड़र, पड़-पड़-पड़र ढोल-ढपली की आवाज अब भी आ रही थी गाँव से। वे जा रहे थे। हमारे लोग ढोल बजा रहे थे। अपनी-अपनी ढफली बजा रहे थे। ताड़ी चढ़ा रहे थे।

मैं घर लौट आया था। सारी दुनिया जैसे मुझे मुँह चिढ़ा रही थी। किसी से कह भी नहीं सका था। पर कोई मेरी तरफ देखता तो लगता जैसे उसे सब पता है। मैं मर जाना चाहता था पर जाने क्यों मर भी नहीं सका। कुछ दिनों बाद परीक्षाएँ शुरू हो गई थीं। स्कूल नहीं गया था उसके बाद। परीक्षाएँ देने गया था। दिन ऐसे ही निकल गए थे। परिणाम आया तो पास हो गया था। पर बहुत अच्छे अंक नहीं आए थे। फादर बहुत उदास थे। नवीं में सबसे अधिक मेरे ही अंक आए थे। उन्होंने बहुत पूछा था। मैं क्या बताता? ''मैं यहाँ रहना नहीं चाहता फादर, मुझे कहीं भेज दो।'' मेरी बार-बार की रट से फादर परेशान हो गए थे। आखिरकार उन्होंने मुझे एक चिट्ठी और एक पता दिया था। चन्द्रपुर से उन्होंने मुझे नागपुर की बस में बैठा दिया था। चिट्ठी नागपुर के एक मिशनरी स्कूल के प्रिंसिपल के नाम थी।

मैं जब वहाँ पहुँचा तो दोपहर हो गई थी। पूरी रात के सफर को मैंने आँखों-ही-आँखों में काट दिया था। ये बरसात के दिन थे और जब मैं बस अड्डे

पर उतरा, तब भी हल्की बूँदा-बाँदी हो रही थी। स्कूल पहुँचकर मैंने चिट्ठी फादर सेमुअल को दी। उन्होंने बिना किसी हुज्जत के मुझे ग्यारहवीं में प्रवेश दे दिया था। चिट्ठी में जाने क्या लिखा था, फादर पढ़कर मुस्कराए थे और नजर उठाकर मेरी तरफ देखा था। मैंने रास्ते भर चिट्ठी नहीं खोली थी। मेरे ख्याल में ही यह बात नहीं आई थी। पर जब फादर सेमुएल मुस्कुराए तो एक बारगी लगा था कि क्या फादर ने वही बात लिखी है। हॉस्टल में रहने की जगह मिल गई, पहनने को कपड़े भी। खाने का इन्तजाम मैस में हो गया। वक्त यादों पर पारदर्शी परतें बिछाता रहा और जिस तरह बहुत सारी पारदर्शी परतें भी एक धुँध बना देती है, उसी तरह मेरी यादें भी धुँधलाती गईं। बारहवीं में प्रथम श्रेणी से पास हुआ और कॉलेज में समाजशास्त्र में प्रवेश ले लिया।

यह बिल्कुल अलग दुनिया थी। लड़कों को कोई चिन्ता नहीं थी। वे रोज के लिए जीते थे। कल की उन्हें कोई चिन्ता नहीं थी। कुछ महार लड़के थे, उनका अपना अलग एक ग्रुप था। उनमें से अधिकांश मुझे अपना न मानते थे। सवर्ण लड़कों की तरह वे भी मुझे क्रिस्तान कहते थे। सवर्ण लड़कों की तरह बातों-ही-बातों में उन्होंने भी मेरी जाति पूछी थी। और फिर पीछे हट गए थे। महार लड़कों का पहला सवाल मेरा एस.सी या एस.टी. होना पूछना था। फिर उन्होंने उपजाति पूछी थी जबकि सवर्ण लड़के सिर्फ आरक्षित वर्ग का सुनकर पीछे हट गए थे। माँग-महार लड़कों में से कुछ फिर भी मुझसे साथी की तरह व्यवहार करते थे। परन्तु सवर्ण अधिकांश दूर रहते थे। अध्यापकों का रवैया भी कुछ-कुछ वैसा ही था।

उस दिन एंथ्रोपोलॉजी का पीरियड था। कुलकर्णी सर मानव नस्लों के बारे में पढ़ा रहे थे। नीग्रो नस्ल के बारे में बताते-बताते उन्होंने मुझे घूरकर देखा था। "तुम खड़े हो जाओ।" उन्होंने ऊँगली से उठने का इशारा करते हुए कहा था। "देखो ये है नीग्रो नस्ल। मोटे-मोटे होंठ, फैली नाक, उभरा माथा, गोल खोपड़ी। पर ये लम्बा कुछ ज्यादा है।" कहकर वे मुस्कुराए थे। सारे छात्र-छात्राएँ खिल-खिलाकर हँस पड़े थे। पर दलित लड़के-लड़कियाँ हँस नहीं पाए थे। उनमें से अधिकतर मुझसे मिलते-जुलते थे। कुलकर्णी सर भी हँस पड़े थे। हँसते हुए उनकी छोटी-छोटी आँखें बन्द हो गई थी।। पीला-पीला रंग...दबी छोटी नाक...चिपका माथा ...बिल्कुल मंगोलियन नस्ल की तरह...चंगेज खाँ सन्तति...मंगोलिया से महाराष्ट्र तक के सफर की थकान का प्रसाद। मैंने उन्हें हँसते देख सोचा था। घंटी बज गई थी। कुलकर्णी सर चले गए थे।

सवर्ण लड़कियाँ मुझे घूर-घूरकर देखतीं। उनकी आँखों में अजीब भाव थे। लालसापूर्ण घृणा के। मुझे पिता याद आए थे। उनका कद छोटा था, नाक लम्बी थी। उनके होंठ पतले और सुर्ख थे। उनका माथा खूब उभरा हुआ था। माई पतली और लम्बी थी। उसकी नाक फैली हुई और होंठ मोटे थे। मैंने उन दोनों से जो

सुन्दरता पाई थी, वह कुरूपता थी और वही कुरूपता मेरी सुन्दरता और मेरी ताकत बनी थी। कुरूपता भी सुन्दरता होती है, यह रूपान्तरण मैंने देखा था। डिफरेंटली ब्यूटीफुल।

फादर की तरफ से जब स्कॉलरशिप आना बन्द हुई तब मैं द्वितीय वर्ष में था। वे नागपुर मिलने आते थे और यीशु का मार्ग अपनाने को कहते तो मैं टाल जाता था। मुझे धर्म में कोई रुचि नहीं रह गई थी। सारे धर्म एक जैसी शक्ल के लगते। फादर को धर्म और परमेश्वर के अलावा किसी बात में रुचि नहीं थी। अन्ततः उनका आखिरी जवाब आ गया था। "चर्च आगे स्कॉलरशिप देने में हैल्पलैस है। परमेश्वर तुम पर कृपा करें।" मैं यह पहले ही अन्दाजा लगा चुका था। मैं फादर का ऋणी था। यह उनका ही उपकार था कि मैं यहाँ तक पहुँचा था। पर क्या धर्म मेरे लिए कोई मायने रखता था? धर्म से ज्यादा मुझे रोटी और इज्जत की जरूरत थी। चाचा पॉल तो शेफर्ड बन गया था पर गाँव का पण्डित तो उसे अब भी 'मातंग की औलाद' पुकारता था। किसी पराए के नाम से पहचाने जाने से बेहतर बेनामी जमीन बने रहना था।

जीसस मुझे अच्छे लगते थे। फादर मुझे जीसस से भी सुन्दर लगते थे। फादर की शान्त आँखें मेरे मन की सारी अशान्ति पी जाती थी, जैसे दरिया बड़े दरिया में मिलकर खुद को खो देता है। पर चर्च मुझे भुतहा लगता था। सूना-सूना, और उदास। वहाँ कोई जीवन नहीं था। कोई उमंग और उत्साह नहीं था। चर्च का घण्टा शान्ति में डर पैदा करता था। वहाँ सुकून देने वाली शान्ति नहीं थी, जैसे गाँव के मन्दिर में थी। वहाँ जीवन भी था, उत्साह भी और उत्सव भी। पर मन्दिर के भगवान और उत्सव हमसे दूर थे। महारों और मांगों की तरह हम भी उन्हें छू नहीं सकते थे। फादर की अन्तिम चिट्ठी आने से पहले ही मैं ट्यूशन पढ़ाकर गुजारे लायक कमा चुका था।

इस बीच मैं बी.ए. करके मुम्बई चला गया था। यूनिवर्सिटी में प्रवेश भी ले लिया था। एक चाल में छोटा-सा कमरा हम दो लोगों ने मिलकर ले लिया था। इसी तरह दो-तीन महीने बीत गए। गाँठ की पूँजी चुकने लगी थी। मैंने आसपास कई लोगों से काम के लिए कह दिया था। दो नम्बर खोली में तीन लड़कियाँ रहती थी। शारदा, पदमिनी और रेवती। रत्नागिरि की ब्राह्मण लड़कियाँ थीं ये। लम्बी, खास गोरी और नील-नीली आँखों वाली। बिल्कुल अंग्रेजों जैसी। मैंने पढ़ा था कहीं कि महाराष्ट्र में योरोपियन सबसे पहले रत्नागिरी के घाट पर ही उतरे थे। वहीं से वे आगे बढ़े थे। वे भी कॉलेज में पढ़ती थीं। और रात को बार में डाँस करती थीं। शारदा ने ही मुझे मसाज पार्लर में पार्ट-टाइम काम दिलाया था। "जब तक कोई काम नहीं, तब तक करने का। बाद में छोड़ देने का।" उसने बहुत बेलौस ढंग से मेरा कन्धा थपथपाया था। "जेब में पैसा रहने का तो अच्छा-बुरा टाइम

में काम आने का।'' मजबूरी में मैंने मसाज पार्लर में काम शुरू कर दिया था। नागपुर की तरह मुझे यहाँ ट्यूशन भी नहीं मिल रहे थे। बारहवीं तक मैंने विज्ञान पढ़ा था। परन्तु बिना पैसे के आगे विज्ञान की पढ़ाई सम्भव नहीं थी। समाजशास्त्र मैंने इसीलिए लिया था। ट्यूशन देने से पहले सब मेरी पढ़ाई के बारे में पूछते थे। मसाज पार्लर में चार बजे से दस बजे तक के सौ रुपए मिल जाते थे। ये थोड़े पैसे नहीं थे। मेरी जरूरत के हिसाब से कुछ ज्यादा ही था। पैसा हमेशा थोड़ा ही होता है क्योंकि उम्मीदें हमेशा उससे ज्यादा की होती हैं।

दिन पहले से बेहतर गुजरने लगे थे। मुम्बई का आजाद माहौल मुझे अच्छा लगता था। यहाँ कोई किसी से किसी की जाति नहीं पूछता था। इस दुनिया में खुलकर साँस ली थी मैंने। अपने फेफड़ों में नई ताजगी भरी थी। शहर का सुख था यह। विनायक को किसी भी तरह मैं भुला देना चाहता था। पर उसकी याद प्रेत की तरह पीछे लगी रहती थी। शायद मुझे ही अतीत की कब्र खोदने की लत लग गई थी। ट्यूशन एकाध मिले पर उससे ज्यादा पैसे, वह भी कम समय में मुझे मसाज पार्लर में मिल जाते थे। ट्यूशन के पैसों का कोई भरोसा भी नहीं था, कई बार लोग देते भी नहीं थे। कुछ महीनों चक्कर लगवाते, पैसा टूट-टूटकर आता जो किसी मतलब का नहीं रहता और जहाँ राशन की उधारी चलती, वह अपनी टेक अलग रखता। जिन्दगी वाले बहाने कहाँ सुनते हैं। इसीलिए मैंने ट्यूशन नहीं पकड़े थे।

सुबह से दोपहर दो बजे तक कॉलेज रहता। वहाँ से घर वापस आता। शारदा, पद्मिनी और रेवती भी तब तक आ चुकी होती थी। आते ही सबसे पहले मैं स्टोव पर भात चढ़ाता और फिर कपड़े बदलता या हाथ-मुँह धोता। कभी-कभी शारदा अपने यहाँ बुला ले जाती थी। लड़कियाँ बहुत सलीकेदार होती हैं, यह मुझे उन्हीं दिनों पता चला था। भात के साथ अचार, पापड़, दाल, सब्जी सब रखती थी शारदा। उस दिन भी रखा था उसने सब, पर उसके चेहरे पर उदासी थी। ''तबियत ठीक नहीं क्या।'' मैंने पूछा था। ''हाँ ऐसा इ लगता। कॉलेज नई गई।'' उसकी आँखों में उदासी का वाष्प घनीभूत हुआ। ''दवा लेने का। चल मैं ले के चलता है।'' खाना खाते हुए मैंने कहा था। मैं कोशिश करके उनकी भाषा बोलता। आदमी कोशिश करे तो क्या नामुमकिन है? ''नई रे सब ठीक हो जाएगा। परवा नहीं।'' उदास स्वर में ही उसने कहा था। ''आई का याद बोत आता है।'' कहते हुए उसने अपनी टी-शर्ट के दो बटन खोल दिए थे। अन्दर उसकी काली ब्रा गोरी चमड़ी पर चमक रही थी।

''तेरा काम कइसा चलता हे।'' उसने अपनी प्लेट में भात डाला था। ''ठीक।'' मेरी नजर उसकी छाती पर एक हल्के घाव पर पड़ी थी। ''ये क्या हुआ?'' ''कुछ नहीं! एक कस्टमर का सिगरेट से जल गया।'' उसने उसे हल्के से ढंक

लिया था। "रेवती और पद्मिनी तेरा रिलेटिव है न।" मैं खासतौर से रेवती के बारे में जानना चाहता था। रेवती मुझे बहुत अच्छी लगती थी। अच्छी लम्बी, और एकदम गोरी। उसकी आँखें बहुत उदास थी और चेहरा छोटा और तिकोना। उदास होने पर वह लटककर लम्बा नहीं होता था। पर जाने क्यों रेवती कभी-कभी बुरी तरह चीखने लगती थी? उसकी चीख हलाक होते पशु की तरह होती थी। उसके साथ बलात्कार हुआ था। उसी के किसी रिश्तेदार ने यह किया था। तब वह बारह-तेरह साल की थी। शारदा ने ही मुझे बहुत बाद में एक दिन बताया था, यह सब। पद्मिनी भी गोरी और लम्बी थी पर मुझे आकर्षित नहीं करती थी। शारदा में एक विचित्र किस्म का मातृत्व मुझे मिलता था। वह इन सब बातों से परे थी। रेवती के रंग में आभा थी।

"नई पद्मिनी मेरे गाँव की, रेवती पास गाँव की। हम इदरई मिले। मैं पद्मिनी के पास में आई। रेवती पहले से थीं। इदरई। हम सब एक जात न।" वह मुँह में भात घुमा रही थी। जाति की बात चलते ही मैं चुप हो गया। मुझे लगा कि वह अब मेरी भी जाति पूछेगी। मैं दिमाग दौड़ाने लगा कि मैं क्या बताऊँगा? ब्राह्मण नहीं बताऊँगा, उसमें पकड़े जाने का खतरा था। क्या पटेल? अपने लम्बे कद को याद किया था मैंने। नहीं..अपनी असलियत छिपाना ठीक नहीं। मुझे कौन-सी रिश्तेदारी करनी है। भात न खिलाए तो न खिलाए, भूखा कोई मर रहा हूँ मैं। मैंने इसी बीच मन-ही-मन तय किया था। पर उसने कुछ भी नहीं पूछा था। "कस्टमर साथ में डाँस करता था क्या?" मैंने उसी जले हुए निशान की तरफ देखा था। "तू बहुत भोला है।" टी-शर्ट से अच्छे से ढका था उसने उसे। "तेरा सच्चाई मेरे कू बहुत अच्छा लगता पन ये यहाँ नई चलने का। थोड़ा स्मार्ट बनने का। यह गाँव नई, शहर है।" वह मुस्कुराई थी। शारदा, पद्मिनी और रेवती के मुस्कुराते और लिपे-पुते चेहरों के पीछे एक घुटी-घुटी चीख मुझे सुनाई देने लगी थी। यह बिल्कुल वैसी ही थी जैसे किसी का गला दबते वक्त निकलती है।

पार्लर में काम करते हुए तीन-चार महीने ही बीते थे पर मिस्टर सुनेजा जो पार्लर का मालिक था, बहुत विश्वास करने लगा था। वह पंजाबी था, जाहिर है बहुत प्रोफेशनल। शायद धाराप्रवाह अंग्रेजी बोलने से मेरा रुतबा बढ़ गया था। उसने कई बार इसे स्वीकारा था। मैंने अपना नाम बदलकर टायसन रख लिया था। यह व्यवसायिक जरूरत थी। मैं व्यवसाय में बेईमानी नहीं करता था। ईमानदारी जब नीति हो तो बेईमानी में सुविधा हो जाती है। सुनेजा कई बार आजमाने के बाद आश्वस्त हो गया था। मैं व्यवसायिकता सीखने लगा था। शहर बहुत कुछ चुपचाप सिखा देता है। सुनेजा मुझे अब 'एक्सक्लूसिव' ग्राहकों के घर भेजने लगा था। कभी-कभी औरतों की मसाज के लिए भी। बड़े-बड़े बंगलों में अकेली और डरावने कुत्तों के साथ पड़ी मोटी-मोटी औरतें। ज्यादातर मारवाड़ी, मद्रासी और पंजाबिने

थीं। कुछ महाराष्ट्रीयन भी। बार-बार जाने पर वे मुझे पहचानने लगी थीं। उनके डरावने कुत्तो ने भी भौंकना बन्द कर दिया था। कुत्ते मेरे आने पर पूँछ हिलाने लगते। क्या यह कोई अपनापा था?

ऐसे ही एक बार वह मिला था। मलयाली था। सब उसे पिल्लै बुलाते थे। दिसम्बर का महीना था। हल्की ठण्ड की मस्ती मुम्बई पर छाने लगी थी। जब मैं होटल के रूम पर पहुँचा, तब दोपहर के तीन बज चुके थे। बेल बजाई। दरवाजा खुला तो सामने चालीस वर्ष के आसपास का एक आदमी सफेद लुंगी लपेटे खड़ा था। "सुनेजा... ।" मेरा इतना कहते ही स्त्री-सुलभ लचक के साथ वह 'कम-कम' कहते हुए एक ओर हो गया था। "सिट, मैं अभी आता है।" वह बाथरूम की तरफ चला गया था। मैंने उसकी हास्यास्पद चाल को पीछे से निहारा था। मुझे उसकी चाल रेवती से मिलती-जुलती लगी थी। सामने टेबल पर कई तस्वीरें थीं। विभिन्न नृत्य-मुद्राओं में। भारी मेकअप में भी मैं उसे पहचान गया था। ये उसी के थे। "ये आपके... ।" तस्वीरें अभी मेरे हाथ में थी। "यस-यस, मैं डाँस टीचर ...फिल्म एक्ट्रेस को डाँस सिखाता है।" उसका लहजा दक्षिण भारतीय था। उसने अदा से अपनी ऊँगलियाँ चटकाई थीं। मुझे फिर रेवती याद आई थी।

वह औंधे मुँह बेड पर लेट गया था। मैं चुपचाप उसकी मालिश करता रहा। अचानक वह उठा और मुझे बेतरह चुमने लगा। मैं एकदम से समझ नहीं पाया पर पूरी ताकत से उसे बेड पर फेंक दिया। "नो...नो मैं एक्सट्रा पे करेगा।" मैं बैग में सामान पैक करने लगा था। "तन मिनट।" कहकर वह मुड़कर आलमारी तक गया था उसने सौ-सौ के नोटों की तीन गड्डियाँ मेरे हाथ में रख दी। "रक्को। और दूँगा।" मैं तय नहीं कर पा रहा था कि वह चाहता क्या है। तीनों गड्डियाँ हाथ में रखते ही उसने एक भद्दा इशारा किया तो मैं समझ गया कि वह क्या चाहता है? इतना रुपया मैंने तब तक फिल्मों के अलावा एक साथ नहीं देखा था। विनायक से बदला लूँगा। पैसा गाँव भेजूँगा। फादर का उधार चुकाऊँगा, रेवती के लिए एक ड्रेस खरीदूँगा, सबसे बड़ी बात पढ़ाई के लिए साल भर के खर्च की छुट्टी।

बेड पर औंधा पड़ा पिल्लै मुझे पटेल का लड़का विनायक दिखा था। मुझे दूर कहीं से ढोल की आवाज आ रही थी। ढम ढम ढमा ढम। ढफली बज रही थी, पड़-पड़ पड़-पड़। पहाड़ था, जंगल पसरा पड़ा था। मैं हिंस्र पशु की तरह दनदनाता जंगल में दौड़ रहा था। "सुनेजा को नई बताना...ये तुम्हारा मेहनत का कमाई।" उसने आँख दबाई थी। यह मेहनत थी। श्रम...पहली बार मैंने जाना कि शहर में श्रम की कितनी परिभाषाएँ हैं। जिस वजह से गाँव में मैं मर जाना चाहता था, वही शहर में मेहनत थी। उसका भुगतान था। यहाँ श्रम का मूल्य था। यह नई दुनिया थी। शहर का यह मेरे लिए नया मिजाज था। तीन दिन बाद वह लौट गया था। "कोई जरूरत पड़े तो मिलना।" जाते हुए उसने मुझे मिसेज देशमुख

का नम्बर और एक चिट्ठी दी थी। तीसरे दिन मेरे पास काफी रुपया था। क्या यह तीसरा दिन मेरा 'तीसरा' था? यह तब मैं नहीं जान पाया था।

हफ्ते भर बाद क्रिसमस की छुट्टियाँ आ गई थीं। मैं मिसेज देशमुख से मिलने नहीं गया था। कोई काम भी नहीं था। पढ़ाई के लिए मेरे पास जरूरत से अधिक पैसा था। पिता बहुत याद आए थे, फादर उनसे भी ज्यादा। जब तक नागपुर में था। फादर गाँव की, पिता की खबर महीने-दो-महीने में ले आते थे। पर मुम्बई आने के बाद उनकी कोई खबर नहीं मिल सकी। पता नहीं वे जिन्दा भी होंगे या नहीं। मैंने उस दिन सोचा था। गाँव लौटने से पहले मैंने पिता और फादर के लिए दो-तीन मँहगी शराब की बोतलें और पिता के लिए कई जोड़े कपड़े खरीदे थे। पिता मिले तो खुशी से पागल हो गए। सबसे पहले वह मुझे ऊपर पहाड़ पर बनी बाबा की कुटिया में माथा टिकाने ले गए थे। बाबा धुजनाथ को मैंने अपने बचपन से यहाँ देखा था। वह कहीं आते-जाते नहीं थे।

पिता ने एक बोतल शराब बाबा को दी थी। बाबा बकरी को भगाते हुए बोले, "पेतुरा यह बोतल तो मैं नहीं लूँगा।" फिर बकरी को बुलाते हुए उन्होंने मेरी तरफ देखा था, "लौट आ बेटा।" बकरी लौट आई थी। "पेतुरा तू तो जानता है रे, खरच करते रहो तो कुबेरे का खजाना भी रीत जाता है। तेरा बेटा कमाकर लाया है।" बाबा ने पिता का नाम लिया था पर देख वह मेरी तरफ रहे थे। "पेड़ जमीन से रस नहीं खींचे तो सूखकर गिर पड़ता है। सँभालकर खर्च करना चाहिए, मरद को अपना धन।" बाबा की रूखी उदास आँखों में एक स्थिर भाव था। फिर हम लौट आए थे। 'तू कल मेरे पास आना।' बाबा ने चलते वक्त मुझसे कहा था। "भूख में जीव को जहर नहीं खाना चाहिए। चल इधर आ।" बकरी को पत्ते खाने से रोकते हुए बाबा की आवाज पीछे से सुनाई पड़ी थी। क्या वाकई यह सब बकरी से बोल रहे थे बाबा?

बाबा से मिलने के लिए जाने की हिम्मत मैं नहीं जुटा पाया था। मैं जानता था कि बाबा बकरी से नही मुझसे बात कर रहे थे। पिता भी रास्ते भर उनकी शक्तियों की कहानियाँ सुनाते रहे थे। जिसको हम जान नहीं पाते, उसकी ताकत का डर ही हमें नतमस्तक किये रहता है। भगवान और मुम्बई के भाई लोग यानी गुंडे एक ही तरह से डराते हैं। बाबा ऐसे नहीं थे, वे बहुत प्रेमपूर्ण थे। कभी-कभी प्रेम भी डराता है। उनका प्रेम ही मुझे डराता था। किसी बहुत बड़े के सामने भी हमारे भीतर एक डर समा जाता है। यही वजह थी कि मैं बाबा के पास नहीं जा सका था।

फादर ने शिक्षा की ताकत सिखाई थी और शहर ने पैसे की। पैसे का नशा मुझे अब कुछ भी और सोचने की मनाही करता था। मुम्बई से लौटने के बाद गाँव मुझे बहुत उजाड़ लगा था। पटेल का लड़का विनायक मुझे मिला था रास्ते

में। शायद वह जान-बूझकर ही आया था वहाँ। मेरे गले में सोने की मोटी चेन थी। ऊँगलियों में सोने की अँगूठियाँ चमक रही थी। विनायक कुछ कह नहीं पाया था। वह मुस्कुरा भी नहीं सका था। मेरे सामने वह बिल्कुल भिखारी लग रहा था। उसकी आँखों में मैंने मात देखी थी। फिर मैं लौट आया था शहर। मेरा मन गाँव में नहीं लगा था। मैं और पैसा कमाना चाहता था। मैं विनायक को बिल्कुल हारा हुआ देखना चाहता था। इसके लिए सिर्फ शहर था। जाने कब पढ़ाई द्वितीयक हो गई थी।

मिसेज देशमुख से मैं मिला था। वह बहुत चालाक महिला थी। वह पैसे का एक-एक कोर वसूलती थी। वह बहुत गरीबी से यहाँ तक पहुँची थी, ऐसा उन्होंने बताया था। मिस्टर देशमुख उनसे पच्चीस साल बड़े थे। वह उनकी ब्याहता नहीं थी परन्तु उन्होंने समझदारी से काम लिया था और मिस्टर देशमुख की करोड़ों की सम्पत्ति अपने नाम करा ली थी। इसी समझदारी ने उन्हें सिखाया था कि किसी का विश्वास नहीं करना चाहिए। मैं उन्हें देखता तो मुझे उन पर दया भी आती थी। जब हम किसी का विश्वास तोड़ते हैं तो सबसे पहले शायद अपना विश्वास तोड़ देते हैं। हम अपने ही विश्वास के घाती होते हैं। मिसेज देशमुख ने अपना विश्वास तोड़ लिया था। वे बहुत अकेली और असुरक्षित हो गई थी, यह मिसेज देशमुख को देखकर मैंने जाना था। क्या किसी का विश्वास तोड़ने से पहले हमें किसी और की नहीं; अपनी ही खातिर सौ बार नहीं सोचना चाहिए? पर पद्मिनी इसे समझदारी कहती थी। वह इसे शहर की जरूरत मानती थी और इसीलिए वह मुझे बेवकूफ समझती थी। हालाँकि उसने कभी कहा नहीं था, पर मुझे देख उसकी आँखों में तैरता अफसोस यही बताता था।

मिस्टर देशमुख अब चल फिर नहीं पाते थे। पहली बार भी जब मैं उनके घर गया था, तब वे वैसे ही निश्चल बैठे रहे थे। अगर उनकी पलकें न झपकती तो शायद वे शव की तरह दिखते। एक जीवित बुत। उनकी साँस भी इतनी धीमी चलती थी कि छाती तक में कोई हलचल नहीं होती थी। अभी दो साल पहले तक देश के हर शहर में उनकी औरतें थीं...शायद देश के बाहर भी। यह मुझे मिसेज देशमुख ने बताया था।

मिसेज देशमुख ने एक दिन मुझे उनके सामने ही खींच लिया था। देशमुख की उपस्थिति मुझे हताश कर रही थी। वे वृद्ध थे। "ऐसा है?" देशमुख को दिखाते हुए मिसेज देशमुख ने मेरा गुप्तांग हथेली में भरकर ऐसे उठाया था जैसे भाला उठाते हैं, फेंकने से पहले। देशमुख की आँख एकबारगी पूरी खुली थी, फिर मुँद गई थी। आँख की कोर से दो बूँद चू गई थी चुपचाप। मिसेज देशमुख ने भी देखा था। मिसेज देशमुख के चेहरे पर मैंने एक आध्यात्मिक सुकून देखा था। यह प्रतिशोध का सुकून था या प्रतिशोध की आध्यात्मिकता। ऐसा ही आध्यात्मिक सुकून

मैंने हमेशा बाबा के चेहरे पर भी पाया था। उस दिन उन्होंने मुझे ज्यादा पैसे दिए थे। मैंने चुपचाप पैसे रख लिए थे पर आँखों में सवाल चुपचाप नहीं बैठे थे। शायद उन्होंने वह इबारत पढ़ ली थी। "तुम मेरे प्रतिशोध में सहयोगी बने इसलिए।" वह बोली थी।

मिस्टर देशमुख अब भी सामने थे। पलकें मुंदी हुई, एक अलग बुत की तरह। "किसी की इच्छा के विरुद्ध हमें उसे अपना नहीं बनाना चाहिए...समझे तुम।" मिस्टर देशमुख की तरफ देखकर वह चीखी थी। यह एक अजीब रहस्य था। मैं पूछना चाहता था पर यह मेरे पेशे के नियम के बाहर था। मिस्टर देशमुख ने सुनकर आँखें खोली थीं। उनकी आँखों में सबसे पहले मैं अटका था। आश्चर्यजनक रूप से उन आँखों में मेरे लिए नफरत नहीं थी। एक अपनापन-सा था, जैसे हमराहों में होता है। फिर उन आँखों में मिसेज देशमुख उलझ गई थी। वे बहुत निरीह हो गए थे, जैसे योद्धा के सामने शस्त्रविहीन शत्रु हो जाता है। उनकी आँखों में आत्म-समर्पण था, त्रास से मुक्ति की चाह थी और मिसेज देशमुख की आँखें किसी हिंस्र पशु की तरह चमक रही थीं। भवों के पास आध्यात्मिक शिथिलता भी थी।

जिन्दगी मुझे बहुत तेजी से सिखा रही थी। हम जिन्हें पाप कहते हैं, शायद पाप के वही रास्ते जिन्दगी को हमें बेहतर और मुकम्मल तरीके से सिखाते हैं। क्या निष्पाप होने की मंजिल भी पाप के रास्तों से ही हमें मिलती है? क्या सभी पुण्यात्माएँ इन कथित पापों की राहों से गुजरकर ही वहाँ तक पहुँची हैं? क्या मिस्टर देशमुख वाकई राग-द्वेष से पार हो गए थे? क्या मिसेज देशमुख भी एक दिन वहीं पहुँचेगी? मेरा क्या होगा? ये सवाल लगातार मेरी चेतना में हथौड़े मारते। मैं जिन रास्तों पर था, वह मुझे लगातार समझदार बनाना चाहते थे पर मुझे पिता याद आते। फादर याद आते। बाबा और उनकी बकरी भी याद आती। "भूख में कोई जहर नहीं खाता।" पर अब तक मैं यह जरूरी समझने लगा था कि शक्तिशाली बनने का रास्ता सीधा नहीं है। वह घुमावदार, ऊबड़-खाबड़ और घाटियों से भरा है। पर मुझे अपने दृढ़ निश्चय से उसे हासिल करना था।

मिसेज देशमुख ने मुझे अपने ही घर में रख लिया था। महीने की पगार बाँध दी थी। यह मेरे लिए अतिरिक्त सुविधाजनक था। मुझे पढ़ाई के लिए बहुत समय मिलने की सम्भावना बढ़ गई थी। वेला मेरी पढ़ाई की भी चिन्ता करती थी। उनकी बार-बार की जिद पर अब मैं उन्हें मिसेज देशमुख की जगह वेला पुकारने लगा था। उन्होंने बताया था कि उनका नाम वेलम्मा है। वह महाराष्ट्र की नहीं आन्ध्रप्रदेश की रहनेवाली थी। "मैं तुम्हें प्यार करने लगी हूँ।" वह मुझे अक्सर कहतीं। मुझे लगता कि उन्हें खुद भी इन शब्दों पर विश्वास नहीं है। उनकी जिन्दगी में इन शब्दों के अर्थ कभी के छीज चुके थे। खुद को विश्वास दिलाने के लिए वह इसे बार-बार दोहराती। उनके चेहरे पर इस मेहनत की थकान और हताशा

मैंने हमेशा देखी थी। मुझे लगता कि एक जिद्दी बच्चे की तरह वह अपने खिलौने को अपना प्रेम समझा रही थीं। इस जिद के अलावा वहाँ कुछ था तो रिक्तताबोध और अकेलापन। वह मुझसे सिर्फ इसे भर लेना चाहती थी। पैसे को लेकर वह हमेशा सतर्क रहती और यही सतर्कता उन्हें किसी पर भी भरोसा नहीं करने देती थी।

"तुम कुछ बड़े होते तो मैं तुमसे शादी कर लेती।" मिस्टर देशमुख की मौत होने के दस मिनट बाद उन्होंने मुझसे कहा था, मिस्टर देशमुख का शव बिस्तर पर पड़ा था। यह बुत की एक अलग मुद्रा थी। डॉक्टर 'ही इज नो मोर' कहकर निकल गया था।

वक्त का बिलौटा, दबे पाँव मरियल चूहों की तरह पड़े, दिनों, हफ्तों और महीनों को उठाकर ले जाता रहा। इस बीच दो बड़ी घटनाएँ हुई। एक मेरा एम. ए. प्रीवियस प्रथम श्रेणी से हुआ, दूसरा मैं सिविल सर्विस की प्राथमिक परीक्षा में पास हो गया। फादर याद आते कि पढ़ाई एक बड़ी शक्ति है। सत्ता और पैसे के साथ मिलकर यह महाशक्ति बन जाती है। शहर में रहकर मैंने यह जान लिया था। भविष्य की असुरक्षा भी मुझे इस तरफ कुछ चाक-चौबन्द रखती थी। इन्हीं दिनों मुझे वह मिली थी।

वेला के यहाँ किसी ने पार्टी दी थी। वह पार्टी में आई थी। उसकी उम्र बीस-बाईस साल की रही होगी। साड़ी में लिपटी उसकी देह का मैंने अनुमान कर लिया था। वैसे ही जैसे पिता बकरे की रान को दबाकर ही उसके वजन का अनुमान कर लेते थे। पेशे के अनुभव ने मुझे यह सब सिखा दिया था। इन पार्टियों में मेरा काम शराब में धुत्त औरतों को उनकी कारों या बिस्तर पर पहुँचाना होता था। इस काम में वेला किसी को नहीं बुलाती थी। वह मुझे साथ रखती और मुझे एक पल भी अकेला नहीं छोड़ती। यह सब अपने सामान की चौकसी करने जैसा ही था। "डी.सी.पी. वरुण की वाइफ है।" मुझे उसकी तरफ देखते हुए उन्होंने पकड़ लिया था। "गोली मार देगा।" तब मुझे पता नहीं था कि ये शब्द भविष्य की कोख से पैदा हुए हैं। पुलिस का नाम सुनकर मैं वाकई कुछ सकपका गया था। पर बाद में हालात कुछ इस तरह बने कि उसे छोड़ने के लिए मुझे ही घर जाना पड़ा। जिस पुलिसिया कार में वह आई थी, खराब हो गई थी। वरुण शहर में नहीं थे। वेला ने मुझे भेजा था, साथ ही ताकीद किया था कि रास्ते भर उससे बात न करूँ।

वह मुझे इतनी भली लग रही थी कि मैं वेला की चेतावनी को भूल गया। शुचिता नाम बताया था उसने। फिर वह खामोश हो गई थी। जबलपुर की रहने वाली हूँ, कहा था उसने। फिर वह खामोश हो गई थी। उसके बोलने और खामोश रह जाने के बीच मैं उसकी ठोड़ी देखता, भरी-भरी ठोड़ी। मैं उसकी नाक के नथुने देखता जो किसी गुस्सैल बच्चे के नथुने की तरह फूले हुए थे। भवों के ऊपर वही

उदासी थी जो रेवती की आँखों में थी। रेवती की प्रतिकृति-सी थी वह। रेवती मेरी नहीं हुई थी। वह किसी की नहीं हुई थी। उसने आत्महत्या कर ली थी। पोंगापन्थियों के पुनर्जन्म की अन्ताक्षरी में विश्वास करती थी वह। यही विश्वास उसे ले डूबा था।

रेवती जिन्दगी के दुःखों से हार गई थी। काश कि वह लड़ पाती। क्या वह रेवती की तरह आत्महत्या की तैयारी कर रही है? उसकी बुझी आँखों ने मेरे मन मे सवाल सुलगाया था। मुझे उदास लोग आत्महन्ता दिखते थे। पर मैं उसे बचाना चाहता था। मैं उसे बताना चाहता था कि जिन्दगी सिर्फ दुःख नहीं है, सुख भी नहीं है—वह दोनों है और शायद दोनों ही नहीं भी है। वह शायद जिए चले जाने की एक टेक भर ही है। उसको मेरे और वेला के रिश्तों के बारे में शायद कुछ पता था या मेरे स्वरूप से वह मेरे प्रति बहुत विरक्त थी। वह बहुत चुप थी। उस दोपहर उसको घर छोड़कर लौटते वक्त मुझे अन्देशा नहीं था कि यह उपेक्षा और नफरत ही कौतूहल बनकर उसे मेरे पास खींच लाएगा।

कुरूपता फिर अपरूपता बनी थी। सबसे धारदार हथियार। क्या औरतों के लिए आदमी के सुन्दर होने से अधिक समर्थ और औरतों में बदनाम होना ज्यादा अहमियत रखता है? औरतें बदनाम आदमी के सामने निर्वस्त्र होने में कम समय लगाती हैं? क्या उपेक्षा भी जुड़ाव की ही अदृश्य सीढ़ी है? क्या रस के विद्वानों ने शृंगार के रंग को काला हमारी काली चमड़ी और मर्दाना ताकत के चलते ही माना था? क्यों श्वेतवर्णियों ने फिर शृंगार का रंग काला माना था? क्या ये हमारी ही औरतें थीं जिनका अपहरण इन्द्र ने किया था...ऋग्वेद में जिनके शोक गीत दर्ज हैं? क्या वे औरतें अपहरण के बाद भी रंग के प्रति अपने पुराने मोह को छोड़ नहीं पाई थीं? सवालों के जाले में खुद को एक मामूली कीड़े की तरह हाथ-पाँव मारते देखा था मैंने। मेरे मन में पोंगा-पण्डितों और उनके शास्त्रों के लिए सिर्फ नफरत थी। शुचिता, वेला, रेवती सब मेरे लिए सिर्फ शरीर थीं।

फिर वह मुझे मिलने लगी थी। बहाना वह वेला का करती थी। मिलने को लेकर मैं बहुत उत्सुक था पर पहल उसी ने की थी और वह मिलने में कोई उत्सुकता नहीं दिखाती थी। क्या वह जरूरत के सिद्धान्त से बँधी थी? पाँच-सात मुलाकतों के बाद उसकी सोच बदलने लगी थी। उसने मुझ में अपना प्रतिबिम्ब देखा था। इसे क्या कमी हो सकती है? मैं उसके बारे में सोचता। शायद उसका आदमी नपुंसक होगा—मैं एक सामान्य युवा की तरह उसके बारे में सोचता। आखिर जब्त करते-करते भी एक दिन वह सवाल जवान से उछल गया था। एक ही आँवे में तपते दो रूप थे हम।

उसने भी समाजशास्त्र में बी.ए. किया था। फिर आम भारतीय लड़कियों की तरह उसके माता-पिता ने उसके हाथ पीले कर गंगा नहाई थी। यह एक पातक

की तरह था, उसके पिता के लिए। वह एक निम्नमध्यम वर्गीय परिवार की लड़की थी। डी.सी.पी. वरुण जिस जाति से सम्बन्ध रखते थे, वहाँ ऐसी सुन्दर लड़कियों का लगभग अकाल था। शुचिता के 'शर्मा' उपनाम के कारण मैं उसे ब्राह्मण ही समझता था। पर खुद को वह ब्राह्मण नहीं मानती थी। उसने पाँचवीं छठी मुलाकात में बताया था। "हम अलग तरह के ब्राह्मण हैं।" उसके चेहरे पर शर्मिन्दगी नहीं थी, उपहास था। 'ब्राह्मण हमें ब्राह्मण नहीं मानते। पर क्या करें? यहाँ बड़ा दिखने का मॉडल ब्राह्मण ही है।" उस दिन मुझे बी.ए. का अपना दोस्त गिरीश शुक्ला याद आया था। उसने मुझे सलाह दी थी कि मैं अपने नाम के पीछे कोई ब्राह्मणी उपनाम लगा लूँ। फिर मेरा रंग, मेरी विरूपता, मेरी भाषा, मेरा व्यवहार मेरी विशेषता में बदल जाएगा। वह उपनाम मुझे ताकत देगा। पर मेरा अन्तर्मन इसकी गवाही न दे सका। गिरीश शुक्ला तो शुक्ला होकर भी एक होटल में बेयरे की नौकरी ही कर रहा था। उसके पिता किसी पावरलूम में मैकेनिक थे। क्या शुक्ला ने उसकी गरीबी और जलालत को ढँक दिया था? गरीब ब्राह्मण होने से अमीर अछूत होने में मुझे सार्थकता दिखी थी। मुझे अपने लोगों को ताकतवर बनाना था ताकि पटेल उन पर अत्याचार न कर सके, ताकि महार और खटीक उनसे मैत्री कर सके।

वरुण इस शादी के लिए तैयार न थे। उन्होंने पिता के इस फैसले को सिरे से खारिज कर दिया था। फिर माँ एक प्रशिक्षित पालतू पशु की तरह आगे आई थी। उसने पिता और कुल की इज्जत की बात उठाई थी, मरने की धमकी दी थी। "जिसे तुझे रखना हो, रख ले, पर शादी इसी लड़की से करनी होगी।" वरुण मान गए थे। उन्होंने माँ की दोनों बातें मान ली थीं। शुचिता ने टुकड़ों में अपनी दास्तान सुनाई थी। "तुम्हारे सामने वरुण बहुत हल्का है।" मैंने निहितार्थ समझ लिया था। "वेला ने कई बार तुम्हारी ताकत के किस्से सुनाए थे।" वह मुस्कराई थी।

वेला उन दिनों मुझ पर खूब झल्लाती। उसे पता चल गया था कि वह पीठ पीछे मुझसे मिलने आती है। कभी-कभी वह मेरे सामने रोने लगती। "तुम्हें प्यार किया, तुम भी अपने नहीं हुए।" वेला का यह व्यवहार मुझे एक जिद से ज्यादा कुछ नहीं लगता था। वेला का शरीर उम्र के इस दौर में भी गठा हुआ था। वह देखने में किसी भी तरह पैंतीस से ऊपर नहीं दिखती थी। परन्तु इस दिखने की भीतरी सच्चाई खुद वेला से ज्यादा कौन जानता था? एक असुरक्षा-बोध, एक हीनता-बोध, उसे अन्दर-ही-अन्दर कुतरता रहता था। अन्तरंग क्षणों में भी वह मेरे साथ क्रूरता से पेश आने लगी थी। उधर शुचिता और अधिक कृतज्ञ भाव से पसरने लगी थी। वेला की मैं एक बड़ी जरूरत था, इसलिए वह मुझे छोड़ नहीं सकती थी....अधिक-से-अधिक वह एक बनैले पशु की तरह हिंसक हो सकती थी...और जिसे अन्ततः मन मारकर, छटपटाकर चित ही होना था।

क्या शुचिता की भी मैं जरूरत भर हूँ—मैं सोचता तो जैसे कलेजे में एक

हूक उठती। मैं मन को दिलासा देता। बार-बार यह दिलासा छोटा पड़ता जाता। क्या किसी तरह शुचिता मेरी नहीं हो सकती? पर उसके पुलिसिया पति के बारे में सोचकर रूह काँप जाती। कई बार अपने बैंक अकाउंट में जमा पैसे देखता। पिछले छह महीने में वह दो लाख से ऊपर नहीं जा रहे थे। शुचिता को जिन्दगी में आए भी छह महीने ही हुए थे।

"मुझे यहाँ से ले जाओ।" शुचिता ने उस दिन मेरी बाँह पकड़कर कहा तो जैसे मुझे मनचाही मुराद मिल गई थी। वरुण पाँच दिन के लिए आस्ट्रेलिया गए हुए थे। वेला से जो पैसा मिलता था, वह सब शुचिता पर खर्च हो जाता था। होटल के जिस कमरे में हम रुकते थे, उसका किराया ही तीन हजार रुपए प्रतिदिन था। शुचिता इतनी सीधी थी कि वरुण से पैसा भी नहीं माँग पाती थी।

उस दिन सुबह से बारिश हो रही थी। बारिश मूसलाधार थी। कमरे के छज्जे पर रखे गमले पानी से लबालब भर गए थे। शीशों के पार सामने वाले कमरों के दो छज्जों पर कुछ अरब आदमी बारिश का आनन्द ले रहे थे। उनके साथ औरतें हिन्दुस्तानी थी। रेगिस्तान के ये बाशिंदे सिर्फ बारिश का लुत्फ लेने के लिए इतनी दूर बम्बई चले आते हैं। हर साल सरकार और निजी क्षेत्र अपने ग्राहकों के लिए विशेष 'मानसून ऑफर' घोषित करते हैं। क्या अरब के गरीब और औरतें बिना बारिश देखे ही मर जाते होंगे? क्या गरीब की कोई जाति, धर्म या देश होता है? रेवती तो ब्राह्मण थी, फिर वह क्यों मर गई?

उधर वेला कुढ़ती जाती। उनकी भावुकता बढ़ती जा रही थी। उनकी उम्र भी बढ़ती जा रही थी। उनके मन के कोनों में बैठा खौफ भी बढ़ता जा रहा था। मेरे मन में उनके लिए न नफरत थी, न करुणा। मैं उन्हें एक स्थाई ग्राहक से ज्यादा कुछ समझ ही नहीं पाता था। ग्राहक से दुकानदार का क्या कोई भावात्मक सम्बन्ध होता है? पर क्या मैं दुकानदार था? क्या वेला ग्राहक थी? मुझे लगता कि हम दोनों ही उत्पाद हैं या किसी अप्रत्यक्ष दुकानदाराना नियम के तहत हम दोनों ही कच्चे माल से उत्पाद, उपभोक्ता और उत्पादक की प्रक्रिया में गोल-गोल घूम रहे हैं।

"मैं शुचिता से शादी करना चाहता हूँ।" मेरे छब्बीसवें जन्मदिन पर वेला द्वारा लाए केक को काटते हुए मैंने कहा था। यह केक लाना उनकी मेरे साथ जबर्दस्ती थी। यह सुनकर वह कुछ पल चुप रह गई थी। 'बास्टर्ड' वेला ने एक झन्नाटेदार थप्पड़ मेरे कान पर मारा था। "इससे कुछ बनने-बिगड़ने वाला नहीं है।" वेला के हाथों को मैंने अपने हाथों में लेकर दबाया था। वह बच्चों की तरह बिलख-बिलखकर रोने लगी थी। उन आँसुओं में पहली बार मैंने विमल होती वेलम्मा को देखा था। रोते हुए यदि वह यह कहती कि "मैं तुम्हारे बिना मर जाऊँगी" तो यह मेरे लिए मुश्किल नहीं था। बल्कि आसान ही था कि मैं जान जाता, यह

सब झूठ है, यह आँसू एक मुद्रा भर है। परन्तु कुछ रो चुकने के बाद हिचकियों और आँसुओं के बीच जो अस्फुट शब्द तैरते आए थे, वे वेला के शरीर से नहीं वेलम्मा के मन से आए थे। "मैं तुम्हारे सुख से दुःखी क्यों हो रही हूँ? यह बात मुझे खाए जा रही है।" फिर वह देर तक रोती रही थी।

वरुण अभी आस्ट्रेलिया में ही थे। शुचिता रातभर मेरे साथ रही। जन्मदिन के लिए यह पहले से तय था। हम देर रात तक गेटवे ऑफ इण्डिया पर बैठे रहे। आसमान में धुँधले तारे थे। वहाँ बहुत सारे जोड़े थे। क्या वे सब भी हमारी तरह टूटे हुए, मिसफिट और व्यर्थ थे? दो बजे हम होटल के लिए वापस लौट पड़े थे। शुचिता ने रास्ते भर चुप्पी ओढ़े रखी थी। मैं ही कुछ-कुछ बोल लेता था, बीच-बीच में। मुझे मेरा बोलना भी बहुत ऊपरी लग रहा था। शायद वह सुन नही रही थी, शायद मैं कुछ बोल भी नहीं रहा था। बिना सार्थकता के क्या कोई शब्द शब्द हो सकता है? वे सब वैसे ही निरर्थक शब्द थे जैसे गेटवे ऑफ इण्डिया के पास समुद्र के किनारों पर झाग थे। निरर्थक, अलक्षित और क्षणिक। ताप तो उसी शब्द में या उसी शब्द से होता है जो अपने सान्द्र रक्त से बोला या लिखा गया हो।

"उन्हें मेरी जरूरत नहीं है।" उसने चादर पैरों पर डाला था। फिर अपना सिर पीछे सिरहाने पर टिका दिया था। "उनकी पिस्तौल में रखी बुलेट की तरह हूँ मैं। उन्हें बुलेट की जरूरत कभी नहीं पड़ती। आखिर जब वे 'एक्पायर्ड' हो जाती हैं तो फेंक दी जाती हैं।" शुचिता की आँखों में पीड़ा थी। उसका छोटा-सा चेहरा लटककर कुछ लम्बा हो गया था। शुचिता मुझे अच्छी लगती थी। इसमें उसका छोटा-सा चेहरा भी जिम्मेदार था। मुझे छोटे चेहरे वाली स्त्रियाँ। दिलकश लगती थी...छोटे बच्चों के चेहरों की तरह। मैं ऐसी स्त्रियों के लिए कल्पना करता था कि मैं उनके ऐसे चेहरों को अपनी दोनों हथेलियों में भरकर चूमता रहूँ। यही मैंने शुचिता के साथ किया था। पहली बार जब मैंने उसे ऐसे चूमा था, तब वह बहुत देर तक रोती रही थी। उसके रोने में मैंने उम्मीदों की भाप देखी थी। दिन निकलने से पहले मैं उसे उसके घर छोड़ आया था। "तुम वरुण से तलाक ले लो।" मैंने रास्ते में कहा था।

"वह मुझे मौत दे सकते हैं, पर तलाक नहीं देंगे।" वह लगभग चीखकर बोली, फिर कुछ पल शान्त रह गई। "वे अपने जीते जी मुझे किसी दूसरे की होते नहीं देख पाएँगे। यह बिल्कुल उस तरह है जैसे कोई दुष्ट बच्चा अपने खिलौने को दूसरे के पास जाता देख तोड़ देता है और खुशी महसूस करता है।"

"मैं क्या करूँ?" मैंने उस वक्त भी अपने खाते में जमा पैसे का ध्यान किया था। उसके दम पर कोई भी बड़ा कदम नहीं उठाया जा सकता था।

"तुम कुछ मत करो। अपनी पढ़ाई पूरी करो।" यह सहजता में ताना था। मैंने बातचीत में कई बार अपनी पढ़ाई में अवरोध की बात कही थी...जो मेरा मकसद

था, जो मेरी मंजिल थी, जो मेरी जिन्दगी में साँस की तरह था, जिसके लिए मैंने सब कुछ सहा था, उसी के हाथ से छिटकते जाने से मुझे कोफ्त होती थी। वेला से जुड़ने और जुड़े रहने में भी यही लालच था। शुचिता के अलावा दिल की बात मैं किसी से नहीं करता था। शुचिता से पहले शारदा को कहा करता था सब। शारदा तो कुरेद लेती थी। पढ़ाई की बात भी मैंने शुचिता के अलावा सिर्फ शारदा से की थी। शुचिता भी पहले मेरे लिए एक देह भर थी पर जाने कब वह मुझे अपनी लगने लगी थी। पटेल के लड़के की हरकत तो मैं किसी से भी कह नहीं सकता था। उसके बारे में सोचता तो एक सनसनाहट सारे शरीर में फैल जाती, जैसे सारे शरीर पर चींटियाँ रेंग रही हों। यह गुस्सा भी था, नफरत भी और डर भी। मैं इसे अकेले कैसे झेल पा रहा था, मैं भी नहीं जानता था?

वरुण आस्ट्रेलिया से लौट आए थे। शुचिता का आना बदस्तूर जारी था। वेला की बेचैनी कभी-कभी बेहद बढ़ जाती थी। वह मेरे हाथों को हाथ में भरकर कई-कई बार रोई थी। जब-जब वह रोती, मुझे वेला की प्रसव-पीड़ा से वेलम्मा के जन्म लेने की आस बँधती पर लगता था कि वेलम्मा पेट में ही उलट गई है। उलटा बच्चा। इसमें जान जाने का भी खतरा था। मुझे वेलम्मा की चिन्ता होती! वह मुझे पढ़ने की ताकीद करने लगी थी। वह समय पर खाना और रात को सोने से पहले याद करके दूध भी रख जाती थी। यह पिछले ग्यारह महीनों में पहली बार हुआ था कि उन्होंने बीस दिन मुझे अपने पास नहीं बुलाया था। मुझे यह मुफ्तखोरी लग रही थी। यह पुरसुकून मुफ्तखोरी थी।

शुचिता से रिश्ता होने के बाद मेरा किसी को छूने का भी मन नहीं होता था। वेला मुझे चूमती तो मुझे घिन आती। मैं आँख बचाकर थूकता या कुल्ला कर आता। यह बिल्कुल अप्रत्याशित था। क्या शुचिता को भी ऐसा ही लगता होगा, जब वरुण उसे प्रेम करते होंगे? मैं सोचता। मुझे यह सब करना ही पड़ता था, यह मेरी व्यावसायिक मजबूरी थी। या शायद लालच भी? क्या शुचिता की भी यह मजबूरी है? पारिवारिक या लालच? मैं बिना बात ही सोचे चला जाता। क्या मन में हम किसी और के होकर भी तन से किसी और के साथ हो सकते हैं? क्या तन से किसी और के साथ होकर भी मन से किसी और हुआ जा सकता है? क्या यह पाप है? क्या यह अनैतिक है? क्या कभी यह हो पाएगा कि जो मन से किसी का हो, तन से भी सिर्फ वह उसी का होकर रह सके? इन्सान की जिन्दगी क्या कभी अपनी अनहद खूबसूरती में खिल सकेगी? इस सबके लिए जरूरी था, पैसा, पढ़ाई और प्रतिष्ठा।

"तुम कल से सुबह जल्दी उठकर पढ़ो और रात को टाइम से सो जाओ।" ये वेला के शब्द थे। यह उनके वेलम्मा बनने का संधिकाल था, जैसे रात खत्म होने और भोर होने की बीच की कोई झीनी-सी, कुहासे से भरी परत होती है।

मेरी परीक्षाओं में एक महीना भी नहीं रहा था। पच्चीस दिन गुजर गए थे और उन्होंने मुझे ऊपर कमरे में नहीं बुलाया था। सपने में अक्सर फादर आते, 'तुम्हें पढ़ना है, बड़ा आदमी बनना है। जिन्दगी की धार बहुत दूर तक बहती है, ये सब एक दिन भूलकर, रगड़ खाकर पीछे छूट जाएगा।'' कभी-कभी पिता भी दिखाई देते। सफेद झकाझक कुर्ते-पाजामे और सिर पर बड़ी पगड़ी में। मैं उन्हें पहचान न पाता। पटेल की खाट पर पटेल के साथ बैठे वे पटेल का हुक्का गुड़गुड़ाते दिखाई देते। बाबा भी कभी-कभार आते, ''अब लौट आ। पटेल का लड़का मर गया। तू भी मर जा।'' फिर वे मुझे संटी से पीटते थे, जैसे अपनी बकरी को पीटते थे। मैं देखता कि मेरा शरीर बकरी जैसा होता जा रहा है। मैं काँपकर उठ बैठता।

वेला ने दुःख सहा था, उस पर जुल्म ढाए गए थे, शुचिता अब भी तनाव झेल रही है और मैं...मैं यहाँ कैसे-कैसे पहुँचा था, रेवती की तरह मैंने आत्महत्या नहीं चुनी थी। हम सब के बीच यही प्रताड़ना साझा थी। यही हमारा आपसी रिश्ता था। फिर हम क्यों एक-दूसरे को समझने की बजाय एक-दूसरे के साथ अत्याचारी की तरह पेश आ रहे थे? हम एक-दूसरे के सहयोगी क्यों नहीं बने? क्या वही नफरत हमारे भी मनों में बैठ गई थी, जिसकी वजह से हमने दुःख उठाए थे? क्या नफरत का सौन्दर्यात्मक रेचन दुःख में साझी होना या दुःख को साझी बना लेने में नहीं हो सकता? मैं रात-रात भर सोचता रहता, जाने कब नींद आ जाती।

परीक्षाएँ खत्म हो गई थीं। शुचिता लगभग रोज फोन करती। उसे वेला से चिढ़ नहीं होती थी। वेला भी अब उसके फोन आने से झल्लाती नहीं थी। जिस दिन आखरी पर्चा हुआ, उस शाम वेला ने मुझे ऊपर अपने कमरे में बुलाया था। ''मैंने जिन्दगी में एक नियम बनाया था कि कोई नियम नहीं बनाऊँगी। पर...पर ...मुझे तुम्हारी आदत हो गई है। इस शरीर...क्या करूँ?'' उनकी आँखें झुकी हुई थी। भवें गिरी हुई थी। ''किसी और...अब मुझसे यह नहीं होगा।'' उनकी आवाज भी टूट रही थी। मुझे लगा कि वह खुद को भरसक तैयार कर रही है और इस कोशिश में बार-बार बिखर रही है। मैं चुप रहा और निष्क्रिय भी। ''ओ लिटिल चाइल्ड...मैं क्या करूँ...क्या गाँधी जी अपनी पत्नी को बा नहीं बुलाते थे। तुम तो जानते हो न, बा का मतलब माँ होता है। गुजराती में।'' मन को समझाने के लिए वह कुतर्कों से खेल रही थी। यह आग से खेलना था। वह मुझे नहीं समझा रही थी, खुद को सही होने का दिलासा दे रही थी। मैं इसमें उनकी कोई मदद नहीं कर सकता था। शायद अन्ततः उनका मन मान ही गया था या शायद मन को मार ही दिया हो। मुझे याद आया था कि पेट में बच्चे के उलट जाने पर जच्चा या बच्चा में से किसी एक के मर जाने की सम्भावना बढ़ जाती है।

शुचिता और मैं तय कर चुके थे कि हमें एक होना है। कोई कानून हमारी मदद नहीं कर सकता।

वरुण दो दिन के लिए नासिक गए थे। वरुण सुबह निकले और दोपहर में शुचिता मेरे पास आ गई थी। मैं हमेशा उसके आने को वापसी के रूप में देखता था, जैसे इन्द्र के चुंगल से छूटकर वह आई हो। मेरे लिए यह पाप नही रहा था, इसलिए नहीं कि पाप कुछ होता है या नहीं, असल में मेरे लिए पुण्य के या तो मायने...खत्म हो गए थे या बदल गए थे। इसलिए कोई पछतावा भी मेरी भाषा में शामिल नहीं है। पछतावा इन्सान की ताकत को ग्रहण लगा देता है। उस रात वह मेरे पास होटल में ही रुक गई थी। यह एक हसीन रात थी।

जब मैं होटल के लिए घर से निकल रहा था, तब वेलम्मा मेरे पास आई थी। शायद उन्हें पता था कि मैं शुचिता के पास जा रहा हूँ। वेलम्मा उदास थी। "मुझे माफ कर देना। मैंने तुम्हारे साथ वही किया जो देशमुख ने मेरे साथ किया था। हमें देशमुख नहीं होना चाहिए। हमें किसी के साथ जबर्दस्ती नहीं करनी चाहिए। तुम खुश रहोगे तो मुझे खुशी ही मिलनी चाहिए।" मैं चला आया था।

अगले दिन सुबह सात बजे दरवाजे पर दस्तक हुई, शुचिता और मैं सो रहे थे। मैं उठकर दरवाजा खोलने जाने लगा तो शुचिता ने कहा, "रुको मैं देखती हूँ।" दरवाजा खोलने की आवाज मुझे सुनाई दी। कुछ क्षणों बाद मेरे कमरे में एक नकाबपोश आया पर शुचिता उसके साथ नहीं थी। "कौन हो तुम।" मेरी आवाज में गुस्सा था, भय भी और आश्चर्य भी। उसी पल उसने अपनी पिस्तौल निकाली और इससे पहले कि मैं कुछ और कह पाता, गोलियाँ दाग दीं। तीन-चार गोलियाँ मैंने पेट में धँसती महसूस की थी। उस टूटती चेतना में मैंने आखिरी बार यही सोचा था कि यह कौन है? क्या वरुण...या विनायक...या फिर वेला? उसने बढ़कर मेरे गुप्तांग पर एक जोरदार लात मारी थी। इस हृदयविदारक दर्द से मेरी चीख निकल गई। गोली लगने से अधिक असहनीय दर्द मुझे गुप्तांग पर लगी लात से हुआ था।

"ठीक है। तुम उसे पहचान सकते हो?" एक आवाज मेरी चेतना तक पहुँची तो मैं रेंगता-रेंगता वर्तमान तक आ गया। "नहीं, मेरी चीख निकल गई। नकाब ओढ़ने के बाद सबकी एक जैसी शक्ल हो जाती हैं। नकाब ओढ़ने से पहले सबकी शक्लें अलग-अलग होती हैं, वे इन्सान होते हैं। उन्हें पहचाना जा सकता है।" कुछ धब्बे थे, आँखों के सामने, सफेद-सफेद और धूल की तरह खाकी। आँखों के पार बाबा थे, पिता थे, फादर थे। "लौट आ बेटा, भूख में जहर नहीं खाते।" बाबा की आवाज आती। पटेल पिता की झूठी बीडी पी रहा था। विनायक को लोग जंगल में छोड़ आए थे। "यह एक लड़ाई थी...मुकम्मल नहीं हो पाई...पर पटेल के बेटे विनायक के गुनाह की सजा...पूरी कौम को दी जा सकती है...क्या यह न्याय होगा...पर हमारी जात...नीच क्यों? हमारे लोग कैसे होंगे ताकतवर? हम कहाँ जाएँ? क्या करें?" गुनाह बहुत लुभावना होता है, बदला बहुत बहुरूपिया।

रात

दोस्तो, मैं यह दास्तान बिल्कुल नहीं सुनाना चाहती थी। इसकी कई वजहों में से एक वजह यह थी कि यह एकदम सच्ची प्रेम कहानी है। अब दास्तान और वह भी सच्ची इश्किया किसिम की हो, तो सुनने वाले जरा नाम-पते, हीले-हवाले जानने ढूँढ़ने की कोशिश में सिर-फुटौव्वल जरूर करने लगते हैं। यहाँ मामला पेचीदा और संजीदा दोनों हो जाता है। इसी से बचने के लिए यह कहानी मैं आपको नहीं सुनाना चाहती थी। पर...! पर फिर...! पर फिर क्या अब यह मजबूरी बन गई है दोस्तो। सुनाऊँ तो पात्रों की फजीहत होने का डर और न सुनाऊँ तो अपने दिमाग़ की फजीहत। यूँ ही जज्बाती लोग बेवजह सौ दिमाग़ी बीमारियाँ पाल लेते हैं। इसमें इजाफा करने का तो अब कोई सवाल ही नहीं उठता। बेशक मैं गर्भाधान के उन झटकों और दबावों को झेलकर भी चुप रह जाती। कुछ-न-कुछ करके हमल गिराने का अनर्थ भी कर जाती। हालाँकि मनोचिकित्सिक ने किसी भी तरह के 'स्ट्रेस' के लिए मना किया था। परन्तु नयनतारा का जवाब आ गया था कि तुम कहानी कह सकती हो। नयनतारा कौन? शायद यही सवाल आपके दिमाग में झनझनाया होगा? नयनतारा इस कहानी की मुख्य पात्र है। नाम कैसा लगा आपको? तसकीन रखिए, असली नहीं है। छद्म है। सुविधा के लिए पात्रो के नाम और पते बदल देने के लिए उसने कहा था। यह मेरा ही सुझाव था। यह पत्र उसी बाबत उसने हरी झण्डी दिखाते हुए लिखा था।

अब मर्दवादी किस्म के लोग लामबन्द हो सकते हैं कि आपने मुख्य पात्र के प्रेमी से भी इस तरह का कोई 'नो ऑब्जेक्शन सर्टिफिकेट' लिया है या नहीं? लिया है तो ठीक। यदि नहीं लिया तो क्यों नहीं? क्या इज्जत सिर्फ औरतों की होती है? मर्द की नहीं? तो आप, शांत हो जाइए। हालाँकि इस एन.ओ.सी. की जरूरत बहुत मामूली थी परन्तु यह रस्म भी अदा कर ली गई थी। हाँ इज्जत की बात यह है कि इज्जत तो औरत और आदमी दोनों की होती है परन्तु पुल्लिंगों की इस दुनिया में इज्जत स्त्री-योनियों की ही लुटती, खराब और बर्बाद होती है। स्त्रियाँ, इसीलिए अपनी योनि को जिन्दगी भर कोसती भी हैं और ध्यानपूर्वक पोसती भी हैं। साथ ही पुल्लिगों को धिक्कारती भी है, पुचकारती भी हैं और डाह भी करती हैं। यह सब क्रमशः और कभी-कभी साथ-साथ चलता है।

अब मैं सीधे दास्तान शुरू करना चाहती हूँ। परन्तु कहाँ से और कैसे? सूत्र सब गड्डमड्ड और उलझे हुए हैं। और हाँ, बात-बात में एक बात तो छूट ही गई। दास्तान का वाचक यानि प्रथम पुरुष मैं नहीं बनना चाहती। यह कहानीकार की अनधिकार चेष्टा होती। वन शुड वी डेमोक्रेटिक आफ्टर ऑल। सो आगे दिवाकर इस कथा के वाचक का 'धम्म निब्बहन' करेंगे। दिवाकर कौन? फिर तार झनझनाए क्या? अरे भई नयनतारा का प्रेमी। यूँ तो मैं पूरा ध्यान रखूँगी कि वह निर्देशानुसार ही ब्यौरे दें, पर अगर कहीं आपको लगे कि वह छूट ले रहे हैं तो मान लीजिएगा कि कुछ सच तो उनके अपने पुरुष होने के हैं और कुछ तथ्य भोगी और सहभोगी होने के। जिन्हें मैं नहीं जानती हूँ। बस्स बहुत हो गया, दिवाकर स्पीक प्लीज।

छोटी-छोटी बातें पुल थीं। और वह उस पार थी। बीच में पानी था।

वह जिस शहर से आई थी, कोई बहुत बड़ा शहर नहीं था। छोटे कस्बेनुमा शहर किसी आकस्मिक घटना या किन्हीं कुदरती कारणों से जैसे शहर बन जाते हैं। वह ऐसा ही एक शहर था। घनी हरियाली से भरा एक पहाड़ी कस्बा, जो अपने अछूते, पहाड़ी खूबसूरत झरनों के अनवरत झरते झर-झर संगीत के चलते एक मशहूर शहर बन गया था। परन्तु उस पर, उसके चेहरे पर, उसके कपड़ों पर,उसके बोल-चाल के ढंग पर, उसके व्यवहार पर कहीं भी छोटे शहर-क़स्बों की बू नहीं थी। वह अपवाद थी। उन सभी मान्यताओं की, धारणाओं की, जो उसके आने से पहले मेरे मन में थी। मैं यही सोचता था और मानता था कि छोटे गाँव-शहरों के लोगों के सोचने और समझने के दायरे बहुत संकरे होते हैं।

"मैं ऐसा नहीं मानती।" एक शाम उसने कहा था। किसी बात के छिड़ने पर मैंने वही बात उसके सामने भी दोहराई थी। शाम घिरती आ रही थी। आसमान का गहरा सलेटी रंग ट्रेफिक के धुएँ से और धुँधलाया हुआ था। सड़क पर ट्रेफिक की चिल्लपों से बचने के लिए हम एक सर्विस रोड पर आ गए थे। शोर यहाँ भी था, पर बनिस्बत कम था। इस शोर के बीच भी हम आपस में बातें करते हुए चल रहे थे। उसके लिए दोनों में से किसी एक को बार-बार तेज बोलने की ज़रूरत पड़ती।

"इन्सान इन्सान होता है। वह सब जगह एक सा होता है।" इस बार वह धीमे स्वर में बोली थी। "हाँ इतना ज़रूर है कि छोटे शहरों में उस तरह के अनुभव नहीं हो पाते, जो बड़े शहरों में होते हैं। किन्तु ये अनुभव सिर्फ शहरी परेशानियों के ही होते हैं।" तभी सामने से तेज़ी से आता हुआ आदमी बचते-बचते भी उससे टकरा ही गया था। वह बौखलाया हुआ था और बहुत जल्दी में था। वह जल्दबाज़ी में माफी माँगना भी भूल गया था। कुछ आगे बढ़ने के बाद जैसे उसे कुछ याद

आया था, वह लौटा था। उसने नयनतारा से माफ़ी माँगी थी, परन्तु उसके जवाब का इन्तज़ार भी वह नहीं कर सका था। जाते हुए उसकी सिर्फ पीठ दिखी थी। उसके चेहरे पर ध्यान ही नहीं जा सका था। मैंने बाद में याद करने की कोशिश भी की, पर वह सब कुछ इस तेज़ी से घटा था कि सिर्फ़ जेहन में उसकी पीठ रह गई थी। शायद एक बौखलाहट भी।

''जहाँ तक इन्सानी फितरत की बात है। उसकी समझ की बात है। इन्सान के अच्छे-बुरे पहलू की बात है। वह हर जगह एक सी होती है।'' वह उसी तरह बोलने लगी, जैसे पहले बोल रही थी। उसके बताने में कोई फर्क नहीं आया था। मैंने उस आदमी के लिए 'अजीब आदमी' कहा था, पर शायद वह उसके लिए अहमियत नहीं रखता था। एक ठहरा हुआ सा लहजा। कहीं ना पहुँचने की बेफिक्री। अजीब और खौफ पैदा करने वाली थी उसकी यह किनाराकशी। दफ़्तरों से थके-माँदे लोग लौट रहे थे। सुबह जाते वक़्त इन्हीं लोगों के क़दमों में बिजली की सी फुर्ती रही होगी। कुछ के थैलों में सब्जियाँ थी। कुछ के पास गृहस्थी के दूसरे सामान थे। अधिकतर खाली, लम्बे और लटके हाथों के साथ थे। ये रोज ऐसे ही घटता रहा होगा। पर मेरा ध्यान उन पर आज ही गया था।

''किसी इन्सान को समझने की समझ अपने फायदे-नुकसान से भी जुड़ी होती है। अपना फायदा, अपना नुकसान कौन नहीं समझता। फिर चाहे वह महानगर का हो...या किसी छोटे से क़स्बे का।'' उसने मेरी बात का जवाब दिया था। कुछ तिक्तता मैंने उसके स्वर में महसूसी थी।

''पर एक बात तो साफ़ है कि बड़े नगरों में रहने वाले उन छोटी-छोटी बातों की आमतौर पर परवाह नहीं करते जिनसे छोटे शहरों में रहने वाले परेशान रहते हैं।'' यह ऐसी बात नहीं थी जिसे मैं मान नहीं सकता था। पर इसे इस वक़्त लम्बा खींचना जैसे मुझे ज़रूरी लगा था। वह मुस्कुराई थी।

''यह तुम्हारी अपनी समझ है।'' उसने लापरवाही से जवाब दिया था। पर वह लापरवाह नहीं थी। उसने सिर्फ़ ऐसा दिखाया था। बात के असर को शायद कम रखने के लिए।

''क्या ऐसी बातों के लिए इनके पास बहुत समय नहीं होता।'' मेरा स्वर कुछ तल्ख़ होने को हुआ था पर मैं साध गया था। हवा में नमी थी। कुछ सीली-सीली सी ठण्डक। सड़क के दोनों तरफ़ मकान थे। कुछ दो मंजिला। कुछ चार मंजिला। बहुत कम लोग बालकनी में थे। अकेले-अकेले खड़े ये लोग। एकदम चुप।

''हाँ यह तुम ठीक कहते हो कि उनके पास वक्त बहुत होता है। वक़्त खूब होने से उनके सरोकार भी दूसरे होते हैं। पर सभी ऐसे नहीं होते। कुछ हमेशा अपने में सिमटे रहते हैं। कुछ हमेशा दूसरों में चिमटे रहते हैं। वह हर जगह होते हैं। दोनों तरह के।'' वह पल भर रुकी थी। फिर मुस्कुराई थी। पता नहीं क्यों।

यह बहुत गैर जरूरी था। उसकी आवाज लगातार धीमी होती चली गई थी। मेरा ध्यान इसी बीच उसकी साड़ी पर गया था। यह मेरा मनपसन्द रंग था। गहरा नीला। हमारी सोच का रंग। हमारे सपनों का रंग। हमारे आसपास का रंग। हमारे जीने का रंग। उसके ब्लाउज पर दो फूल थे। मेरा ध्यान अब उनकी तरफ़ भी गया। एकदम से नहीं दिखते थे वे। उसके स्वर में कोई हड़बड़ाहट नहीं थी। कोई उपेक्षा भी नहीं। एक बात थी बस, जो वह कह देना चाहती थी। ''छोटे शहरों में सामाजिक सरोकार ज्यादा गहरे होते हैं। यही वजह है कि वे...तुम्हारे हिसाब से दूसरों के मामलों में टाँग अड़ाते हैं। शहरों में नजदीकी रिश्तों के लिए ही इतना वक्त नहीं होता। यह मजबूरी है...तकलीफ़। इन छोटे शहरों से ही बड़े शहर बनते हैं। लोग नहीं बदलते। बस परिधियाँ और परिस्थितियाँ बदल जाती हैं। ज़रूरत के हिसाब से। अपने नफ़े-नुकसान के मद्‌देनज़र लोगों की आदतें बदल जाती हैं।'' उसने गहरी साँस छोड़ी और चुप हो गई। अब उसके स्वर में उपेक्षा लगी थी मुझे। शायद इसीलिए मैं चुप रह गया था। यह बेमानी था। हर आदमी के कुछ सच होते हैं जो बहुत दूर तक नहीं जाते, शायद इसीलिए वे बहुत व्यक्तिगत होते हैं।

रिश्तों की शुरूआती ज़मीन इसी तरह ऊबड़-खाबड़ चलती है। शायद यह ज़रूरी होता है और शायद स्वाभाविक भी। फिर एक खामोश अन्तराल हम दोनों के बीच पसर गया। हम चुपचाप चलते रहे। सड़क पर लाइटें जलने लगी थी। कभी-कभार साथ से कोई कार हार्न बजाती गुजरती तो खामोशी थोड़ा बेचैन होती और फिर कोई आहट न पाकर ऊँघने लगती। बात उस हद पर आकर ख़त्म हुई थी कि नए सिरे जोड़ने के लिए वक्त चाहिए था। लम्बी खामोशी का एक पैबन्द। मैं चुप था। वह भी चुप थी। पर क्या हम सच में चुप थे? यह महीने का आख़िरी हफ्ता था। चढ़ती रात की आगोश में हम दोनों अपने में सिमटे से चल रहे थे। यह नवम्बर की एक चढ़ती रात थी। मुम्बई की सर्दियों की शुरुआती रातें सिर्फ़ हल्की, सीलन का अहसास कराती हैं। फिर उस रात कोई और बात न हो सकी। उसका हॉस्टल आ गया था। जाते वक्त वह मुड़कर मुस्कुराई थी। मैं भी मुस्कुराया था। फिर आठ बीस की लोकल से मैं अपने घर लौट आया।

पुल के नीचे पानी था। पानी में उसकी परछाईं थी। परछाईं पकड़ो तो...वह काँपती थी। पानी अकम्प रहता था।

''अच्छा निशि, तुम देखती हो यह पाटिल का बच्चा हमेशा तना-तना सा रहता है। उसके चेहरे पर हमेशा त्यौरियाँ चढ़ी रहती है।'' दफ्तर से निकलकर हम रोज की तरह मेरिन ड्राइव की तरफ चल रहे थे। पैदल चलना उसे अच्छा लगता था। मैंने कहा था टैक्सी करने को। 'पैसा फिजूल खर्च नहीं करना चाहिए'—कहकर

वह मुझे पैदल-पैदल ले आती थी। एक दिन बोली थी कि टैक्सी से बहुत जल्दी पहुँच जाते हैं। "जब तुम मुझसे बात करती हो। साला कुछ न कुछ भुनभुनाता रहता है।" उस दिन मैंने जान-बूझकर बात को किसी अनबन के छोर पर न ले जाने का फैसला कर लिया था। मैं मन ही मन जानता था कि मेरे निशि बोलने पर वह दूसरे ही ढंग से प्रतिक्रिया करेगी। जब मैं उसे निशि बुलाता था, तो शायद उसे अच्छा लगता था। उसके चेहरे के बदलते रंग, खुशबू बिखेरते भाव यही कहते। सभी उसे तारा बुलाते। कुछ बुजुर्ग कलीग उसे नयनतारा ही बुलाते। उम्र के साथ-साथ यह कैसी अजीब-सी औपचारिकता लोगों में आती जाती है। कुछ हमेशा से ही औपचारिक रहे होते हैं। सभी के लिए सभी के साथ। कुछ हमेशा से ही अनौपचारिक रहे होते हैं। सभी के साथ। उनकी खुशबू अलग से महसूस होती है। यह स्वाभाविकता की खुशबू होती है। परन्तु कुछ की औपचारिकता सिर्फ मजबूरी होती है। एक व्यथा...। उम्र के लम्बे फासलों की टीस।एक असहज गन्ध।

वह मुस्कुराई थी। वैसे ही जैसे वह मुस्कुराती थी। मुझे लगा कि मेरे मन का चोर पकड़ लिया उसने। "दिवाकर मुझे तो ऐसा लगता है कि जो हमारे बहुत हितैषी होने का दावा करते हैं। वही बहुत 'पजेसिव' हो जाते हैं। लोगों के साथ बड़ी दिक्कत है। पहले वे आपकी चिन्ता करते हैं और फिर यह उम्मीद करते हैं कि इस चिन्ता के एवज में उनकी नसीहतों और आदेशवत बातों का पालन किया जाए।" उसने छाती पर साड़ी का पल्ला खींचा था। गुजरते हुए तीन-चार लोग उसकी तरफ़ नज़र गड़ाकर देख चुके थे। शायद वे उत्तर-भारतीय थे। मराठियों की नज़र में 'भैया'। उसके ब्लाऊज का गला कुछ डीप था। मेरा ध्यान अब उस तरफ गया था। क्यों मेरा ध्यान अब तक वहाँ नहीं गया था? वह पिछले दो घण्टे से मेरे साथ थी। "लोग इन्सान को एक 'कमोडिटी' एक चीज़ बना देना चाहते हैं। वे आपके इतने हितैषी हो जाते हैं कि आपके हितों की देख-रेख करना और ज़रूरत पड़ने पर अपनी सुविधा और रुचि के अनुसार उनमें फेरबदल करने में भी कोई संकोच नहीं करते।" उसने इस बार साड़ी का पल्ला कन्धे के पीछे से आगे लाकर फैला दिया। हालाँकि आमतौर पर वह ऐसा कभी नहीं करती थी। "यह बहुत मुश्किल और टेढ़ा मामला है। ऐसे लोगों के साथ रहने और जीने में तो दिक्कत है ही, उन्हें बीच में छोड़ना या नकार देना भी परेशानी का सबब बन जाता है। हम साँप और ये छन्छूदर बन जाते हैं।"कहकर वह कुछ पल के लिए जाने कहाँ अटक गई थी। वह शायद सिरा ढूँढ रही थी। शायद कुछ बोलने या न बोलने के निर्णय के बीच कहीं थी वह। "फिर चाहे, पाटिल जी हो या कुलकर्णी जी, एक ही तरह से 'रिएक्ट' करते हैं। और तुम्हें ताज्जुब होगा कि यह छोटे शहरों के नहीं। तुम्हारे अपने महानगर के हैं। आमची मुम्बई...।" यह उसका उस दिन का शेष वार था। पर उसके चेहरे पर प्रतिकार का भाव नहीं था। एक हास था।

"ओह प्लीज...वह बात उन दिन ही ख़त्म हो गई थी। क्यों बात खींच कर फिर उसी मोड़ पर लाती हो। मैं तुमसे सहमत हो गया था न। अब क्या स्टाम्प पेपर पर चाहती हो।" मैं थोड़ा नाराज होकर दूसरी ओर देखने लगा। फिर उसने मुझे मनाया था और मैं मान गया था। वह मुझे क्यों मनाती थी? मेरा और उसका तब क्या रिश्ता था? क्या सिर्फ़ दोस्ती का एक वक्ती अहसास? या कुछ और? रिश्ते किंतने महीन, कितने बहुआवरणीय होते हैं। हम सब रिश्तों के नाम भी नहीं दे पाते। हम कितने अवश और अकिंचन हो जाते हैं,...इन्हें परत दर परत, खोलते-खोलते।

सारे आफिस में उसकी चर्चा रहती। वह सबसे बातें करती। वह सबके साथ हँस-हँसकर बातें करती। वह जगन्या चपरासी से भी बातें करती। हिन्दी में ख़ूब। हँस-हँसकर। पाँच-पाँच मिनट तक। खड़े-खड़े। उसकी माँ, बहन और भाभी के बारे में। वह निदेशक से भी बातें करती। अँग्रेज़ी में। बीस-बीस मिनट तक। उसके वातानुकूलित केबिन में बैठकर। उसकी बीमारी और कथित कुरुचिपूर्ण पत्नी के बारे में। यूँ वह सबसे बोलती, हँसती, बतियाती। सब उसे अपना मानते। सब उसे सबका ही मानने लगे थे। शर्माजी ने तो उसके लिए मुहावरा ही गढ़ दिया था। पी. पी. यानि पब्लिक प्रापर्टी। अर्थात् सार्वजनिक माल। अर्थात् नगरवधू। और इस शास्त्रीय 'अर्थात्' के बाद वाले सभी 'अर्थात्', असभ्यता और असंस्कृति की कीचड़ में लिसड़ते। यह मुहावरा आफिस का हर कर्मचारी जानता था। यह मुहावरा सब अधिकारियों को पता था। महिलाएँ भी जानती थीं। सफाईवाला सुग्गा भी जानता था, कैंटीनवाला भी, और निशि? वह भी जानती थी। वह यह भी जानती थी कि इस मुहावरे का जन्मदाता सेवानिवृति की कगार पर बैठा बी. डी. शर्मा है। चार जवान बेटियों के पिता बी. डी. शर्मा निशि के सामने सायास पड़ते। "कैसी हैं आप नयनतारा। सब कुशल हैं न?" वे बहुत नाटकीयता से पूछते। उनकी आँखे गोल हो जाती। उनके मेंहदी रंगे बालों का एक गुच्छा माथे पर झूलने लगता। "मैं तो एकदम स्वस्थ हूँ भूतदेव जी। आप अपनी कहिए।" निशि हँसते हुए उनका नाम बिगाड़ देती। इस हँसी में परिहास होता था। कहकर वह आगे बढ़ जाती। उस घोषित पी. पी. के आगे बढ़ते ही, शर्माजी उसके नितम्बों को गेटवे ऑव इण्डिया की तरह बाहक और ध्यानपूर्वक निहारते। ऐसे नाजुक वक्तों में उनका मुँह खुला रह जाता। उनके नकली दाँतों के सेट की अप्राकृतिक सफेदी अस्वाभाविक रूप से चमकने लगती। उनकी असली जीभ नकली सेट के पीछे से प्राकृतिक रूप से लपलपाती हुई, स्वाभाविक ढंग से दाँतों से थोड़ा आगे आकर रुक जाती। और फिर अन्त में प्रार्थना सी होती...'स्साली'। उनके मुँह से बेसाख्ता यह प्रार्थना धीमे से फिसल ही जाती। यह पूर्णाहुति होती।

शुरू में मेरा उनसे झगड़ा होते-होते बचा था। मुझे बहुत गुस्सा आया था,

उनकी इस हरकत पर। परन्तु निशि ने ही झगड़ने से मना कर दिया था। "यह मेरा मामला है। मैं नहीं चाहती कि तुम इस मामले में मेरे लिए लड़ो।" तब तक हम लोग अच्छे मित्र बन चुके थे। और मुझे लगा था कि यह उससे कहा जा सकता है। "तुम्हें इन सबसे बातें नहीं करनी चाहिए? इस लायक नहीं हैं यह लोग।" वह सुनकर पल-दो पल चुप रही। "क्यों?" उसने पूछा था, एकदम लापरवाही से। "तुम जानती हो, पीठ पीछे यह सब तुम्हारे बारे में क्या-क्या कहते हैं।" समुद्र की तेज लहरों को उठते हुए देखकर मैंने धीमे से कहा था। "जानती हूँ। भूतदेव जैसे नपुंसक यही सृजन करते हैं और कर भी क्या सकते हैं? इसमें न कोई बुरा मानने की बात है और न घबराने की। कोई टैंशन नहीं लेती मैं ऐसी बातों का।" सूरज शुतुरमुर्ग के अण्डे की तरह समुद्र में हिचकोले ले रहा था। हर पल उसका पीलापन रंग बदलता समुद्र के पेट में जा रहा था। हवा में ठण्डक थी।

"बात टेंशन लेने की नहीं है। और देखो मैं कोई मना नहीं कर रहा हूँ। बस सलाह दे रहा हूँ। यू नो, आइ डोन्ट बिलिव इन इम्पोजीशन।" मैं अकबका सा गया था। उसका व्यवहार निश्चित गति में नहीं चलता था। पता नहीं चलता था कि वह किस बात पर कैसे प्रतिक्रिया करेगी। यह अहम सवाल था जिसे वह गम्भीरता से नहीं ले रही थी।

"आई नो। दैटस वाय यू आर डिफरैंट। तुम अच्छे हो क्योंकि तुम इनसे अलग हो।" उसने बात बीच में ही काट दी थी। "देखो मैं अगर सबसे बात न करती सिर्फ़ तुमसे ही करती। तो भी वे कुछ कहते। बेशक वह इससे अलग होता पर वे कहते जरूर। वे कहते ही...। साले शर्मा जैसे लोगों के पास...।" बोलते-बोलते वह पलभर चुप रह गई थी। "छोड़ो दिवाकर उनके पास कुछ नहीं है। पर जीभ बहुत हैं। बहुत लम्बी। अब इन लोगों को कुछ-न-कुछ तो बोलना ही होता है। यह किसी का भी, कैसा भी मामला हो। इन्हें बोलते रहने के लिए कुछ तो चाहिए ही। वे तुम्हारे सामने मुझे रण्डी, वेश्या, पी. पी. या कुछ और कहेंगे और मेरे सामने तुम्हारे लिए कुछ बकेंगे। इनकी बातों में तुम्हें नहीं पड़ना चाहिए। झगड़ना तो बिल्कुल नहीं। हमें गाँधीजी से कुछ सीखना चाहिए। उन्होनें हमेशा वही किया जो उन्हें उचित लगता था। तुम सूरज को देखो। यही जीवन है।" निशि का यह रूप मैंने पहले कभी नहीं देखा था। वह बात टालना चाह रही थी। बात शुरू होने से पहले मैं यह भी नहीं जानता था कि उसे अपने बारे में प्रचलित बातों का पहले से इल्म होगा।

"मेरे बारे में भी कुछ कहते हैं क्या? क्या कहते हैं?" मैंने पूछा तो वह टालने लगी। पर मैंने उसका पीछा नहीं छोड़ा। तब हारकर वह बोली, "देखो दिवाकर, यह इस देश का अजीब गड़बड़झाला है। इस देश में इन्सान अपनी लियाकत से नहीं, किन्हीं दूसरी चीज़ों से ही छोटा या बड़ा समझा जाता है। तुम

समझ रहे हो न, मैं क्या कह रही हूँ? बहुत स्पष्ट होने की ज़रूरत मैं नहीं समझती। किसी की योग्यता और व्यवहार नहीं...कुछ और है जो मैटर करता है।'' उसने मुझसे आँखें मिलाते हुए कहा। उन आँखों में सिर्फ रूखापन था। ठूह जैसा। ''अब पाटिल को देखा। हमेशा नाक से जाने क्या खींचते रहते हैं। क्या सबके सामने यह कूप-खनन करते रहना कोई सभ्यता है? पर वही लोग,ऐसे लोग भी जब किसी को नीच या नीला कोट कहें, तो क्या करोगे उनका? उन्हें बोलते रहने के लिए कुछ चाहिए दिवाकर। इनकी अनेक जीभें है। लम्बी और लपलपाती।'' सामने समुद्र में शिप जोर की चिंघाड़ा था। हर पाँच-दस मिनट में कोई शिप ऐसी ही आवाज़ करता गुज़रता था।

''नहीं निशि। घुमा-फिराकर नहीं। सीधे बताओ, किसने, क्या कहा था?'' मैं आवेश में आ गया। मेरी मुट्ठियाँ भिंच गई।

''ताकि तुम उसका माथा फोड़ दो।'' उसने कहा। उसकी आवाज़ वैसी ही सर्द थी। एकदम निर्लिप्त। मुझे हल्का सा रोष भी आया था उस पर।

''मैं उसका मुँह तोड़ दूँगा। तुम मुझे बताओ वह था कौन? पाटिल? शर्मा?'' मैं उठकर खड़ा हो गया था। ''तुम इस तरह छिपा नहीं सकती।''

''नहीं...उसका कोई नाम नहीं। उसका कोई भी नाम हो सकता है। पाटिल, शर्मा, कुलकर्णी...कोई भी। इससे क्या फर्क पड़ता है? तुम समझो, तुम्हें उनसे लड़ने में खुद को खर्च नहीं करना चाहिए। आगे बढ़ने में झोंक दो सारी ऊर्जा।'' उसने मेरे हाथों को हाथों में भरकर थपकियाँ दी थी। पर वह उठी नहीं थी। ''एक वक्त के बाद, देखना...तुम पाओगे कि जातें तो दो ही होतीं हैं। एक ताकतवर की, एक कमज़ोर की। एक अमीर की, एक गरीब की।'' वह बोलती जा रही थी। मुझे कॉलेज के दिनों के अर्थशास्त्र के कुलकर्णी सर याद आ रहे थे। एक से दोनों। ''फिर उन्होंने तुम्हारे सामने तो कुछ नहीं कहा ना। पीठ पीछे कौन क्या भौंकता है। उस पर क्या कान रखना? सामने कुछ कहें, हालाँकि कहेंगे नहीं, तब ज़रूर सबक सिखाओ। वे ऐसे ही रहेंगे।'' उसने मेरी आँखों में कुछ खोजते हुए कहा था। फिर हौले से मुस्कुराते हुए मुझे नीचे बैठने का इशारा किया था। फिर कन्धे पर हल्की थपकी दी थी। उसकी मुस्कुराहट में जो वेदना थी, वह कितनी अपनी और पहचानी थी। ''यह सब मैं समझता हूँ निशि। तुम मुझे उसका नाम बताओ पहले। कल सुबह देखना साले का दफ्तर में क्या हाल होगा। तुम निश्चिन्त रहो, बहाना कुछ और रहेगा।'' मेरी आवाज रोकते-रोकते भी आवेश में थरथरा रही थी। ''हमारी यूनियन उसका भुर्ता बनाकर रख देगी। यहीं संघर्ष तो हमें जिन्दा रखे हुए है, इज्जत से।'' मैं अब भी गुस्से से उबल रहा था।

मैं बुरी तरह तिलमिला गया था। मैं इस तिलमिलाहट को छिपाना चाहता था। पर सब व्यर्थ रहा। मैं जैसे जलते तवे पर खड़ा था। यह कैसे सम्भव था?

अब तक मैं जिससे बचने की कोशिश कर रहा था। वह अन्ततः उघड़ ही गया था। मैं जानता था मेरी जाति मेरे रिश्तों को भी प्रभावित कर देगी। ऐसा कई बार कई लोगों के मामले में घट चुका था। इसीलिए मैं पहले खुद को 'प्रूव' कर देना चाहता था। मैं निशि से अपनी जाति छिपाना नहीं चाहता था। मैं किसी से भी अपनी जाति नहीं छिपाना चाहता था। यह मेरी पहचान थी। औरों से अलग। एक स्वतन्त्र अस्मिता। पर समाज का क्या करता। उसमें मेरी पहचान को लेकर पहले से तय नफरत थी। पूर्वाग्रह थे। मेरी 'अस्वच्छता' को लेकर। मेरी योग्यता को लेकर। इसीलिए मैंने फैसला किया था कि मैं अपनी जाति की तख्ती गले में टांक कर नहीं घूमूँगा। कुशल कारीगर जैसे अपने औजार का इस्तेमाल करता है, वैसे ही मैं भी कुशल कारीगर बनूँगा। अपनी कुशलता को सिद्ध करने के बाद भी वे मेरे बारे में जरूर हिकारत से ही भरे रहेंगे। परन्तु यह हिकारत अन्दर से खोखली और झूठी होगी। बहुत उथली और बहुत भंगुर। यह तरीका ईजाद किया था मैंने। उनके भ्रम को तोड़ने के लिए। उनको उनकी अपनी नजर में झूठा करने के लिए। उनकी सच्चाई को परखने के लिए। एक परम्परा के पर्दाफाश के लिए। पर यह सब व्यर्थ था। क्या इसलिए भी मुझे गुस्सा आ रहा था?

''परन्तु इस तरह मारपीट से। इस हिंसा से। क्या तुम उनके मन में जमी हज़ारों वर्ष पुरानी कालिख खुरच पाओगे।'' उसकी आँखों के जंगल में सवालों के कई जुगनु चमके थे। वह उठ खड़ी हुई थी। उसके पीछे ऊँची अट्टालिकाएँ थी।

''पर बार-बार पिटने के डर से उनकी बोलती जरूर बन्द हो जाएगी।''

''तब वह तो अब भी बन्द है। तुम्हारे सामने तो उन्होंने तुम्हें कुछ नहीं कहा। पीठ पीछे तो तुम भी उन्हें गाली देते होगे? क्या नहीं?'' उसने फिर प्रश्नवाची नजरों से मेरी ओर देखा।

''कुछ लोग लातों के ही भूत होते हैं निशि। तुम नहीं समझोगी। क्योंकि...।'' मेरा गुस्सा अब भी शांत नहीं हुआ था।

''यह तो मौके की बात हुई। जिस दिन उन्हें मौका मिलेगा, वे चूकेंगे? सोचो दिवाकर। यह समस्या का अन्त नहीं...यह संवाद नहीं है। यह रास्ता नहीं है।''

''संवाद का रास्ता भी इसी से निकलेगा। एक पीटे, दूसरा चुपचाप पिटे तो कभी संवाद हो ही नहीं सकेगा। इसके लिए ज़रूरी है...हाथ रोकना, पलटवार करना। वही वार संवाद का रास्ता खोलेगा।'' मैंने मुट्ठी तानते हुए कहा था।

''तुम अभी आवेश में हो। हम फिर कभी इस पर बात करेंगे। छोड़ो यह सब।''

''नहीं यह आवेश बिल्कुल नहीं है। हजारों वर्ष तक हम चुपचाप सहते रहे। इसीलिए वे हम पर अत्याचार करते रहे। इन्हें रोकने का एक ही तरीका है... पलटवार।'' अन्तिम शब्द पर जोर देते हुए मैंने दाँत पीसे थे। ''और यह हिंसा

नहीं है, प्रतिहिंसा है। जवाब। अपनी हिफाजत के लिए दिया गया जवाब। मुसलमानों से इनकी इसीलिए हवा खराब रहती है। हम कब किसी को मारते हैं? पर हमें ये कब तक यूँ मारते रहेंगे? कब तक?'' ''तुम ठीक कहते हो।'' वह बीच में एकाएक बोल गई। फिर एक चुप्पी हमारे बीच चुपचाप आकर बैठ गई थी। जाने किस सेंध से। बहुत देर तक वह बैठी रही। ''पर सब तो वहाँ ऐसे नहीं है। कुछ खराब लोगों की सजा सबको क्यों? दिवांकर, सिर्फ कुछ दरिन्दों ने...। बाकी तो बस मौन दर्शक भर होने के सहयोग के अपराधी हैं।'' उसके बोलने से जैसे आसपास के निर्जीवपने में हरकत हुई थी। उसकी आँखें झुकी हुई थी। जैसे वर्षों से वह ऐसे ही खड़ी थी।

''और तुम।'' मैं रोकते-रोकते भी पूछ ही बैठा। शायद दर्द वहीं था।

''यह बात तो मुझे आने के दसवें दिन ही पता चल चुकी थी। तुमसे लगातार बात करना अखरा होगा उन्हें। यूँ भी हिन्दुस्तान में जाति सबसे पहले खोली जाती है। पर मुझे उनकी मूर्खता पर हँसी आई थी। वे सोचते होंगे कि एक बैनर्जी यह जानने के बाद की तुम 'वह' हो। अपने आप किनारा कर जाएगी। वे लोग इतना तो जानते हैं कि मैं बैनर्जी हूँ। पर यह नहीं जानते कि इससे पहले मैं मुखर्जी थी, और जानते हो दिवाकर, न मैं बैनर्जी हूँ, न मुखर्जी थी। मैं सिर्फ इन्सान हूँ। एक स्त्री।'' उसने कन्धे उचकाए थे। ''मैं भी वहीं हूँ। मेरी जाति भी तहखाने में पड़े गैर-जरूरी सामान वाली ही तो है। जब ज़रूरत हुई उठा लिया। तुम्हें तो यह सवाल कम से कम नहीं उठाना चाहिए।'' वह इतनी धीरे बुदबुदाई थी कि जैसे इस सवाल से वह बहुत आहत हुई हो। उसकी आवाज में कसक थी। मुझे यूनिवर्सिटी वाली थोरात मैडम याद आ रही थी। वे बताती थी कि लुटेरे अपने साथ औरतें नहीं लाए थे। उन्होंने यहाँ के मूल निवासियों की औरतों को ही लूट-लूटकर अपनी औरत बनाया था। वेद की कई ऋचाएँ यह बताती हैं। इसीलिए वे औरतों का बिल्कुल यकीन नहीं करते थे। बाद में भी शूद्रों के साथ-साथ उन्होंने औरतों के साथ यह भेदभाव बनाए रखा था। औरतें उनकी विश्वासपात्र नहीं थी। उन्हें डर था, कहीं गहरे तक, ये औरतें बहिष्कृतों से मिल जाएँगी।

वह उस जगह पर अपनी आँखें टिकाए थी, जहाँ आधे से अधिक सूरज डूब चुका था। अनन्त तक फैले नीले समुद्र में एक लाल प्रकाश घुलता जा रहा था। साथी की तरह। मेरा मन भी उसके स्नेह से सिक्त हो गया। फिर हम बहुत देर तक चुपचाप बैठे रहे थे। रात घिरने लगी थी। चाँदनी समुद्र की छाती पर फैल गई थी। हम वहाँ से धीरे-धीरे चल पड़े। चलते-चलते हम हॉस्टल के गेट पर पहुँच गए थे। दो मंजिले हॉस्टल की लगभग सभी बत्तियाँ जल रही थी।

''ठीक है फिर। कल मिलते हैं।...दफ्तर में...सुबह।'' मैंने कहा था।

''आओ। एक कप चाय।'' उसने संक्षिप्त रूप से पूछा था। बहुत उत्सुक

स्वर नहीं लगा था यह।

हॉस्टल के नामपट्ट पर नज़र पड़ी थी मेरी। 'जीजाबाई वर्किंग हॉस्टल।' मेरी आँखों में सवाल था।

''कुछ नहीं। आदमी भी तो रहते हैं हॉस्टल में। सरकारी लोग हैं सब। कायदे से वाचमेन को हमेशा गेट पर रहना चाहिए। पर कहाँ है वह...सब सरकारी हैं।'' उसने सामने खाली, टूटी पड़ी कुर्सी की तरफ़ इशारा किया था।

चलते-चलते हम बरामदे में पहुँच गए थे। बरामदे का बस शुरुआती बल्ब ही जल रहा था। शेष पूरा बरामदा क्रमशः अँधेरे में डूबता जा रहा था। जैसे किसी गहरे कुएँ में लगातार रोशनी कम होती जाती है। बरामदे के अन्तिम सिरे पर जाकर वह रुक गई थी। उसे रुकते देख मैं भी रुक गया। यहाँ अन्धेरा और गहरा था। मैं उसका चेहरा नहीं देख पा रहा था। सिर्फ़ एक आकृति थी। हिलती-डुलती। उस आकृति ने बैग से कुछ निकाला था। फिर आकृति झुकी थी। एकदम हल्का सा प्रकाश...निशि के चेहरे के चारों ओर फैल गया था। वह ऊँगलीनुमा छोटी-सी टार्च थी। ''यहीं से खरीदी थी।'' उसने टार्च को होंठो से दबा लिया था। फिर वह ताला खोलने लगी थी। ताला खोलने में कुछ क्षण लगे थे उसे। ताला खोलकर उसने दरवाजे को जोर से धकेला था। ''सब सरकारी है।'' दरवाजों के चर्रऽऽऽ की हल्की आवाज के साथ खुलने के बीच ही उसके मुँह से ये बोझिल शब्द गिरे थे। एक तरफ उसने हाथ मारा था। 'खट' की आवाज़ के साथ ट्यूबलाइट दो-तीन बार झप-झप करने के बाद भी जली नहीं। 'स्टार्टर घुमाना पड़ेगा।' जैसे उसने खुद से कहा था। और स्टूल खींचकर वह चढ़ गई थी। स्टार्टर घुमाते ही ट्यूबलाइट जल गई थी।

मैं आज पहली बार उसके कमरे में आया था। दो महीने पहले की जान-पहचान, धीरे-धीरे, जाने कब एक अनचीन्हे रिश्ते में बदल गई थी। यह रिश्ता अब मुझे धीरे-धीरे, पहचान भी आने लगा था। इसकी पहचान के दो छोर थे। एक तरफ मैं था और दूसरी तरफ़ वह। मैं उसके बिना एक अजीब सी बेचैनी महसूस करने लगा था। बुद्ध विहार में बुद्ध की प्रतिमा के सामने प्रार्थना के लिए वज्रासन में बैठे हुए भी मुझे हर पल चाहना होती कि काश वह मेरे साथ यहाँ होती। भन्ते पंचशील गुनते। पाणाति पाता वेरमणि। सिक्खा पदम समादयामि। आदिन्नादाना वेरमणि। सिक्खा पदम समादयामि...। और मुझे निशि पल भर को विस्मृत नहीं होती। और वह इतनी व्यग्र रहती थी कि मेरे एक दिन बिना बताए छुट्टी कर लेने के कारण वह दफ्तर से छुट्टी लेकर मुझसे मिलने मेरे घर आ गई थी। ''बैठो।'' उसने बेड के सामने पड़ी खाली कुर्सी की ओर इशारा किया था। कमरे में एक बेड था, एक कुर्सी, एक ड्रेसिंग मिरर और एक मेज...खिड़की के पास, थोड़ी अलग जगह पर थी। ''यह फूल कहाँ से आए।'' मेज पर ढेर सारी

फैली किताबों के पास एक लम्बे गिलास में तीन-चार गुलाब थे। कुछ रजनीगन्धा। अब मुझे महसूस हुआ कि रजनीगन्धा हल्के-हल्के महक रहा था। कमरे में यही खुशबू चारों ओर थी। ''मुझे अच्छे लगते हैं। परसों स्टेशन के पास वाली दुकान से लौटते हुए खरीदे थे।'' उसने किचन से कहा। मैं आवाज के साथ-साथ किचन तक पहुँच गया। वह हीटर पर पानी चढ़ाकर चाय पत्ती डाल चुकी थी। ''एक मिनट में बन जाएगी।'' चीनी डालते हुए उसने कहा। ''तुम हाथ-मुँह धोना चाहो तो धो लो।'' उसकी आँखें चाय की तरफ और ऊँगली का इशारा बाथरूम की तरफ था।

''नहीं ठीक है। बस चाय पीकर चलूँगा।'' मैंने पत्ती और चीनी के डिब्बों को एक साथ एकतरफ सरका दिया। चाय पत्ती की महक मैंने तेज साँस के साथ छाती में भरी थी। मुझे ऐसा करते देख उसने मेरी उठी हुई छाती को ध्यान से देखा। ''यह खुशबू मुझे बहुत अच्छी लगती है।'' जैसे मैंने खुद से ही कहा था। मैं जानता था कि कि दूध डालते ही ये सारी खुशबू काफूर हो जाएगी। पल भर में ही सब कुछ कैसे बदल जाता है! खुशबुओं के साथ मेरी कितनी ही यादें जुड़ी हुई हैं, या शायद हर याद के साथ एक खुशबू जुड़ती चलती गई। जैसे सरसों के तेल की महक के साथ अंगूरी भाभी की गन्ध जुड़ी हुई है। तब मैं नौ-दस साल का ही तो था। अँगूरी भाभी उन्नीस-बीस की रही होंगी। उनका गौना हुए तीन साल हो गए थे, पर बाल-बच्चा नहीं हुआ था। सब लोगों के बोल-बतोल सुनने के बाद भी वह हँसती रहती थी। गाँव जाता तो वे मजाक करती 'ऐ लालाजी, कांई छौंक लगाओगे? मुझे सिर्फ़ छौंक शब्द समझ आता था। मेरे 'भोले हाँ' पर वह हँसती हुई मुझे अपनी भारी, गुदाज छाती के बीच दबा लेती थी, खूब कसकर। उसी दम घुटते में उनकी गर्दन के पास से कड़वा तेल महकता था। बहुत मधुर। वे हमेशा पूछती और मैं भिंचने के डर के बावजूद हमेशा हाँ करता। इसी तरह बचपन की यादों में एक खुशबू पिताजी की कांखों की महकती है। रात को जब वे घर लौटकर आते, तब वे खाना खाकर हमें कहानियाँ सुनाते। वे हाथ मोड़कर अपने सिर के नीचे हथेलियाँ दबा लेते थे और हम उनकी भुजाओं की मछलियों पर सिर टिकाते-गिराते रहते। इस सबके बीच पिताजी की बगलों के पसीने से गेहूँ की खुशबू आती थी। बस्ती के ज्यादातर घरों में रात को इस वक्त लड़ाई होने की आवाज़ें आती थी। पिताजी को हमने कभी पीते हुए नहीं देखा। शायद हमारे घर में शांति का एक यह कारण भी रहा होगा। आज भी कहीं गेहूँ की वह महक आ जाती है, तो बचपन का वह पूरा का पूरा दृश्य अपनी पूरी महक के साथ जीवन्त हो उठता है। कड़वे तेल की महक के साथ संवलाई और भारी, गुदाज छाती वाली अंगूरी भाभी की मीठी याद भी।

''ठीक है, फिर तुम चाय देखो। उबले तो एक कप दूध डाल देना। मैं मुँह

धो आती हूँ। ऐसे मुझसे नहीं पी जाएगी।" वह जूड़ा खोलते हुए बाथरूम की ओर चली गई। जब वह लौटी, तब तक मैं चाय कपों में डाल चुका था। वह कपड़े बदल चुकी थी। बादामी रंग का गाउन उसने डाल लिया था। उसका गोरा रंग और सौम्य लगने लगा था। मुँह धो लेने भर से ही वह एक और निशि हो गई थी।

"तुम चलो।" वह कप उठाते हुए बोली थी। मैं कुर्सी पर आकर बैठ गया। वह पलंग पर पालथी मारकर बैठ गई। काले रंग का सितारों वाला चादर उसने पैरों पर डाल लिया था। खिड़की के बाहर अँधेरा फैल गया था। "अच्छा कुछ अपने बारे में बताओ। परिवार के बारे में।" उसने तकिया उठाकर पालथी पर रखा था। आज तक परिवार की ही बातें हम नहीं कर सके थे। और दुनिया-जहान की बातें करते रहे।

"छोड़ो यह सब। तुम यह बताओ कि इस ट्रेनिंग का...जिसके लिए सरकार ने तुम्हें इतनी दूर भेजा है...क्या इसका कोई फायदा है...बिल्कुल मतलब औचित्य?" मैंने चाय सिप की थी। हालाँकि मैं जानता था यह सवाल बिल्कुल फिजूल था।

"नहीं-नहीं यह सब नहीं। तुम मेरी बातों का जवाब दो पहले।" वह जोर-जोर से हाथ हिलाते हुए बच्चों की तरह मचलने लगी। "बताओ, बताओ, बताओ। पहले अपने बारे में।"

"क्या बताऊँ।" मुझे उसका इस तरह मचलना बहुत अच्छा लगा था। मेरे बारे में ज़्यादा से ज़्यादा जानने की उसकी यह व्यग्रता मुझे गहरा सुकून दे रही थी।

"शुरू से बताओ। बचपन से।" पहली बार मैंने उसकी आवाज़ में हलचल महसूस की थी।

"मुम्बई की सीमा के पास ही कल्याण नाम की जगह है। वहाँ के एक परिवार में मेरा जन्म हुआ। पिता रेलवे में खलासी लगे थे, मेरे जन्म के बाद। यह छियासठ की बात है। यानि आज से सत्ताईस साल पहले।" मैंने ऊँगलियों पर हिसाब लगाने का निरर्थक अभिनय किया था। "पिताजी बताते थे कि मैं बाबासाहेब मतलब. ..डॉ. अम्बेडकर। हम लोग डॉ. अम्बेडकर को बाबा साहेब ही कहते हैं। वे बताते थे कि मैं बाबा साहेब की दसवीं बरसी के दो दिन बाद हुआ था। हम लोग बरसी को परिनिर्वाण कहते हैं। हम लोग महाराष्ट्रियन नहीं है।" मैं अपने व्यवहार की अति नाटकीयता से खुद ही अचम्भित भी हुआ था। मैं ऐसा क्यों कर रहा हूँ? मैंने सोचा था। जैसे नया-नया धर्मांतरित...? फिर मैंने खुद को संभाल लिया था भरसक। "मेरे पूर्वज राजस्थान और मध्यप्रदेश की सीमा से लगे धौलपुर के एक गाँव से बहुत पहले यहाँ आकर बस गए थे। मेरे परदादा आए थे। दादाजी की उम्र पन्द्रह सोलह की थी। परदादा तो यहाँ आने के दो-चार साल बाद ही गुज़र गए थे। यहाँ का हवा-पानी रास नहीं आया था उन्हें। दादाजी रेलवे के ठेकेदार

के पास बेलदारी करते थे।''

''अपना गाँव छोड़कर क्यों चले आए थे वे? काम-धन्धे की तलाश में?'' उसने बीच में टोका था। यह सब शायद उसके लिए एक किस्से जैसा हो गया था।

''क्यों?'' मुझे अपनी परम्परा का किस्सा सा बनना अटपटा लगा था।

''मतलब आमतौर पर बुजुर्ग लोग अपनी पुश्तैनी जमीन को छोड़ते नहीं है न।'' उसके स्वर में कोई चालाकी नहीं थी। एक आत्मीयता थी। जाने क्यों मुझे यह सब बहुत अपना सा लग रहा था। वह क्या है, जो हमें यह सब चुपचाप, निशब्द बताता-सिखाता है।

मैं उसे कैसे समझाता कि बुजुर्ग ही नहीं...कोई भी अपनी जमीन अपनी मर्जी से नहीं छोड़ता। जानवर भी नहीं। पौधे भी नहीं। उनकी भी जमीन बदल दो तो मुरझा जाते हैं। फिर इन्सान..मजबूरी होती हैं कई। उनकी भी यह मजबूरी थी। उनके गाँव की ऊँची जाति के लोगों ने उनका जीना मुहाल कर दिया था। हर दिन एक नया नियम-कायदा उनकी जान लिए रहता था। कभी फरमान निकलता कि वे लोग नया कपड़ा नहीं पहनेंगे। पैरो में जूती नहीं पहनेंगे। काम का पैसा नहीं माँगेंगे। हर दिन एक नया कानून। हर दिन एक नया जुल्म। न मानने पर मार-पिटाई। औरतों के साथ भी बदतमीजी करते। कब तक सहते वे यह? और जमीन के नाम पर उनके पास था क्या? एक छोटा-सा टुकड़ा! लड़ते तो कानून-पुलिस कोई साथ न देता। वहाँ सब वही थे। मैंने उसका सवाल अनसुना कर दिया। ''एक रात जब सारा गाँव सो रहा था, हमारा पूरा कुनबा गाँव छोड़कर निकल गया। झगड़ा कई बार हुआ था। हमारे दो-चार लोग मर जाते थे। पुलिस भी हमें ही बन्द करती थी। महीनों पैदल-पैदल चलते हुए वे पहले मुम्बई पहुँचे थे। मुम्बई ने हमें आसरा दिया था। शहर हमेशा बिना कुछ पूछे, एक बरगद की तरह सबको आसरा दे देते हैं। शहर बहुत उदार होते हैं। परदादा की मृत्यु के आसपास ही दादाजी रेलवे के ठेकेदार के साथ कल्याण आ गए थे। वहीं की झोंपड़पट्टी में पिताजी का जन्म हुआ था। और बहुत बाद में मेरा भी। पिताजी बहुत पढ़े-लिखे नहीं थे। माँ तो बिल्कुल नहीं। पर रेलवे की यूनियन के लिए काम करने के दौरान उन्हें अनेक ऐसे लोगों से मिलने का मौका मिलता रहता था, जो ग़रीबों को अपने हक़ के लिए लड़ने को प्रेरित करते थे। बाबासाहेब ने जिस दिन हिन्दू धर्म का त्याग किया था, उस दिन पिताजी भी वहीं थे। उसी भीड़ में। पन्द्रह साल की उम्र में ही उन्होंने हिन्दू धर्म को छोड़कर बौद्ध धर्म स्वीकार लिया था।'' मेरी आँखों ने उसकी आँखों में कुछ फैलते-सिकुड़ते देखा था। पर खुद मेरी ही आँखें किसी मीठे सपने से भरी थी। मैं बहुत गहराई में न जा सका। कुछ पल तक वह सपना आँखों में झिलमिल गाता रहा।

"क्या धर्म बदल लेने से उनके हालात बदल गए थे?" उसने निर्विकार भाव से पूछा। मैं उसका भाव समझ गया था। मेरी आँखों की मिठास पहले उड़ी, फिर सामान्य हुई, फिर कड़वी हो गई। झिलमिलाहट शोकगीत में बदलती सी लगी।

यह वाकई सच था। धर्म बदल लेने से भी वे वही रहे, उनकी नज़रों में। दूसरी जाति के लोग उन्हें तब भी छोटा ही मानते रहे। पर इससे क्या? इस धर्म की वजह से ही हम सब बिखरे लोग एक होने लगे थे। हमारे मन से जाति से छोटे होने का अहसास छिटकने लगा था। पिताजी बताते थे कि कम्यूनिस्ट लोग भी पिताजी को यही समझाते थे कि धर्म में कुछ नहीं रखा। इससे तुम्हारी हालत सुधरने वाली नहीं। पिताजी मार्क्सवादी नहीं बोल पाते थे। वह उन्हें 'मास्र्कवादी' कहते थे। उनकी शिक्षा उतनी नहीं थी। धर्म ने हमें बहुत कुछ नहीं दिया। वह दे भी नहीं सकता। पर उसने हमें एकता दी है। एकजुट होकर लड़ने की ताकत तो दी ही है। सन्घर्ष की ताकत। अलग पहचान दी है। मेरा खुद धर्म में विश्वास नहीं है, पर यह मेरा निजी मामला है। निजी राय...अपने लिए। पर समाज के लिए, हमारे समाज के लिए, क्या मैं इसे नकार सकता हूँ? "बाबा साहेब बहुत दूरद्रष्टा थे। हम सबसे अधिक।" मैंने संशय की कोई जगह छोड़नी नहीं चाही। मैं शायद उसे यह अहसास भी करा देना चाहता था कि हमें एक-दूसरे की भावनाओं का ख्याल रखना चाहिए था। यह बात कहना बहुत ज़रूरी लगा था मुझे।

"फिर आगे।" उसने कप नीचे रख दिया। झुकते वक्त उसके बाल चेहरे पर बिखर गए। चारों तरफ सन्नाटा था। आसपास के कमरों में भी कोई आवाज नहीं थी। पर शायद लोग तो थे।

"फिर क्या...बाद में पिताजी की शादी हो गई। मेरा और मेरी 'बहनों का जन्म हुआ। उस झोंपड़पट्टी में अधिकतर महारों के घर थे। पिताजी बताते थे कि शुरू में उनका व्यवहार हमारे लिए बहुत कड़वा था। पर बाद में धीरे-धीरे सामान्य होता गया था। पिताजी के धर्म-परिवर्तन के बाद तो उन्होंने हमें अपना ही मान लिया था।" दलिये में छाछ घुलती है वैसे ही हम घुल-मिल गए थे। दलिया भी दला जाता है और छाछ भी मथी जाती है। दोनों पिटे हुए है—'एक रई से, दूसरा पाट से। क्या हम दोनों ऐसे ही नहीं थे? बताते-बताते मैंने सोचा था। मैं जानता था कि दूध में दलिया घुलता नहीं है। वह अलग-अलग रहता है। पर छाछ में एकमेक हो जाता है। हम भी एकमेक हो गए थे। "मेरी एक बहन का विवाह भी महार परिवार में ही हुआ है।" मैं उसकी प्रश्नों से भरी उत्सुक आँखों को देखकर यादों के भंवर से उबरा था।

"हमारी जाति के अधिकतर लोग आज भी मुम्बई के खैरवाड़ी इलाके में रहते हैं। हमारा एक छोटा-सा राजस्थान वहाँ अब भी बसा और बचा हुआ है। मारवाड़ियों की वजह से हमारे राजस्थानियों का बहुत रूतबा मुम्बई में शुरू से रहा

है।" बताते हुए न जाने क्यों मेरे मुँह से बार-बार हमारा शब्द निकल रहा था। मैं खुद भी चकित हुआ, अपने इस नॉस्टेल्जिक व्यवहार से। मुझे उससे भी ज्यादा विस्मय इस बात से हो रहा था कि मैं उन्हीं मारवाड़ियों की प्रशंसा कर रहा था जो खुद हम लोगों से छूतछात करते हैं।

"मारवाड़ी और यहूदी" नयनतारा की आँखें कुछ सिकुड़ गई थी। माथे पर कुछ बल भी आए थे। "हमारे यहाँ भी इन लोगों ने सारी चीज़ों पर कब्जा किया हुआ है।" उसके कहने के अन्दाज में कुछ घृणा जैसा ही था। वह भरसक उसे दबा रही थी। पर शब्दों के निकलने के साथ साथ वह चिपककर आ रही थी। कुछ पल वह चुपचाप बैठी, रंग-बिरंगे वर्गों और त्रिकोणों वाले डिजाइन के चादर पर ऊँगली फेरती रही। इन वर्गों और त्रिकोणों के बीचोंबीच कुछ छोटी-छोटी वृतनुमा गोलियाँ कैद थीं। उसकी ऊँगली उन्हीं वृतनुमा गोलियों पर फिर रही थी। अपनी तर्जनी के लम्बे नाखून से जैसे वह उन्हें उखाड़कर इन त्रिकोणों और वर्गों से आज़ाद कर देना चाहती थी। "तुम्हारी कास्ट क्या है।" यकायक उसने सवाल किया था। यह अप्रत्याशित नहीं था। मुझे पहले भी ऐसे कई अनुभव हो चुके थे। इन सवालों से पहले मैं गुस्सा जाता था। पर बाद में मैंने पाया कि वे यही तो चाहते हैं। फिर एक ठोसपन मेरे भीतर भरता चला गया था। इसी के चलते सवर्ण मित्रों से दूर होना भी स्वाभाविक ढंग से घटने लगा था। मैं जानता था, लोग मेरी तारीफ़ करते हैं, पर अनजाने ही, शायद कुछ जान-बूझकर भी मेरी कौम का अपमान कर जाते हैं। 'दिवाकर 'इण्टलीजेण्ट' हैं। शेड्यूल्ड कास्ट में ऐसे लोग कहाँ मिलते हैं।' बाद का वाक्य मेरी पीठ में छुरे की तरह घुप जाता था। 'जात को छोटो माणस कतरों भी बड़ो हो जाए, आँकड़े को पोदो ही रहबै, आपणै महापुरखन कूँ ही आपण बचा नहीं पाए, दादाजी कान में जैसे फुसफुसाए थे। 'बचा ले बेटा हमन कूँ, बचा सके तो।' वह चुपचाप मेरी तरफ़ देख रही थी। मेरे चेहरे पर अपनी प्रतिक्रिया को पढ़ रही थी।

'एस. सी.' भाले की नोक की तरह पैने दो शब्द मेरे मुँह से निकले थे। वह मुस्कुराई थी।

'यह तो जमात है। कई जातियों की जमात।' कहते हुए उसके स्वर में खुशी सी महसूस की थी मैंने।

"जब तक जातें रहेगी, तब तक जमात कैसे बनेगी।" मैंने उसके चेहरे पर अपनी बात का असर देखा था। वहाँ चमक थी। एक उल्लास भरी चमक। "दोनों में से एक ही रह सकती है।" मैं अपनी पूरी बात कह गया था।

"तुममें महान बनने के पूरे लक्षण हैं, महापुरुष जी।" वह मुस्कुराते हुए पालथी के बल ही आगे को उठी। एक हाथ से उसने पलंग का बेंत पकड़ा हुआ था। एक हाथ से उसने मेरे कन्धे को मजाकिया ढंग से थपथपाया था। पीछे से

कूल्हे थोड़े ऊँचे उठ गए थे। ''फिर क्या हुआ साथी।''

''कुछ साल बाद यानी अस्सी के आस-पास हमलोग ठाणे की रेलवे कॉलोनी में शिफ्ट हो गए थे। हाईस्कूल की परीक्षाएँ तो मैंने कल्याण से ही दी थी। रेलवे कालोनी की दुनिया का नजारा हमारे लिए नया पर बहुत पुरसुकून था। यहाँ बात-बात पर हमें हमारी जाति कोई नहीं दिखाता था। कल्याण में भी सीधे-सीधे हमसे कोई जाति के बारे में कुछ न कहता था। उन्हें डर था। महारों से...पैन्थर से। वे सब एकजुट थे। और हमारा परिवार महार ही समझा जाता था। यहाँ सवर्णों और हमारे बीच एक स्पष्ट विभाजन था। बाबा साहब ने सच ही कहा था कि सवर्ण और दलित दो देशों की तरह एक-दूसरे के सामने आते हैं। अजनबी की तरह। यह कल्याण में बहुत साफ था। हमारी बस्ती में एक भी सवर्ण नहीं था। और सामने पटरी के दूसरी तरफ पक्की कॉलोनी में एक भी दलित नहीं था। यही मैंने राजस्थान में अपने गाँव में देखा था। कई बार गया था मैं पिताजी के साथ। अलग-अलग द्वीप। पर थाणे में यह सब नहीं था। ऐसा नहीं कि था नहीं—पर साफ नहीं था।'' उसके चेहरे को मैंने ध्यान से घूरा था। वहाँ कोई उत्ताप या तनाव नहीं था। एक सलवट भी नहीं। बीमार रोशनी के बावजूद उसके माथे पर जगमगाहट थी। बाहर कहीं से किसी बिल्ली के रोने की आवाज आ रही थी। जैसे कोई छोटा बच्चा रो रहा हो।

''निशि, सच में...तुम यकीन नहीं करोगी कि कालेज तक मेरा एक भी सवर्ण दोस्त नहीं था। पिछड़े तो कई थे, दो-एक मुसलमान भी थे।...अब्बासी। कार-मैकेनिक है आजकल वह, मुहम्मद अली रोड पर। यूँ वे लोग जरूरत पड़ने पर बातें करते थे हमसे, पर उसके बाद उनके अपने रास्ते थे, हमारे अपने। हम बस चौराहों पर मिलते थे। किसी तरह कॉलेज हुआ। माली हालत तो हमेशा ही खस्ता रही। एक छोटी-सी तनख्वाह और चार खाने वाले। पर हिम्मत नहीं हारी थी। कॉलेज करने के बाद छोटा-मोटा जो काम मिला, किया। टाइपिंग मैंने कॉलेज के दौरान ही सीख ली थी। तीन साल बाद केन्द्र सरकार की यह नौकरी मिली। पर यह मेरी मंजिल नहीं थी। मैं लेक्चरार बनना चाहता था। समाज के लिए सीधे कुछ करना चाहता था। पत्राचार से एम.ए. फर्स्ट क्लास में किया। परन्तु साक्षात्कार में हमेशा फेल कर दिया जाता।'' मेरी आवाज कुछ धीमी हो गई थी। शायद हताशा से, शायद पराजय-बोध से या शायद उठती घृणा को दबाने के प्रयास से।

''साक्षात्कार में पास होने वाली योग्यता मेरे पास नहीं थी।'' मेरे चेहरे पर शायद असहायता का भाव ही रहा होगा, तभी मैंने उसके चेहरे पर सहानुभूति का भाव देखा था। ''यह सब साक्षात्कार बलात्कार है। इनको बन्द करके सिर्फ टैस्ट होना चाहिए।'' यह इतनी मरी आवाज में निकला था, जैसे मैं खुद से ही कह रहा था। पता नहीं उसने सुना भी था या नहीं। पर उसके चेहरे पर आत्मीयता

में घुली सहानुभूति अब भी बरकरार थी। ''अब तो मन ही नहीं होता कि कहीं 'अप्लाई' करूँ।'' ये शब्द जैसे किसी तपती भट्टी से निकलकर आए थे। मुझे राजस्थान, अपने राजस्थान की गर्म हवा की सेंक लगी थी, अपने ही शब्दों में। जाने यह कौन-सा रिश्ता है कि आज भी राजस्थान अपना ही लगता है। किसी बस या ट्रक पर आर. जे. लिखा देखकर अपनेपन की प्रतीति हो आती है, अनायास ही।

''फिर।'' मुझे चुप देख उसने पूछा था।

''फिर बहनों की शादी हुई। वे पढ़ीं, बी.ए. तक। फिर दो-एक साल बाद दोनों की नगर पालिका में क्लर्की हो गई। घर में एकदम से कुछ समृद्धि आई थी। तभी हमने अस्सी गज में एक मकान बनाया था, थाणे में। उसमें फिलहाल किराएदार हैं। जमीन से उखड़े लोगों ने फिर जमीन पाई थी। पिताजी कुछ सालों में रिटायर हो जाएँगे। फिर हम वही रहेंगे। अब घर के सब लोग मेरी शादी के पीछे पड़े हैं। हाथ धोकर।'' मैंने घड़ी देखी थी। ''साढ़े आठ बज गए।'' मैंने खुद से कहा था या शायद उसे सुनाने को। मैंने कप नीचे रख दिया। कुर्सी के हत्थों पर जोर देते हुए उठ गया। ''अब मैं चलूँगा।''

''बैठ जाओ। कुछ देर और। अच्छा लग रहा है। भात चढ़ा देती हूँ। खाना खाकर जाना।'' मुझे उठते हुए देखकर उसने उठकर मेरा हाथ पकड़ लिया। बाहर बिल्ली के रोने की आवाज अब भी आ रही थी, रुक-रुककर। ''यह क्यों रो रही है।'' उसने एक बार बीच में ही जैसे खुद से कहा था। 'शुभ शगुन है' फिर वह खुद ही बोली थी।

''नहीं...नहीं...तकल्लुफ में मत पड़ो। मुझे अब चलना ही चाहिए। बहुत रात हो गई है। घर पर इन्तजार होता होगा।'' मैं धीमे-धीमे दरवाजे की तरफ़ बढ़ा था। वह भी हाथ पकड़े-पकड़े दरवाजे तक आ गई थी। फिर दरवाजे से पीठ लगाकर वह खड़ी हो गई। ''थोड़ी देर...और रुको न।'' उसने अपना सिर मेरे कन्धे पर टिका दिया था। रजनी गन्धा की सनऽऽसनऽऽ करती महक मेरे नथुनों में घुस गई थी। यह उसकी खुशबू थी। या शायद अब जीवनभर के लिए एक याद, एक थाती। बिल्कुल व्यक्तिगत, एकदम निजी। उसके कन्धे के पास से चम्पाफिली मेरिया के फूलों की खुशबू आ रही थी। चम्पाफिली मेरिया के फूलों की खुशबू और नीविया क्रीम की खुशबू लगभग एक जैसी ही लगती थी मुझे।

मैंने उसका चेहरा उठाया। उसकी आँखों में पैने सवाल उगे हुए थे। अनुनय भी तैर रहा था। डर था झिलमिल काँपता हुआ। कुछ और भी था, जो व्यक्त होने को परेशान था।

''तुम मेरे साथ चलो।'' मैंने कहा तो उसकी आँखों में सवाल चमका था 'कहाँ'। ''वहीं जहाँ तुम्हारा यह काला आसमान खत्म होता है और हमारा आसमान शुरू होता है।'' मेरी ऊँगलियों में उसकी ऊँगलियों की कम्पन थी। एक उत्तेजना

थी, जो पारे की तरह ऊपर-नीचे जा-आ रही थी। साँसें जाने कब तेज हो गई थी। शायद गर्म भी। पर उसके चेहरे पर एक अजीब सा मनुहार था। अबोला इसरार। एक बेचैन डर। उसने कमर के पास से मेरी कमीज़ को कसकर पकड़ा हुआ था। ''मेरा आसमान बहुत दूर तक फैला हुआ है, दिवाकर। तुम कितना भी ऊँचा सिर उठाओ, मुझे कितनी भी दूर ले जाओ, इसकी पहुँच से दूर नहीं ले जा सकोगे।'' उसकी भर्राई-सी आवाज़ सुनाई पड़ी थी। ''यह तुम्हें भी लील जाएगा।'' पता नहीं वह मुझे सुना रही थी या खुद को ही समझा रही थी। मैंने विस्मय और जिज्ञासा से उसकी ओर देखा। उसके चेहरे पर अब भी वही भोलापन, इसरार और बेचैन डर था। मुझे इस पल वह बहुत चालाक लगी थी। मुझे लड़कियों के बारे में कही, सुनी, पढ़ी सारी इबारतें उसके चेहरे पर छपती नजर आने लगी थी। कहीं यह छलावा तो नहीं...जेहन में एकबारगी जोर से टंकार हुई थी।

''तुम मेरे साथ हो न?'' मैं पशोपेश में पड़ गया था। ''क्या तुम्हें डर है किसी से?'' उसका यह व्यवहार मेरी समझ में नहीं आ रहा था। मेरी पेशानी पर सलवटें पड़ गई। ''वे लोऽऽऽग?'' उसकी आवाज में थरथराहट थी। उसकी भवें कुछ सिकुड़ीं, फिर वैसे ही हो गई।

''कौन।'' मैंने बीच में ही उसकी बात काट दी थी। अब मुझसे सब्र नहीं हो रहा था कि वह क्या है; जिससे वह लड़ भी रही है और डर भी रही है।

''ब्राऽऽमन।'' यह शब्द उसके मुँह से ऐसे उछटा था, जैसे कभी-कभी होंठ से थूक की छींट उछट जाती है। पर अब मैं यह साफ़-साफ़ समझने लगा था कि ब्राह्मण कोई एक इन्सान नहीं है। वह घात लगाकर बैठे रहने वाला एक काला तेंदुआ है। एक कोबरा...जो दिमाग में कुण्डली मारता जाता है। फिर धीरे-धीरे चुपचाप अपना जहर फैला देता है। कल तक मेरे मुहल्ले के पड़ोसी लच्छु कुम्हार, नारायण लुहार, शम्भु यादव, बालाजी फुले हमारे साथ-साथ विष्णुकान्त देशमुख के जूते खाते थे। देशमुख उन्हें भी मारता था, हमें भी मारता था। पर अब देशमुख उन्हें नहीं मारता, हमें भी नहीं मारता। अब देशमुख के ये सारे मुख हमें मारते हैं। आँखों से, बातों से, व्यवहार से, हमें अपने से नीच समझकर। इन्होंने देशमुख का मुखौटा लगा लिया है। यह उसी जहर का असर है। उसी ने इनके दिमाग की उन नसों को सुला दिया है जहाँ ये पुरानी यादें कसकती थीं।

''वे अब भी ताकतवर हैं।'' उसकी आँखों में भय अब भी था। भोलापन भी। पर बेचैन इसरार उसकी ऊँगलियों में उतर आया था। मेरी कमीज पेट के पास से उसने और कसकर दबाई थी। उसकी आवाज सूख गई थी। देह खोखली सी दिख रही थी। चेहरा सफेद पड़ गया था। ये शब्द बहुत अजनबी से लगे थे, उसकी जुबान से।

''यह शहर है। गाँधी के गाँव का जंगल नहीं। मैं तुम्हें वहाँ ले चलूँगा, जहाँ

इनका आसमान खत्म हो जाता है। वहाँ हमारे चाँद, सूरज और तारे हैं।'' मेरी आवाज में उत्साह था। देह में गरमी सी महसूसी थी मैंने। ''तुम भरोसा रखो मुझ पर!'' मैंने धीरे से सिर उसके कन्धे पर रख दिया। उसकी साँसों की आवाज साफ़ सुनाई दे रही थी। आवाज में हल्की खरखराहट थी जो शायद गहरी साँस न ले पाने के कारण हो रही थी। मैंने सांत्वना दी थी उसे। पर उसके उस एक शब्द ने मुझे उसके बारे में दोबारा सोचने पर मजबूर कर दिया था। मैंने हाथ उठाकर दरवाजे की कुण्डी लगा दी। उसने दीवार की दाईं तरफ हाथ मारा था। 'खट' की आवाज के साथ कमरा एक अँधी गुफा में बदल गया था। ''नहीं, कोई आ जाएगा दिवाऽऽकर!'' उसी अँधेरे में उसकी चटकती फुसफसाहट चमकी थी।

पूरा कमरा सिर्रऽऽ सिर्रऽऽ करते जुगनुओं से भरने लगा था। पश्चिमी खिड़की के लाल काँच से स्ट्रीट लाइट की पीली रोशनी छन-छनकर आ रही थी। कमरे में संतरी-सतरंगी तितलियाँ भरती जा रही थी। कुछ ही पलों में सारी सतरंगी तितलियाँ उससे लिपट गई थी। वह खुद एक सतरंगी तितली जैसी थी अब। रजनी गन्धा की महक लहकने लगी थी। अगले कुछ पलों में वहाँ सिर्फ एक महक थी, देह की आदिम महक। ज्यों-ज्यों मैं उस महक को सींचता, तितली और रंगीन होती जाती। लाल, संतरी, नीली, पीली। फिर उसकी पकड़ ढीली होती चली गई थी। सारी तितलियाँ उड़ चुकी थी। महक काफूर हो गई थी। अब वह निशि थी, सिर्फ निशि।

इन पलों में कोई न था। न जाति, न मजहब, न वर्ग। निशि भी नहीं थी, मैं भी नहीं। कोई खुशी भी नहीं। क्या सिर्फ़ बेसुधी? सिर्फ़ मदहोशी? या बस एक जिंसी जरूरत? यह पल जिन्दगी के लिए थे? क्या यही पल जिन्दगी थे?

निशि मेरी बगल में मेरे कन्धे पर पड़ी थी। आँखें बन्द किए। हल्की-हल्की साँस लेते हुए। एक शिशु की तरह। निष्पाप, निष्कलुष। उसके बालों से किसी शैम्पू की हल्की महक आ रही थी। मेरी छाती और उसके गाल के बीच मेरा पसीना किचकिचा रहा था। 'खट' मैंने लेटे-लेटे ही बेड के पास रखे लैम्प को जलाया। बल्ब के नीले प्रकाश ने हम दोनों को अपनी आगोश में ले लिया।

मेरी नज़र छत पर पड़ी। छत के एक कोने में मकड़ी के छोटे-छोटे कई जाले थे। पर मकड़ी वहाँ नहीं थी। एक छिपकली का बच्चा वहाँ था। बचपने से दूर। जाले से कूछ दूर। पकाव से बहुत दूर। क्या यह मकड़ी को खा गया होगा? मैंने सोचा था।

मैं लौट आया था। जिन्दगी अपनी आड़ी-तिरछी पटरी पर चलती रही। उसका हँसते-मुस्कुराते रहना और बढ़ गया था। उसके चुलबुलेपन पर कुछ लार टपकाए रहते, कुछ रीझे रहते। मौके की तलाश में, अपनी बारी की इन्तजार में।

सामने शर्मा जी असहज औपचारिकता ओढ़े रहते। ''हैं, हैं, हैं, नयनतारा

आप भी।" पीछे से वही नितम्ब। वही नकली दाँत। वही असली जीभ। वही स्थान। और अन्त में प्रत्यय 'स्साली।' पूर्णाहुति। अपनी हड्डियों के ढाँचे को समेटते हुए चलते शर्माजी वाकई रात में भूत ही लगते। परन्तु इतनी मजाक उड़ने पर भी वे औपचारिक बने रहते। हँसते रहते। बड़ी बेशर्मी से। एक उम्मीद...उम्र के लम्बे फासलों की टीस...एक असहज औपचारिक गन्ध।

पानी में बहुत भीतर मोती है, मगर हैं, घोंघे और कछुए भी हैं पर पानी पता नहीं देता। वह भी पता नहीं देती थी।

"15 जनवरी 1993, मुम्बई। वक्त गुजरता है और आवाज भी नहीं करता। चार महीने के लम्बे अरसे में से तीन महीने यूँ ही सरक गए। तीन महीने पहले जब मैं इनसर्विस ट्रेनिंग के लिए यहाँ आई थी, तब यह वक्त पहाड़ सा लगा था। बहुत बदसूरत, बहुत खुरदरा। उधर घर में भी वक्त पहाड़ ही था, पर इन्सान एक जगह रहते-रहते आदत तो डाल ही लेता है। यह कितना अजीब है। वक्त जब सामने होता है; हम उसके गुज़र जाने का इन्तजार और गुजारने का इन्तजाम भी करते हैं। और गुज़र जाने पर हम उसके व्यर्थ गुजर जाने की शिकायत से भर उठते हैं। यह अजीब विरोधाभास है जिन्दगी में। जिन्दगी सच में कितनी विरोधाभासों से भरी है। हम मरने के लिए जीते हैं या जीने के लिए पल-पल मरते हैं। जीना खासकर इस अहसास के साथ कि हम क्यों जी रहे हैं...कितना मुश्किल होता है। जीने का कोई उद्देश्य न हो तो मर न जाने की वजह पर सोचते हुए जीना कितना मूर्खतापूर्ण और हास्यास्पद लगता है। और देखो कि हम जब चाहें अपनी जिन्दगी खत्म कर सकते हैं। पर हम ऐसा करते नहीं। ऐसा कभी करना भी नहीं चाहिए। हमें जीना चाहिए। हमें जीना ही चाहिए।

दिवाकर को पाकर जीने की तमन्ना जाग गई है। जीने का मकसद।"

उसकी डायरी के उस पृष्ठ को चुपचाप पढ़ने का गुनाह करने के बाद मैंने उसे यथावत रख दिया। वह डायरी में पेन लगाकर भूल गई थी। वह नहा रही थी। हॉस्टल के अगले कमरों में दूसरे स्त्री-पुरुषों की आवाज़ें थी। मैं आज सुबह और दिनों की अपेक्षा कुछ जल्दी ही उसके हॉस्टल पहुँच गया था। हिन्दू-मुसलमानों की खूनी मारकाट ने मुम्बई को हिलाकर रख दिया था। चारों तरफ असुरक्षा, भय और संदेह का माहौल था। मस्जिद ढहाने का एक और अक्षम्य गुनाह हिन्दुओं के हिसाब में बढ़ गया था। मुझे अब्बासी की चिन्ता होती। मैं अब्बासी की खैर-खबर लेना चाहता था। पर यह मुश्किल था। वहाँ मैं नहीं पहुँच सकता था। उनकी नजरों में मैं हिन्दू था। काफिर हिन्दू। उसके पास फोन भी न था। दंगों में कई लोग मारे जा चुके थे। हमारे लोग भी इसमें शामिल थे। यह उनका मामला नहीं था,

फिर भी मुसलमानों ने कुछ हमारे लोगों को मार दिया था। हमारे लोगों ने कुछ मुसलमानों को काट दिया था। पर उनका एक भी नहीं मरा था, मुसलमानों से। यह बहुत गलत और गफलतभरी लड़ाई थी। इस लड़ाई में सिर्फ़ ग़रीब-गुरबा अपनी रोजी से गया था, इज्जत से भी और जान से भी।

"अरे वाह, बहुत जल्दी आ गए।" वह बाथरूम से निकली थी। मैं कुर्सी पर बैठा था। उसकी आँखों में आश्चर्य मिश्रित हर्ष था। उसने आते ही बेड पर से डायरी उठाकर सूटकेस में रखी थी। "शहर में आग लगी हुई है। सोचा कहीं देर न हो जाए। इसलिए जल्दी ही निकल पड़ा।" मैं कुर्सी से उठकर पलंग पर पसर गया था।

"ठीक किया। अकेले जी घबराता था। चाय पियोगे।" वह बिल्कुल पास आकर खड़ी हो गई। उस खिड़की से सीधे एक धूप का टुकड़ा कमरे में फैल गया था। धूप की खुशबू नमकीन थी। उसकी आवाज बहुत धीमी थी।

"तुम तैयार हो जाओ। मैं बनाता हूँ।" कहकर मैं किचन की तरफ बढ़ गया था। उठते हुए मैंने उसके कन्धे पर हाथ रखे। उसके गाल पर हलके से चूमा। अब कोई अपरिचय नहीं था हमारे बीच। सिर्फ एक देह का रिश्ता कितने रास्ते खोल देता है। कितना परिचय!

"अपने एरिया में तो कोई मुस्लिम कालोनी नहीं है न?" उसकी आवाज आई थी। आवाज में जिज्ञासा थी, शायद चिन्ता भी। मुझे यह नागवार गुजरा। मैं किचन में पहुँच चुका था। मैंने कोई जवाब नहीं दिया। उसने फिर वही सवाल दोहराया था।

"नहीं क्यों? क्या दंगा सिर्फ़ मुसलमान करते हैं?

मैंने भगोने में पानी चढ़ा दिया। हीटर ऑन किया। बाहर आते हुए यह अल्फाज बाहर आए थे।

"नहीं...मेरा कहने का मतलब वह बिल्कुल नहीं था। मुझे तो खूब मालूम है कि दंगा न हिन्दू करते हैं, न मुसलमान। दंगा तो धर्म करता है। क्यों? देख लो यह भी एक रूप है धर्म का।" उसने मेरी ठोडी को ऊँगलियों की नोक से उठाया था। बहुत फिल्मी तरीके से। यह सब शायद उसने बात टालने के लिए किया था।

"किसी बात की अच्छी चीज़ों के फायदे अगर हम उठाते हैं तो बुराईयाँ भी हम ही उठाएँगे। उसके लिए दूसरे तो नहीं आएँगे।" मैं जानता था, यह अन्तहीन बहस है। मैं लौट गया था। मैं कहना और भी कुछ चाहता था, पर जानता था वह समझेगी नहीं। यह उसका सच नहीं था। वह नहीं जानती थी कि दंगा बराबर की कौमों के बीच होता है। मुसलमान हिन्दुओं से कमजोर नहीं, इसलिए वह सहते नहीं उनकी ज्यादतियों को। इसी ताकत की हमें भी ज़रूरत है। और इसी जहर

भरे माहौल के समान्तर एक अलग, रूटीन जिन्दगी थी। जहाँ मसालों की महक थी, रिश्तों की गमक थी। एक-दूसरे से मिलने का मीठा सिलसिला था। लोकल ट्रेन बनिस्बत खाली थीं पर लड़के-लड़कियों की हँसी अब भी किलकती थी।

वह आमतौर पर खुश ही रहती। हमेशा हँसती-खिलखिलाती। किसी बात पर प्रवचन देती मुद्रा में। "तारा को देखकर हमेशा मुझे ऐसा लगता है कि जैसे उसने जीवन के अनेक रहस्यों को पा लिया है। देखो जब वह किसी कांसेप्ट पर अपने व्यूज देती है, वह कितने स्पष्ट होते हैं। एक अजीब-सी शांति, एक प्रगाढ़ स्थिरता उसकी हँसी के पार दिखाई देती है। उससे बातें करके मन नहीं भरता।" विनय सक्सेना ने मेज पर कोहनियाँ टिकाई हुई थी। उसका चेहरा खुली हथेलियों में कमल की तरह उगा हुआ था। विस्फारित आँखें कहीं अनन्त में। "मेरा दिमाग तो उसके सामने बौना हो जाता है। वह शायद मुझसे बड़ी न होगी, परन्तु इतनी समझ। हम तो लिलिपुट के वासी हैं उसके सामने।" विनय ने बात को गम्भीरता से शुरू करके मजाक पर खत्म किया था। पर हँसी नहीं थी उसके चेहरे पर। मैं ठहाका मारकर हँसा था। "ज्यादा फिलासफर मत बनो। पहली बात तो वह लड़की है और सिर्फ लड़की नहीं...एक खूबसूरत लड़की। एक खुश दिल, खनक भरी आवाज और चमक भरे रूपवाली...खुले दिमाग की लड़की।" उसकी तारीफ करने के लिए जाने कहाँ से मेरे पास ढेर सारे शब्द आ जाते थे। "तुम्हें बात करना अच्छा लगेगा ही। दूसरे वह बंगाली है। ऐसी ही कुछ खासियतें होती हैं इनमें, जो इन्हें दूसरों से विशिष्ट बनाती हैं।"

पर क्या वह सच में ऐसी ही थी, जैसा वह दिखाती थी। क्या वह सच में कहीं भीतर तक आश्वस्त थी, स्थिर थी? या यह हँसी का खोल ही बहुत गहरा था? सक्सेना हो या शर्मा...सभी उसके बारे में वैसा ही सोचते, जैसा वह उनको सोचने के लिए दिशा देते हुए व्यवहार करती। इन्सान का मन...कितना आडम्बर करना पड़ता है, एक जीवन जीने के लिए। हम दूसरों को कितना बरगला लेते हैं। परन्तु क्या हम खुद को ठग पाते हैं? नहीं, हम खुद को धोखा नहीं दे पाते। खुद को धोखा देते हुए कहीं न कहीं हम ज़रूर कमजोर हो जाते हैं। यही दरार मुझे उसके हँसते चेहरे के पार दिखती। वहाँ जहाँ वह खुद को ढंक लेने की कोशिश करती थी। खुद को छिपा लेने का उपक्रम करती थी। इसी कोशिश में वह झूठ बोला करती थी।सभी से, मुझसे भी।

वह इधर-उधर की कुछ भी हांककर अक्सर कुछ और ही तस्वीर देना चाहती। यह खिलवाड़ था। दूसरों के बहाने, परन्तु अपने साथ। उसके पास अनन्त झूठ थे। झूठों का एक अन्तहीन सिलसिला। एक के बाद एक झूठ। मैं धीरे-धीरे सब जानता चला गया था। वह खुल गई थी।

"तुम शादीशुदा थी तो यह तुमने सभी से छिपाया क्यों?...मुझसे भी?" मेरी

आवाज में रोष अधिक था या भरोसे के टूटने का दर्द—पता नहीं चला था उन पलों में। "और अगर परसों वह पत्र मैं न पढ़ता, तो शायद तुम मुझे बताती भी नहीं। सिन्दूर...मंगलसूत्र।" कुछ अस्फुट से शब्द भी फूट पड़े थे।

यह उसका सबसे बड़ा झूठ था। अक्षम्य झूठ। कल पूरा दिन मेरा उससे बात करने का मन नहीं हुआ था। वह पराई पराई सी लग रही थी। उसने मुझे कसम देकर मिलने को बुलाया था। दफ्तर भी मैं नहीं गया था। मन ही नहीं हो रहा था।

मैरिन ड्राइव पर समुद्र के किनारे पुलिया पर बैठे थे हम। शाम होते ही यहाँ इस पुलिया पर कितने ही जोड़े शहर में से जाने कहाँ से निकल आते। हमारे गाँव के तोतों की तरह। इन्हें देखकर एक सुकून होता कि अब भी इस शहर में हरारत है, जिन्दगी है। पूरी तरह इस्पाती नहीं हुआ है यह। यहाँ बैठकर इस मंजर को देखता तो लगता कि दुनिया में सिर्फ प्यार है। मैं दुनिया के एक बड़ी पुलिया में तब्दील होने की ख्वाहिश करता। पीछे दाईं तरफ बड़ी-बड़ी बहुमंजिला इमारतें थी। बहुत साफ और चमकती हुई। बाएँ हाथ की ओर आधा किलोमीटर दूर सरकारी सम्पति गेटवे ऑव इण्डिया की सिर्फ कलंगी दिखाई पड़ रही थी। उसी के सामने सरकार के अधीन चलने वाला भव्य होटल ताज था। समुद्र दिनभर पछाड़ें मारकर शांत हो चुका था। परन्तु इन सबसे खूबसूरत और जीवन्त था। उससे टकराकर लौटती हवा और ठण्डी हो गई थी। पास ही खड़ा नारियल पानी बेचने वाला काला मजबूत आदमी कुशलता से चौड़े छुरे से नारियल छील रहा था। यह जरूर अपना आदमी होगा। उसे देखकर एकदम मेरे जेहन में ख्याल आया था। "माँगता क्या साब!" मुझे अपनी तरफ देख उसने पूछा था। मैंने ना में सिर हिला दिया था। पर उसने देखा नहीं वह इससे पहले ही अपने काम में दोबारा लग चुका था।

"कुछ नहीं है। बस लोगों की अपनी गलतफहमी है।" वह धीमे से फुसफुसाई। "तुम्हें पता है मैं बेंगौली हूँ। पिताजी बांग्लादेश बनने के बाद यहाँ आकर जमे थे। हम लोगों के यहाँ औरतें मंगलसूत्र के लिए इतना 'पजेसिव' नहीं होती। हाँ...सिन्दूर मैं नहीं लगाती थी। पर क्या फ्लिक बालों के बीच वह दिखाई देता। तुमने कभी मेरे हाथों में इस शांखा-पौला और तांबे की चूड़ी को नहीं देखा। यह हमारे यहाँ विवाहित स्त्रियों के लिए उतना ही जरूरी है जितना और जगह मंगलसूत्र।" उसकी आवाज मर गई थी। "यह सफेद चूड़ी शांखा है और यह लाल पौला। यह तीसरा तांबे का चूड़ीनूमा कड़ा है। एक मजबूत चक्र।" उसकी आँखों में एक दर्द था। एक कड़वाहट। एक विवशता। उसके मुँह में जैसे लोहे का स्वाद था। उसनें एक-एक कर सब चीज़ों पर ऊँगली रखी थी। "पर मुझे इन बातों से कोई फर्क नहीं पड़ता कि कोई मेरे बारे में यहाँ क्या सोचता है? मेरा शादीशुदा होना या न होना...जरूरी नहीं कि मैं सावर्जनिक करूँ।" कहते-कहते वह दूर लहरों

में चली गई थी। उसकी आवाज बहुत हल्की थी। कोई भय, कोई उत्तेजना, कोई कम्पन, कोई शर्म उस आवाज में नहीं थी।

"ठीक है तुम्हें फर्क नहीं पड़ता। यह भी ठीक है कि तुम अपना शादी-शुदा होना सार्वजनिक नहीं करना चाहती थी। पर...पर तुम्हें कम से कम मुझसे झूठ नहीं बोलना चाहिए था। तुमने खुद को कई बार अनमैरिड कहा था।" आखिरी शब्द मैंने बहुत धीमी आवाज में कहे थे। शायद उन्हें सिर्फ मैं ही सुन सका था। "मुझे थोड़ा संदेह तो उसी दिन हुआ था, जब तुम्हें जरा भी खून...पर यह मेरे लिए अहम नहीं था।" आज खुद को रोकते-रोकते भी मैं रोक न सका। पर वह इसे सुन नहीं सकी थी। वह सुनते-सुनते भी कहीं और थी।

"तुम अजीब हो दिवाकर। कभी-कभी एकदम दुकानदारों की भाषा में बात करते हो। तराजू लेकर बात करने लगते हो। एकदम उथली। तुम भी...क्यों नहीं समझते कि जो बातें कही जाती है, वे हमेशा सच-झूठ की डोर से नहीं बाँधी जा सकती। मैं ऐसा नहीं करती। मेरे लिए वह बात झूठ नहीं थी, वह बात सच भी नहीं थी। वह सिर्फ एक बात थी। क्या यह, सिर्फ एक बात नहीं हो सकती? मेरा किसी को नुकसान पहुँचाने का इरादा भी नहीं था। जिन्दगी जीने का, यह मेरा अपना तरीका है। क्यों इसे बयान बना देना चाहते हो?" उसकी आवाज कातर हुई थी। कुछ पल वह रुकी थी। उसकी आँखें कहीं दूर समुद्र में ही हिचकोले खा रही थी। "कुछ हमेशा इतना पर्सनल होता है...इतना व्यक्तिगत कि किसी भी दूसरे के साथ वह बाँटा नहीं जा सकता। परन्तु तुमसे तो मैंने कभी नहीं कहा कि मैं अनमैरिड हूँ...हाँ यकीनन मैंने उसे छिपाने या न बताने का भरसक प्रयास किया था। पता नहीं मैं ऐसा क्यों कर रही थी?" उसने सिर झुका लिया था। "पर ऐसा भी नहीं कि तुमने पूछा और मैंने इन्कार किया हो। तुमने साफ़-साफ़ मुझसे कभी पूछा ही नहीं था।" उसे कोई अपराधबोध न था। यही बात अगर मैंने की होती तो शायद उसने आदमियों के ऐसे ही होने के जाने कितने इलजाम अब तक मुझ पर रख दिए होते। पर उसकी आँखों में आज वह भोलापन नहीं था। चेहरा निर्लिप्त नहीं था।

"पर जो हुआ ठीक नहीं हुआ। वह सब...कुछ मर्यादाएँ होती हैं।" शाम लगभग खत्म हो चुकी थी। पुलिया पर भीड़ थी। जाने क्यों मेरी आवाज में एक अपराध-बोध था, या शायद सारा दोष उसके सिर मढ़ देने की मंशा या शायद भारतीय दण्ड संहिता की धारा 497 की याद जेहन में थी, जिसके तहत व्यभिचार के लिए पाँच साल की सजा थी या शायद सब कुछ मिला-जुला था।

"पर जिन्दगी?...उस अन्धकार में यही एक रास्ता था, मेरे पास। यह खोह थी, मेरी सुरंग, जहाँ मैंने शांति पाई थी। कभी न खत्म होने वाला एक सुकून।" उसकी आँखें फैल गई थी। उनमें कुछ चमका था। वह क्या था? मैं सही तरह

चीन्ह न सका।

पीछे सड़क पर बतियाँ जल गई थी, हालाँकि अँधेरा होने में कुछ वक्त था अभी। कुछ लोग सड़क के पास खड़े आपस में बातें कर रहे थे। उनके हाथों में कुछ नक्शे जैसा बड़ा कागज था, जिसे वे बार-बार खोलकर देखते थे और फिर 'रोल' कर देते थे। वे कभी सड़क की तरफ इशारा कर रहे थे, कभी समुद्र की तरफ। उनमें से अधिकतर ने काली वर्दी पहनी हुई थी। मुझे ध्यान आया कि दो-एक साल पहले यहाँ अण्डर-ग्राउण्ड सब-वे बनाने की कोशिश की गई थी। परन्तु कन्स्ट्रक्शन के दौरान ही वह ढह गया था, और कई लोग मारे गए थे। सड़क पार करते हुए कई लोगों की मौत एक्सीडेण्ट में हो चुकी थी। इसीलिए, शायद फिर से अण्डर-ग्राउण्ड सब-वे बनाने का कार्य चल रहा था। ऊपर एक अलग जिन्दगी। ऊपर की तेज भागती जिन्दगी के खौफ से मुक्त नीचे एक बेखौफ खुफिया जिन्दगी। सब-वे की एक समान्तर जिन्दगी। एक साथ दो जिन्दगियाँ। एक-दूसरे के साथ, पर एक-दूसरे से बेखबर, बेशोर, अनजान और नितान्त अपनी। मैंने नयनतारा के माथे पर लगी बड़ी बिन्दी को गौर से देखा था।

"पर इससे समाज टूटता है।" समुद्र शांत बह रहा था। इन सब बातों का उस पर क्या असर होता था। पतली पतली लहरें। तह दर तह। एक के ऊपर एक चढ़ती। "जिन्दगी बहुत चीज़ों से मिलकर बनती हैं। क्या यह बहुत बड़ी कीमत नहीं होगी? मैं तुम्हें खोना नहीं चाहता, पर...हम मनुष्य हैं निशि।" मुझे माँ की कही बातें याद आई थी उस पल। 'मनुख बिना सिमाज के नई रह सकता। भरोसा ही सिमाज बनाता है। भरोसा मती तोड़ियो कभी किसी का।' ये शब्द बहुत पास से आए थे।

"इतने प्रश्न दिवाकर।" वह कुछ पल सिर झुकाए बैठी रही। ये बहुत गाढ़े पल थे। इन पलों में साँस की रफ्तार के अलावा कुछ नहीं था। लहरों की आवाज ही उस सन्नाटे को तोड़ती और लौट जाती। जब तक वापस आती, तब तक वक्त का मकड़ा नया सन्नाटा बुन चुका होता। "मैं मजबूर थी, दिवाकर। तुम यकीन कर सको तो करना।" वह फिर रुक गई थी। कुछ वक्त ऐसे ही गुजरा। "मैंने विवाह के चार साल बाद पहली बार उस सुख को तुम्हारे साथ जाना कि वह इतना मधुर भी होता है। वह सिर्फ़ मेरी जरूरत नहीं था। मेरी जिन्दगी बना था, उस दिन।" वह लगातार बोलती जा रही थी।

समुद्र में एक तेज लहर बहुत जोर से किनारे की चट्टान से आकर टकराई और पलभर को उसके शोर ने सभी आवाजों में खामोशी भर दी।

शाम ढल चुकी थी। मेरीन ड्राइव की चौड़ी सड़क दूधिया रोशनी में नहा रही थी। हम पैदल चलते-चलते फिश एक्वेरियम तक पहुँचे। वहीं से सामने दूर धुँधली रोशनी में लिपटा हैंगिग गार्डन दिख रहा था। इस दौरान न वह कुछ बोली,

न मैं। बस हवा की एक कंपकंपाहट हमारे बीच सनसनाती रही। उसे उसके हॉस्टल के गेट पर छोड़ा और अपने घर के लिए लोकल पकड़ ली थी। लोकल में खड़े-खड़े भी उसी की बातें लौट-लौटकर याद आती रही थी।

वह चली जाने वाली थी। एक महीने बाद, अपने शहर। जहाँ उसका अपना एक घोंसला था। जिसमें उसका अपना कोई था। समाज जिसे उसका पति कहता था। पर वह?

''सुदीप, बहुत अच्छे इन्सान हैं। और तुम्हें क्या बताऊँ? वह मेरा बहुत ख्याल रखते हैं। इतना प्यार करने वाले, इतना ख्याल रखने वाले पति जिस किसी को मिले, वह बहुत सुखी होती है न दिवाकर?'' वह डूबी-डूबी आवाज में खुद से ही बोलती। वह शायद खुद से लड़ती भी रहती। अभी तक हार या जीत तय नहीं हो पाई थी।

''सुदीप की कितनी तारीफ करूँ, मैं खुद भी नहीं समझ पाती। जब विवाह करके मैं उनके घर आई, तब मैं एम.ए. प्रथम वर्ष में थी। पिताजी ने जान-बूझकर मुझे बी.ए. के बाद पत्राचार से ही एम ए करवाया।...यह दुनिया बहुत बड़ी है दिवाकर। बड़े-बड़े दरख्तों के जंगल में कुछ छोटे-छोटे पौधे भी होते हैं। पर सूरज की रोशनी उन तक वैसे ही नहीं पहुँचती, जैसे बड़े दरख्तों पर। कुछ पौधे बहुत छोटे दरख्त रह जाते हैं। बहुत से सच बहुत व्यक्तिगत होते हैं। मेरा परिवार भी एक ऐसा ही छोटा दरख्त था। मैंने रेगुलर पढ़ाई के लिए पिताजी को बहुत मनाया था। परन्तु मैं उनके स्नेह के आगे भी हार गई थी। वे कहते, ''बेटी जीवन में पढ़ाई कभी नहीं छोड़नी चाहिए। पर अब तेरा विवाह भी तो करना है। वहाँ तेरी कालेज की पढ़ाई कैसे पूरी होगी। पत्राचार से करेगी तो कम से कम ससुराल से भी पढ़ सकेगी। तेरी माँ भी तो देख कितनी बीमार रहती है। तू घर में रहेगी तो उसे मदद मिलेगी।''

मैंने माँ से बात की थी। वह मान गई थी। वह इस बात से भी राजी थी कि पढ़ाई के बाद ही शादी हो। उन्होंने पिताजी को समझाना चाहा था। पिताजी ने माँ को खूब डाँटा था उस दिन। फिर मुझे अपने पास बुलाकर बिठाया। मेरे सिर को छाती से सटाकर वह मेरे सिर पर हाथ फिराते रहे। ''तू तो मेरा बेटा है न तारा। तेरे पापा भला तेरा अहित करेंगे। तेरी भलाई के लिए ही तो कर रहा हूँ सब। तेरा ब्याह हो जाए तो उऋण होकर हम भी काशी हो आएँ। और कौन है तेरे अलावा। कब मौत आ जाए। तेरी चिन्ता ही खाए जाती है।'' उन्होंने गहरी साँस छोड़ी थी। मैं पिताजी की लाड़ली बेटी थी, बेटा भी थी। पिताजी और भी जाने क्या-क्या कहते रहे थे। पर मैं उनके दिल की लुबडुब करती आवाज के साथ डूब-उतरा रही थी। उनकी छाती से मेरे कान चिपक गए थे। बस मैं थी और लुब-डुब करता उनका दिल। मैं साँप बन गई थी। पानी का साँप। कहते

हैं पानी के साँप में जहर नहीं होता। मैं नाक, कान, आँख, जबान रहित साँप थी। पिटारे में बन्द। विवश। बीन के आघात से घबराई।'' उसकी आवाज अकम्प थी। चेहरा सपाट था। फिर उसी निर्लिप्तता ने कुण्डली बना ली थी। ''सपेरे की सुरक्षा में आश्वस्त रहने को मजबूर। पिटारे के बाहर के जीवन से आक्रान्त की हुई। फिर पिटारा बदल गया। सँपेरा भी। यह अनुभवी वृद्ध सँपेरे से कम अनुभवी परन्तु नए गुरों में माहिर। सुदीप मुझे इतना प्यार करते कि मेरा दम घुटने लगता। इस बीच उनके मुँह से आती तेज महक मेरे नथुनों के रास्ते दिमाग की नस-नस बजा डालती। मैं पागल हो जाती। पर यह...यह अपना काम निपटाकर ही चैन से सोते। शुरू में हफ्ते भर तो मैं पाँच-पाँच बार दाँत साफ करती। कई दिन उल्टियाँ तक हुई। फिर आदत पड़ गई। सुदीप हँसते, ''अभी से ही।'' इन्होंने साल भर मुझे इतना प्यार दिया कि मैं बिल्कुल न पढ़ सकी। मैं फिर भी परीक्षाएँ देना चाहती थी। और सुदीप इतने खुले दिल के इन्सान हैं कि उन्होंने इसकी मोहलत दे दी थी। और...और मैं अव्वल दर्जे से फेल हुई थी।'' कहकर वह मुस्कुराई भी नहीं। ''सभी विषयों में फेल। सुदीप रिजल्ट देखकर खूब हँसे थे, 'देखा हमारे प्यार का रंग।' भला किस औरत को ऐसा पति अच्छा नहीं लगेगा जो इतना 'थैसमेन' और प्यार करने वाला हो। है न?'' ऐसा कहते हुए सिर्फ उसके होंठो पर हरकत थी। न आँखों में कोई चमक थी, न आवाज में कोई चहक थी और न ही कोई व्यंग्य। बस एक सपाट चेहरा और एक सपाट बात। मैं निर्णय ही नहीं कर पाया कि वह अपना दुख बाँट रही थी या सुहाग-सुख का किस्सा सुना रही थी।

पानी कहानी नहीं है, जीवन है। वह रुकता नहीं, हर पल बहता है। पर उसकी परछाई ठहरी हुई थी।...

अब उन चार महीनों के गुजर जाने में सिर्फ एक हफ्ता बाक़ी था। फिर वह वापस चली जाने वाली थी। अपने घर, अपने शहर। क्या हमेशा के लिए? मैं सोचकर ही काँपता, फिर अपने मन को मनाता। वह शहर मेरे लिए बिल्कुल अनजान था। उस शहर के पेड़-रास्ते, पौधे-पत्थर, रेलवे स्टेशन, बस अड्डा, पहाड़ियाँ, झरने, औरत, मर्द, बूढ़े, बच्चे, चाय-बागान के मजदूर सब मेरे लिए अपरिचित थे। मैं पश्चिम बंगाल का नक्शा ख़रीद लाया था। मैं खाली वक्त, अक्सर रात में सोने के पहले उसके शहर का नाम नक्शे में पढ़ता। उसे छूता, कई-कई बार। फिर सूंघता। उसमें से वही खुशबू महसूस होती जो उस दिन उसके बालों से आई थी। फिर उस नाम को चूमता। मैं उस शहर की कल्पना करता। उसके घर की कल्पना करता। कल्पना में ही मैं वहाँ का मानचित्र बनाता। उसका घर ऐसी-ऐसी पहाड़ी ढलान के किनारे होगा। डाकखाना कितनी दूर होगा? कम से कम एक किलोमीटर दूर

तो होगा। अगर किसी की तबियत अचानक खराब हो जाए तो जल्दी से कोई अच्छा डाक्टर भी शायद मिले या नहीं। थाना कितना दूर होगा। मुझे वह शहर बस एक जंगल-सा नजर आता। पर वहाँ उस जंगल में एक कुमुदिनी थी, एक अकेली कुमुदिनी जो जंगल की थी। पर जंगल की होकर भी सारी कायनात की खुशबू खुद में समेटे थी।

''विनय ने इस वीकेंड पर घूमने का प्रोग्राम बनाया है। तुम चलना चाहोगी।'' मैंने पूछा तो उसने साफ इंकार कर दिया। मुझे बिल्कुल अंदेशा नहीं था कि वह ऐसा टका सा जवाब दे देगी।

''पर क्यों नहीं?''

''कहाँ जाना है?''

''ऐसेल वर्ल्ड!''

''मुझे झूलों में झूलने से डर लगता है।'' वह गम्भीरता से जवाब देकर समुद्र को देखती रही।

''अच्छा तुम सिर्फ साथ चलो। झूलना मत। विनय की फैमिली भी तुमसे मिलने के लिए बेकरार है। उसने जाने कितने तारीफ़ों के पुल बाँध दिए हैं तुम्हारे लिए।'' उसकी यह अप्रत्याशित ना मुझे बुरी लगी थी। वह ऊंगलियाँ चटका रही थी। मैंने हाथ रखकर रोक दिया। वह रुक गई। मैंने हाथ हटाया। वह फिर चटकाने लगी।

''तब तो बिल्कुल नहीं जाऊँगी। अपेक्षाओं पर खरा उतरना बहुत सांसत भरा काम है।'' उसने पूर्ववत भाव से कहा।

''चलो न।'' मैंने इसरार किया। अब भी मेरे दिल में उसके लिए पहले जैसा ही प्रेम था।

''नहीं तेरी तबियत भी ठीक नहीं है।''

''क्यों क्या हुआ?'' मैंने उसके माथे पर हथेली रखी थी। ''बुखार-वुखार तो नहीं है?''

''नहीं बस ऐसे ही।'' सपाट शब्द उसने फट्टों की तरह सीधे खड़े रख दिए थे। इनके पार जाना बहुत मुश्किल था। मैंने झिर्री से आखिरी सेंध लगाई, 'उस दिन की बात से न' और मैं कामयाब हो गया। वह वहाँ पहुँचकर खूब झूले झूली थी। मैं हतप्रभ रह गया। जो वह कहती, कभी-कभी वह बिल्कुल न करती और जिसके लिए उससे उम्मीद भी न की जा सकती थी, वह खूब मजे से करती।

''तुमने ऐसा क्यों किया?'' मैंने पूछा था।

''तुम्हारी खुशी के लिए। वह तुम समझ सकते हो। इन्सान को इतनी आज़ादी तो कम से कम होनी ही चाहिए कि वह किसके लिए जिए।'' वह मुँह फेरकर बोली थी। पीछे मशीन से चलने वाले झूले ऊपर-नीचे आ-जा रहे थे।

"क्या तुम सच में सुदीप के साथ खुश नहीं हो निशि? क्या यह समझौता है?" यह एक अजीब सवाल था जो कई दिनों से मुझे मथ रहा था। मैं उससे पूछ लेना चाहता था। पर इसे ही पूछने के उपक्रम में मैं जाने क्या-क्या उससे पूछ बैठता। आज यह अप्रत्याशित और स्पष्ट सवाल था। कुछ पल उसने चुपचाप मेरी ओर देखा था। उसकी भेदभरी आँखें मेरे भीतर चल रहे तूफान में जाने क्या टटोलती रही। फिर वह हल्के से मुस्कुराई थी। एक टीसती मुस्कान। उसने बात वहीं से शुरू की, जहाँ से सुदीप के बारे में बात चलने पर वह शुरू करती थी।

"सुदीप बहुत अच्छे इन्सान हैं। वह मेरा बहुत ध्यान रखते हैं। इतनी देख-रेख पाकर कोई भी पत्नी खुशी से पागल हो जाए। मुझे यहाँ छोड़ने भी आए थे। शुरू में तीन-चार दिन रुके भी थे। मैं पढ़ना चाहती थी। उन्होंने मुझे पढ़ने दिया। हालाँकि पढ़ने के लिए मैं वक्त कम ही निकाल पाती। सुदीप को खाने-पीने का बहुत शौक है। जब घर होते हैं, सब चीजें घर में ही बनवाकर खाते हैं। कहते हैं तुम्हारे हाथ में बहुत स्वाद है। मिठाइयाँ, नमकीन तक घर में बनवाकर खाते हैं। आज भी। आज भी मेरे काम की बहुत तारीफ करते हैं सुदीप। 'तुम जैसे घर साफ रखती हो, वैसे कोई कामवाली क्यों रखेगी? मैं समझता हूँ तुम थक जाती होगी। पर क्या करूँ? वह इसे अपना घर थोड़े ही समझेगी', वह हमेशा कहते हैं। सबके सामने मेरी तारीफ करते हैं। मैं रूटीन नौकरी नहीं करना चाहती थी। मैं पढ़ना चाहती थी। मैं लिखना चाहती थी। परन्तु उन्होंने अपने बिजनेस के कारण मुझे जिन नौकरियों के फार्म लाकर दिए। वे सब नाइन टू फाइव के थे। किताबें लाकर दी क्योंकि मैं बाहर न जाती थी। मेरा मन ही नहीं होता था...कहीं भी जाने को। मैं नौकरी भी पा गई। सरकारी नौकरी...व्यवसायी पति। सब कुछ तो है मेरे पास। लड़कियाँ इससे अधिक क्या माँगती है? इससे अधिक क्या सारा आकाश चाहिए उन्हें? जो लोग तुम्हें प्यार करते हैं...उन्हें न चाहते हुए भी प्यार देना...यह सिर्फ मजबूरी ही नहीं होती उससे अधिक भी कुछ और होता है जो तुम्हें ऐसा करने के लिए बाध्य करता चला जाता है।" वह रुकी थी। "हाँ इतना जरूर कहूँगी कि अपनी शादी के चार सालों में भी सुदीप से मैं उतना न जुड़ सकी जितना...तुमसे ...इन चार महीनों में।" उसने सिर झुका लिया। उसके चेहरे पर अनचीन्हे से भाव थे। न शर्म, न उदासी, न दुख, न पश्चाताप, न उत्साह। बस एक ठहरी हुई सी बात। "तुम मुझे क्यों अच्छे लगते हो, मुझे पता नहीं...पर तुम्हारा अच्छा लगना मेरा स्वार्थ है...मेरी पसन्द, मजबूरी नहीं।" वह धीमे से फुसफुसाई थी।

जुहू बीच का गन्दा, रेतीला किनारा और समुद्र का गहरा मटमैला पानी डूबते सूरज में गन्दले लाल रंग का हो गया था। कुछ बच्चे बालू का घर-घर बनाकर खेल रहे थे। कभी बनाते और फिर कोई उनमें से ही लात मारकर घरौंदे तोड़ देता। कुछ लड़के थोड़े फासले पर फुटबाल खेल रहे थे। "पर निशि...जिन्दगी जी

एक ही बार जाती है। भले ही तुम दुनिया की नज़र में स्वार्थी बन अपने लिए जी लो या खून के आँसू पीकर दूसरों के लिए जी लो।" मैंने गला खंखारते हुए धीमी आवाज में कहा था। "यह कुर्बानी नहीं है। सरासर मूर्खता है। भावुकता में जिन्दगी बर्बाद नहीं की जाती। तुम्हें सुदीप से तलाक ले लेना चाहिए।" मेरी ऊँगलियाँ रेत में हरकत कर रही थी। ऊँगली गड़ाने से कुछ नीचे रेत की नमी महसूस होती थी। पर थी रेत ही। "ठीक कहते हो तुम। मैं भी समझती हूँ। पर क्या यह सब इतना आसान होता है। तलाक का क्या कारण बताऊँगी...सुदीप को भी। क्या कहूँगी उससे कि उसे क्यों छोड़ रही हूँ? माँ-पिताजी जीते-जी मर जाएँगे। भागी हुई औरत का खिताब मुझे दिया जाएगा। मेरी ईमानदारी कौन तौलने बैठेगा, दिवाकर। पति को छोड़कर जाने वाली औरतें कुलटा कहलाती हैं।" उसकी निगाहें आसमान में थी, पर सूरज उतरकर समुद्र के ऊपर आ लगा था। "सुदीप अच्छे इन्सान हैं। यह ठीक है कि मैं उनसे जुड़ न सकी। पर वे तो जुड़े हैं मुझसे। बहुत सारी यादें हैं। कैसे झटक पाऊँगी?" वह कुछ देर चुप हो गई थी, जैसे उबर रही हो।

"इसीलिए इन चार महीनों को मैंने खूब जिया है। यही मेरी पूँजी बन जाएँगे। हालाँकि अब भी, अभी तक भी...सुदीप के साथ निभाए जाने का आख़िरी फैसला नहीं है यह। पर तुम ऐसा न करना। एक अच्छी सी लड़की से शादी करना। बहुत जरूरी नहीं है। जरूरी समझो तो। ऐसा बहुत मुश्किल नहीं है अकेले रहना। हम लोगों के साथ होकर भी कितना साथ होते हैं। सुदीप मुझे बाहों में कसे रहते और मैं आगे-पीछे झूलते झूमर, प्लास्टर ऑव पेरिस की बनावट, दीवार पर लगे चीते की तस्वीर, कलैण्डर की तारीखें देखती रहती। लगभग हमेशा। मुझे आज भी वे सब चीजें एकदम स्पष्ट याद हैं। उस चीते का बायाँ पंजा दाएँ पंजे से थोड़ा कमजोर है। प्लॉस्टर ऑव पेरिस की तीसरी लेयर में एक छोटा टुकड़ा टूटा हुआ है। मुझे 'ठण्डी औरत' कहकर वह हँसकर अपना काम निपटाकर पस्त पड़ जाते। कभी इससे ज्यादा शिकायत तक नहीं की सुदीप ने।

तुम जिससे शादी करो, वह बहुत सुन्दर भले ही न हो, परन्तु समझदार हो, तुम्हारी अपनी पसन्द हो। तुम्हें उससे बात करते हुए किसी की कमी महसूस न हो। यूँ न लगे कि दीवार से बातें कर रहे हो। जिस्मानी खूबसूरती हफ्तों या महीनों की होती है। पर इमोशनल लाइफ वह एक लम्बी जिन्दगी होती है। फिर तुम मेरे शहर आना, मेरे घर।" उसकी आँखें झिलमिलाई थी। आवाज पल भर को भर्राई थी। कुछ पल खामोशी में ही निकल गए। फिर वह सम्भल गई थी। "मेरी जिन्दगी एक द्वीप बन चुकी है दिवाकर। इसके सभी रास्ते किनारों का साथ छोड़ चुके हैं। तुम आओगे न दिवाकर।"

मैं उसे कैसे समझाता कि यह मेरी ताब में नहीं था। मैं कभी उसके शहर

नहीं जा पाऊँगा। कभी नहीं। मैं कैसे जा पाऊँगा! कैसे जुटा पाऊँगा हिम्मत। "तुम्हें आना होगा लौटकर। तुम्हे आना ही है। अगर न आओ तो, यहाँ से जाने के बाद समझना कि दिवाकर मर गया। जिन लोगों के मिलने की उम्मीद खत्म हो जाए, उन्हें मरा हुआ ही मान लिया जाता है। मैं भी तुम्हारे लिए मर जाऊँगा।" मैं भावुक हो गया था। यह अप्रत्याशित था। मैंने पीठ मोड़ ली। आसपास बहुत से लोग थे। मैं खुद भी पलभर को समझ न सका कि ऐसा क्यों हुआ? "बुध को जा रही हो न।" कुछ पल बाद मैंने पूछा था जैसे वह सुनने के बाद मना कर देती। यह बेवकूफाना सवाल पूछने के बाद मुझे अपनी भावाकुलता पर खीज हुई। मैं तय नहीं कर पा रहा था कि मुझे क्या बातें करनी चाहिए। "हूँ"। उसने गहरी साँस ली। कहते-कहते एक बार उसकी छाती उठी और बैठ गई। "कितने बजे की है ट्रेन?" मुझे लगा कि मेरा धीरज चुका जा रहा है। पर वह वैसी ही थी जैसी वह अक्सर रहती थी। मैं जानता था कि अन्दर बादल घुमड़ रहे हैं उसके भी।

"सुबह सात बजे।...वी. टी. से।"

"इतनी जल्दी।" मैं क्षुब्ध हुआ था। आसपास लोगों की आवाजें हवा को जैसे हम तक पहुँचने से रोक रही थी।

"जब जाना ही है तो जल्दी क्या और देर क्या।"

फिर धीरे-धीरे चलते हम लौट आए थे। "आओ कुछ देर बैठते हैं।" हॉस्टल के गेट के पास पहुँचने पर उसने धीमे स्वर में कहा था। मैंने कोई जवाब नहीं दिया था। "एक बात पूछूँ दिवाकर, सच बताना, क्या सुदीप को मैं छोड़ दूँ तो तुम मेरा जिन्दगी भर विश्वास करोगे कि मैं तुमसे घात नहीं करूँगी। यह बात भी खाए जाती है।" मैं कुछ भी एकदम से बोल नहीं पाया। यह बहुत अप्रत्याशित सवाल था। फिर वह चली गई थी। हॉस्टल के सरकारी गेट से अन्दर। वहाँ आज भी चौकीदार नहीं था। कुर्सी उलटी पड़ी थी। गेट चर्रऽऽऽ बोला था खुलते वक्त। उस जलते हुए बल्ब के पास पहुँचकर वह दो-तीन पल रुकी थी। उसने पलटकर देखा था। फिर धीरे-धीरे चलते हुए उस अँधेरी सुरंग में खोती चली गई थी। मैं लौट आया था, यह सोचते हुए कि उसने होंठों से टार्च दबाकर ताला खोला होगा। उसके चेहरे पर थोड़ा-सा प्रकाश फैल गया होगा। दरवाजा चर्रऽऽ की आवाज से खुला होगा। ट्यूब जलाने के लिए उसने स्टार्टर घुमाया होगा। स्टार्टर घुमाने से पहले स्टूल उठाया होगा। वहीं से, जहाँ रजनीगन्धा लहका था।

फिर किनारे पानी में डूबने लगे थे, पानी बहुत से बड़े-बड़े,टूटे पत्थर बहाकर उस पार भी लगाता जाता था।...

यह उसके जाने वाले दिन की सुबह थी। मैं प्लेट फार्म पर खड़ा था। वह

ट्रेन के दरवाजे पर। दरवाजे के हत्थे पर मेरे हाथ की ऊँगलियाँ उसके हाथों पर थी। हम दोनों ही चुप थे। जैसे अब कुछ भी बोलने को नहीं बचा था। हम इतने चुप और एकान्त हो गए थे कि आसपास का माहौल अपना अर्थ ही खो चुका था। ठीक सात बजे ट्रेन ने सीटी बजाई थी। वह कड़वी आवाज मेरी चेतना में बजी थी। फिर वह धीमे-धीमे सरकने लगी थी। तब उस पल पहली बार उसकी आँख में कुछ नमी आई थी। एकदम पानिल, तैरती हुई। मैं बहुत बेचैन हो गया था। ट्रेन रेंग रही थी। मैं ट्रेन के साथ-साथ चल रहा था। वह अब भी गेट पर थी। उसका हाथ मेरे हाथ को पकड़े हुए था, कसकर।

"दिवाकर, हम ऐसे भी क्यों जिए जाते हैं, इसका जवाब दोगे न, प्लीज। जवाब देना...जरूर...मेरे सवाल का। मेरे पास वक्त कम है। दिवाऽऽकर।" वह कातर हो गई थी। उसकी आवाज स्थिर थी। उसकी आँखों में गहरी पीड़ा थी। पर आवाज सधी हुई थी। ट्रेन रफ्तार पकड़ चुकी थी। हाथ कब के अलग हो चुके थे। ट्रेन की आवाज में उसकी आवाज दबती चली गई थी। प्लेटफार्म से दूर मुझे सिर्फ उसका हिलता हुआ हाथ धब्बे की तरह अब भी नज़र आ रहा था। फिर वह भी एक सिरे पर जाकर खो गया था। मैं प्लेटफार्म की बेंच पर धम्म से बैठ गया। शरीर की सारी ऊर्जा जैसे निकल गई थी। यह उसका आखिरी सवाल था।

पुनश्च...

दोस्तो, समुद्र का अन्त नहीं होता क्योंकि वह कहानी नहीं है। समुद्र अनन्त है, इसीलिए वह जीवन है। जीवन का अन्त कभी नहीं होता क्योंकि जीवन एक तारा और दिवाकर नहीं है। इस विस्तृत नील में एक तारा और दिवाकर नहीं, बहुत से तारा और दिवाकर हैं। इस नील में सब हैं, कोई एक नहीं। जहाँ तक यह कहानी है, वहाँ तक तो उसका अन्त होना ही है पर जहाँ सिर्फ जीवन है...वहाँ अन्त हो कैसे सकता है? इसके अन्त की कोशिश क्या किसी को करनी चाहिए? क्या जीवन बहुत सुन्दर नहीं है, अगर हम सुन्दर बनाने की कोशिश करें तो?

और कहानियाँ, दास्तानें, बातें, कथाएँ और औरते जब तक सिर्फ 'फेमिनिन', नहीं स्त्री-योनियाँ रहेंगी, तब तक उनके साथ यह बलात कार्य होता रहेगा। पर जब वे समुद्र बन जाएँगी तब एक नया फसाना जन्म लेगा। उसमें मोती होंगे, कछुए भी, मगर भी और मरे घोंघे भी। परन्तु सब अपनी मर्जी से।

यह कहानी खत्म हुई या नहीं, मैं नहीं जानती। मैं खुद कहानी को खत्म नहीं कर सकती।

अच्छा छोड़िए यह सब। दिवाकर का स्वप्न देखें...क्षमा करें सुने और मुझे इजाजत दें। यही प्लेसेण्टा है। प्लेसेण्टा तो आप जानते हैं न। नहीं...अच्छा, अच्छा

आप पुरुष हैं। आप स्त्री योनि जानते हैं पर प्लेसेण्टा नहीं। दोस्तो, प्लेसेण्टा से ही गर्भस्थ शिशु श्वास और आहार पाता है। उसकी धड़कन इसी से धड़कती है। वह भी शिशु के जन्म के साथ बाहर आता है। यह वही नाल है।

किस्सा चालू आहे...

ट्रेन चली गई थी। उसका अन्तिम डिब्बा भी मेरी आँखों से ओझल हो गया था। मैं वहीं था, बेन्च पर। सशरीर। बस सशरीर। मैं कब घर पहुँचा, कैसे पहुँचा, यह बहुत याद करने पर धुँधला सा याद पड़ता था। शाम तक का वक्त यूँ ही गुजर गया। जाने क्या-क्या घुमड़ता रहा था। उसका सवाल बहुत बड़ा था। वह जवाब चाहती थी?...शायद जवाब से अधिक वह निरन्तरता चाहती थी। वह अन्त नहीं चाहती थी। शाम आज कैसी खाली और सूनी थी। इस वक्त रोज वह मेरे साथ होती थी। जुहू पर। मेरीन ड्राइव की किसी बेंच पर। सड़क पर। हॉस्टल के कमरे में। आंगन के पेड़ों पर चिड़ियाँ भी आज चुप थी। सोचते-सोचते जाने कब आँख लग गई थी।

"बहुत दूर-दूर तक सिर्फ़ पानी था, पछाड़ें मारता, नीला-नीला पानी, उत्ताल लहरें, बड़े-बड़े जहाज थे, पानी की सतह पर डगमग-डगमग हो रहे थे, आसमान में चीलों का शोर था, बहुत सारे विशालकाय लोग थे, उनकी अँजुलियाँ छोटी-छोटी थीं, अपनी छोटी-छोटी अँजुलियाँ से वे जहाज में भरते पानी को उलीच रहे थे, बहुत सारे छोटे-छोटे थल थे, पानी के बीचोंबीच, हरे-भरे, सूखे भी, एक छोटे थल पर, बहुत सारे शव पड़े थे, कुछ मनुष्यों के, कुछ भालुओं के, एक थल पर बहुत सारे बच्चे थे, बहुत सारे फूल और तितलियाँ भी! मीठे पानी का एक सोता था, उसमें हंस थे। हरे पेड़ों पर कबूतर थे! एक थल पर निशि थी, मेरी गोद में अपना सिर टिकाए, "तुम लौट आई न, मैं जानता था कि तुम लौट आओगी," मैं कह रहा था, "वक्त बड़े-बड़े घावों को भी धीरे-धीरे भर देता है, पर उनके निशान वह खुरच नहीं पाता, बादलों के घिरने और सीली हवाओं के चलने पर ये निशान रह-रहकर टीसते हैं, यह टीस ही हमारे जिन्दा होने की निशानी है, हमारे मन से न कभी उम्मीदें खत्म होती हैं और न ही यादें, ये दोनों ही लगाव हैं, इन्सान के लगाव, इन्सान इसके बिना जी कैसे सकता है? यादें हमें नीले, पीले, गुलाबी, मटमैले अतीत से जोड़े रखती हैं और उम्मीद मनचाहे भविष्य से, क्या यही नहीं है, जो हमें जिए चले जाने के लिए उत्साहित करता है? हमें जीना ही चाहिए, प्यार पाने और करने के स्रोतों के साथ, तुमने कहा था न उस दिन कि तुम्हारा वह फैसला आखिरी नहीं है, उसी उम्मीद ने मुझे जीने की ताकत दी, तुम्हारा इन्तजार मेरे जीने का स्रोत बन गया, मुझे पूरी उम्मीद थी कि एक दिन तुम अपने लिए भी

जिओगी, हम अपने लिए एक नया महाद्वीप बनाएँगे, मैं और तुम साथ-साथ, मैंने उस थल की तरफ हाथ से इशारा किया था, जहाँ बच्चे थे, फूल और तितलियाँ थी, हंस और कबूतर भी थे।"

मैं यह सब कह नहीं रहा था पर कुछ था जो चुपचाप पिघलता जा रहा था, एकदम अनायास, जैसे गलैशियर बिना शोर के चुपचाप पिघलता जाता है, मेरी सब बातों के बीच वह बिल्कुल चुप थी, एकदम पथराई सी, उसके होंठो पर मुस्कुराहट भी नहीं थी, पर उसकी पनियाई आँखों में एक सपना था, झिलमिलाता हुआ, जैसे भोर का तारा अँधेरे और रोशनी की देहरी पर जगमगाता है, चिड़ियों की चहचहाहटें लगातार नजदीक आती जा रही थी, एक फकीर की तेज परन्तु बहुत शीरीं आवाज चिड़ियों की चहचहाहट के साथ बढ़ती आ रही थी, वह कबीर गा रहा था। मेरी आँख खुल गई। घड़ी देखी, साढ़े पाँच बज गए थे। सुबह हो ही सी गई थी।

अवधू भूले को घर लावे, सो जन हमको भावै
घर में जोग, भोग घर ही मैं, घर तज बन नहिं जावै

फकीर इकतारे पर पद गाता जा रहा था।

पटकथा

''पूर्वार्द्ध, मध्यान्तर से पहले आता है। पूर्वार्द्ध के बिना मध्यान्तर का कोई अस्तित्व नहीं होता।''

''इभी रात छै चन्दा, भोर कोनी हुई।'' छान की झोंपड़ी में लेटे-लेटे ही कल्याराम ने अपनी पत्नी से कहा था। कल्याराम की पत्नी सुगनी उनकी इस आदत से वाकिफ थी और अब तक उन्हें लगभग आदत पड़ चुकी थी। जब वह नई-नई गौनावली होकर आई थी, तब उन्हें यह रोज़ सुनकर बहुत अजीब लगता था। कल्याराम रात खत्म होने से पहले ही उठ जाते थे। आसमान में छाए तारे देखते और अन्दाजा लगाते कि अभी कितनी रात बाकी है। यह रोज होता और उसी वक्त उनके मुँह से अनायास ही निकलता, ''इभी रात छै, भोर कोनी हुई।'' रात जाड़े की होती या गरमियों की, पर उनकी जबान पर ये अल्फ़ाज बिना नागा आते। जाड़े की रातों में वे झोपड़ी के अन्दर से ही अन्दाजा लगा लेते कि रात अभी कितनी बाकी है। सुगनी उनके साथ ही खाट पर होती। रजाई एक ही थी जिसके चलते जरूरी था कि वे एक ही खाट पर सोते। दोपहरी में फेरी से लौटने के बाद रोज कल्याराम इस खाट के दावन खींचते और रोज सुबह तक वह झोला हो जाती। जाड़ा ऐसे ही कटता था, कल्याराम और सुगनी का।

गरमियों में अक्सर वे झोंपड़ी के बाहर ही सोते। कभी-कभी तो रेत पर ही चादर बिछाकर सो जाते। ऐसे ही वक्तों में, वे सुगनी को जाने कौन-कौन सी दुनिया जहान के किस्से सुनाते। सुगनी को अपने समझदार और प्यार करने वाले आदमी पर गर्व था। सुगनी आज भी कल्याराम के साथ मुलाकात की अपनी रात को भूल नहीं पाती। जब कल्याराम ने सुगनी का घूंघट हटाकर पहली बार चेहरा देखा था तो वह जाने कितनी देर तक चेहरे को देखते ही रहे थे। सुगनी लजाई थी पर कल्याराम ने तो जैसे सब कुछ बिसार दिया था। सुगनी को आज भी उनके कहे शब्द गरमी सी देते हैं। उन्होंने सुगनी को 'पूनम रो चाँद' कहा था। फिर जैसे अचानक उनके मुँह से बोल फूटे थे, ''सोरठियो दूहो भलो, भली मरवण री बात, जौबन छाई धण भली, तारां छाई रात।'' फिर बहुत देर तक इसकी व्याख्या करते रहे थे कल्याराम, गरीब कल्याराम, अनपढ़ कल्याराम।

तब से आज तक कल्याराम उन्हें अकेले में चन्दा ही बुलाते हैं। उसी रात पहली बार सुगनी ने उन्हें यह कहते सुना था, 'इभी रात छै चन्दा, भोर कोनी हुई।' तब से आज तक सुगनी यह सुनती आ रही है। पहले वह भी लम्बे-लम्बे जवाब देती थी पर धीरे-धीरे यह सिर्फ 'हूँ' तक सिमट गया था। आज भी उनके कहने पर वह सिर्फ 'हूँ' ही करके रह गई थी। ''चन्दा, काल गाँधी बाबा इंगरेजाँ नै देस छोड़ने रो इन्दोलन चिलाबांगे। बिस्साराम रे लारै म्हारो बी मन छै जाबां को।'' उन्होंने मन की बात बताई थी। ''जैसो थमने ठीक लगैस। पन म्हारो काई टंटो छै इंगरेजां रे साथ।'' सुगनी के स्वर में कोई उत्साह नहीं था, न वे कल्याराम को हतोत्साहित करना चाहती थी। उनके सवाल में सिर्फ निष्पाप जिज्ञासा थी। ''गाँधी बाबा छूआछात रै बहुत खिलाफ छैं। याई खातर जाबां को मन छै।''

यह अप्रैल की रात थी। सारा आकाश तारों से भरा हुआ था। कल्याराम का मन भी तारों से भरा हुआ था। कल्याराम तारों से भरे आसमान की तरफ इशारा करते हुए हमेशा सुगनी से कहते, ''चन्दा, थारे वास्ते इशीं ही तारां जड़ी लूगड़ी लाऊँगो कधी। बखत सीधा आबां दे।'' आज भी वे यही बोले थे। और एक दिन खाल बेचने जब कल्याराम जयपुर गए तो वहाँ से सितारों वाली लूगड़ी सुगनी के लिए लाए थे। शादी के चार साल बाद एक-एक धेला जोड़कर वे लूगड़ी के लिए पैसा जोड़ पाए थे। सुगनी रजाई के लिए जिद करती रही थी पर वे नहीं माने थे। सुगनी ने तीज के दिन वह लूगड़ी पहनी थी। पर गांव के ठाकुरों के लड़कों ने सुगनी के साथ राह चलते इतनी बदतमीजी की थी कि उसके बाद सुगनी ने दिन में कभी वह लूगड़ी नहीं ओढ़ी।

गाँव में होने को तो खटीकों के बीस घर थे पर ठाकुरों के सामने उनकी पेश नहीं खाती थी। खटीक छाज बनाकर या मवेशियों की खाल खरीद-बेचकर ही अपना जीवन चलाते थे। इन बीसों घरों में भी आपस में एका नहीं था। खटीकों की हालत गाँव के भंगी चमारों जैसी ही थी पर खटीक उन्हें अपने बराबर नहीं समझते थे। भंगी चमारों की तरह न वे नए कपड़े पहन सकते थे और न ही जूती और पगड़ी पहनकर ठाकुरों और ब्राह्मणों के सामने खड़े हो सकते थे। ठाकुर की डयौढी पर ढोक भी वे बाहर से ही लगाते थे। गाँव में सबसे ज्यादा घर चमारों के थे और सबसे ज्यादा जुल्म उन्हीं पर होता था। उनके पास भी खटीकों की तरह खोने के लिए कुछ नहीं था पर पाने की इच्छा और लड़ने की हिम्मत को जैसे पाला मार गया था।

दोपहर ढलती जा रही थी। गरमी अपने पूरे जोर पर थी। सूरज में रोशनी तो थी पर पश्चिम की तरफ पुरानी रसौली की तरह मुरझाकर लगभग लटक गया था। कल्याराम का यही वक्त होता था, जब वे घर लौटते थे। वे सुबह निकलते और गाँव-गाँव जाकर भेड़-बकरियों की ख़ाल खरीदते। अभी वे आकर बैठे ही थे

कि सरपंच का आदमी हुक्म लेकर आ गया। "कल्या खटीक, हुक्म ड्यौढी पर बुलावैं छै।" उसने बाहर से ही आवाज दी। कल्या उस वक्त लोटे से पानी पी रहे थे। उनके हलक में जैसे पानी एक बारगी रुक सा गया। उन्होंने सुगनी की तरफ देखा। उनकी आँखों में सवाल था। सुगनी की आँखों में भी डर था, विस्मय था और एक बड़ा-सा सवाल था। सुगनी की बड़ी-बड़ी आँखों में चमकता काजल भी कल्याराम ने देखा था। "गड़वा पकड़जो चन्दा। जाने काईं बात छै।" उनकी आवाज में भी सहमापन आया था। सरपंच के बुलावे का मतलब बेमतलब की बेगार था उनके लिए।

कल्याराम ने पगड़ी सिर पर रखी और जूतियाँ झाड़कर पहन ली। बाहर निकले तो देखा वह आदमी जा चुका था। पीछे-पीछे वह भी तेज कदमों से ड्यौढी की तरफ लपके। मन में विचार उमड़-घुमड़ रहे थे। तभी पीछे से आवाज सुनाई दी, 'काल्या भाई।' उन्होंने पलटकर देखा तो कुएँ की जगत पर घींसया खड़े थे। "इभी जल्दी में छूँ घींसया भाई। ठाकुर साब याद कर रहाँ छै।" उन्होंने वापस मुड़ते हुए कहा। "हम्बे, जल्दी सिधारो, सुगनी री नई ओढ़नी रो परसाद मिलेगो, ठाकरसा इन्तेजार करैं छै।" घींसया ने आखिरी शब्दों पर कुछ ज्यादा ही बल देकर कहा था। घींसया उनके कुनबे का भाई-बिरादर ही है पर बात मारने में उसने यह मौका हाथ से नहीं जाने दिया।

कल्याराम मुड़े और चमारों के पाड़े से होकर लम्बा चक्कर लगाकर ठाकुर की ड्यौढ़ी पर पहुँचने का मन बनाया। अब तक वे समझ चुके थे कि झगड़ा चन्दा की सितारों वाली लूगड़ी पर हुआ है। इस बीच वे कोई बात खोज लेना चाहते थे। सामने से आते बिस्साराम को वे देख नहीं पाए थे। बिस्साराम ने पास आकर कहा, "राम-राम कल्याराम जी।" कल्याराम थोड़े अकबका से गए। "राम-राम भाया, राम राम। काईं हाल छै भाया।" उन्होंने आगे बढ़ते हुए कहा। बिस्साराम भी आगे बढ गए। चार कदम आगे बढ़कर वे पीछे से ही तेज आवाज में बोले, "कल्यारामजी जरा सम्भलजो, ठाकुर रो झाग फेंक रियो छै।" कल्याराम समझ गए कि आज की तीज खराब हो गई। बात पूरे गाँव में फैली हुई है।

कल्याराम ने दूर से ही चबूतरे पर बैठे सरपंच हरनाम सिंह तंवर को देख लिया था। उन्होने पहले अपनी पगड़ी उतारकर काँख में दबाई, फिर जूतियाँ एक के ऊपर एक रखकर अपनी दूसरी काँख में दबा ली। सौ हाथ दूर होने पर भी उनके कन्धे ऐसे झुक गए जैसे वे टूट गए हों और गरदन लुढककर मरे बकरे की तरह छाती पर आ गिरी। वे मरे-मरे कदमों से चबूतरे के नीचे जाकर बैठ गए। "अरेऽऽ ठाकर साब यहाँ खाट पर आकर बैठो, नीचे काईं खातर बैठो हो।" सरपंच के शब्दों में व्यंग्य और आँखों में आग बरस रही थी। "छिमा कर दो मालिक, दोबारा कोनी होगी इशीं गलती।" कल्याराम वहीं जमीन पर सरपंच के सामने ढोक

पड़ गए। "सुन ले, हराऽऽमखोर दोबारा थारी औरत ने यह मजाल की तो सारे गाँव में नंगी डोलेगी, स्साली। ठकरानी बनने का शौक चढ़ा है तो भेज दीजो हराऽमजादी को हवेली में।" सरपंच की बात पर वहाँ खड़े जवान लड़के हो-हो करके हँसने लगे।

सरपंच हरनाम सिंह तंवर गुस्से में तो बहुत थे पर उनके मन में अपने गाँव के लोगों के लिए बहुत हिंसक भाव नहीं आते थे। पर गाँव के कायदे-कानून का एक बार टूटने का मतलब था कि धर्म का नाश। गाँव के पुरोहित त्रिलोकीनाथ ने उन्हें यही समझाया था। "ठाकर साहब परम्परा तोड़ने रो डण्ड भराओ यासे।" पण्डित त्रिलोकीनाथ जो अब तक खाट पर चुपचाप बैठे माला फेर रहे थे, एकदम चिल्लाए। उनकी आँखों से शोले बरस रहे थे। वे सरपंच से भी ज्यादा लाल-पीले हो रहे थे। वे चौंतरे से बहुत तेजी से नीचे उतरे और कल्याराम से कुछ दूर मुर्गा बने एक आदमी को जोर की लात मारी। वह आदमी धरती पर पसर गया। "उठ नीच।" पंडित त्रिलोकी नाथ की आवाज के साथ ही वह उनके ढोक पड़ गया। कल्याराम ने उस आदमी की तरफ देखा तो वे एकदम पहचान गए। यह तो सुक्खन जाट है अपने ही गाँव का। "ठाकुर साहब जिस गाँव से धर्म उठ जाए, वहाँ अकाल पड़ता है। मैं ऐसे गाँव में नहीं रह सकता।" सरपंच को निष्क्रिय बैठे देख त्रिलोकीनाथ ने ब्रह्मास्त्र छोड़ा था।

सरपंच यह सुनकर एकदम चौंतरे से नीचे दौड़ते आए। "थम रुको पंडितजी, ओ वीरग...साले गूजर के कहाँ मर गया...लगा साले रे बीस जूती।" सरपंच चिल्लाए तो वीरम दौड़ते आए, 'आयो मालिक।' "देखे काईं छै, मार साले रे गिन के बीस जूत्ती।" वीरम को चुपचाप खड़ा देख सरपंच बुरी तरह चिल्लाए। "नहीं...तू रुक जा रे गूजर के, इस हरामजादे नीच से मुतवाओ इस पर।" पण्डित त्रिलोकीनाथ ने सुक्खन जाट की तरफ इशारा करते हुए कहा। यह सुनकर सुक्खन के चेहरे पर हल्की से मुस्कुराहट फैल गई। इतनी देर मुर्गा बने रहने के अपमान से वह मूतकर मुक्त होने का ही अहसास था शायद। "मालिक ऐसो जुलम मत करो।" कल्याराम सरपंच के पैरों में लौटने लगे। "देखे काईं छै, सुक्खन ले ले अपमान रो बदलो।" त्रिलोकीनाथ के चेहरे पर हँसी की परछाईं आने-जाने लगी।

'अच्छो पंडितजी' कहकर ज्योंही सुक्खन ने धोती एक तरफ करी, कल्याराम ने उछलकर सुक्खन के पेट के नीचे जोर की लात मारी। वह गेहूँ की बोरी की तरह एक तरफ लुढ़क गया। कल्याराम भागने को हुए ही थे कि लाठी का एक जोरदार वार उनके कन्धे पर पड़ा। वे मुँह के बल पर जमीन पर गिर पड़े। फिर तड़ातड़ जूती और मुक्के-लातों के वारों से वे आखिरी होश तक पिटते रहे।

कल्याराम को जब होश आया, तब रात घिर चुकी थी। उन्होंने चारों तरफ देखा, वहाँ कोई न था। वे चुपचाप उठे और अपने झोंपड़े की तरफ चले गए।

सुगनी बाहर बैठी उनको मिली। वह उन्हें देखते ही रोने लगी। आज भरी बिरादरी में पहली बार सुगनी ने उघाड़े सिर दहलीज से बाहर कदम रखा था। वह दौड़कर कल्याराम के गले से लिपट गई। फिर जैसे सुगनी को कुछ होश आया था, वह चिल्लाई थी, बहुत जोर से, ''यह नाईं समझजो कि खाली ये चोट म्हारे आदमी ने पड़ी छै, कल थममैं सूं भी कोई हो सके छै।'' बिरादरी के आदमियों की तरफ इशारा करते हुए सुगनी फुफकारी थी। ''जाईं तलक आपण सब भेड़ाँ (एकजुट) नाईं होंगे, याई दस्तूर रहेगो...देख लीजो।'' आसमान में तारों में लपट उठी थी जैसे।

सुगनी ने कल्याराम को अन्दर ले जाकर खाट पर लिटा दिया। बकरी के दूध में हल्दी डालकर पीने को दी थी, सुगनी ने कल्याराम को। कल्याराम ने सुगनी से लूगड़ी के बारे में जरा भी शिकायत नहीं की थी। सुगनी ने भी वह लूगड़ी पहननी नहीं छोड़ी थी। आज भी तीज, त्यौहार पर, रात में अपने आदमी के सामने वही लूगड़ी पहनती है सुगनी। काजल लगी काली आँखों और गोरे चेहरे पर वह लूगड़ी खूब फबती। कल्याराम देखते ही रह जाते। उस रात भी कल्याराम सुबह होने से पहले ही जाग गए थे। ''इभी रात छै चन्दा, भोर कोनी हुई।'' कल्याराम के मुँह से निकले ये शब्द काँच के पैने टुकड़ों की तरह सारी झोंपड़ी में फैल गए थे। शादी के चार साल बाद सुगनी जैसे पहली बार इस बात का सही मतलब समझी थी।

इस घटना के सात महीने बाद मोहनाराम पैदा हुए थे और अगली तीज पर खटीकों की सारी औरतों ने सितारों वाली लूगड़ी पहनकर ही तीज पूजी थी।

''मध्यान्तर पूर्वार्द्ध के बाद और उतरार्द्ध से पहले आता है। मध्यान्तर के बिना उतरार्द्ध पूर्वार्द्ध से जुड़ता नहीं है।''

'पाकिस्तान ने भारत पर हमला कर दिया है।' तहसील के रेडियो पर पाकिस्तान के तीसरे हमले की खबर सुनकर मास्टर मोहनाराम गांव की तरफ अपनी साइकिल उठाकर बढ चले। मन में कुछ दुख था, कुछ गुस्सा भी। लोग क्यों नहीं समझते कि युद्ध से किसी को फायदा नहीं होता। मोहनाराम सोचते जाते और साइकिल के पैडल मारते जाते। शाम के साढे चार बज चुके थे। वे जल्द से जल्द घर पहुँच जाना चाहते थे। उन्हें पता था कि घर पर उनकी माँ सुगनी और पत्नी मिसरी साढ़े चार के बाद राह देखने लगती है। अब तो तीन साल का बेटा भास्कर दौड़ा आता और साल भर की बेटी माया साइकिल की घण्टी की आवाज सुनकर दरवाजे तक घुटने-घुटने चलकर आ जाती। साइकिल खड़ी करके वे उसे गोद में उठा लेते। अन्दर दालान में आकर वे अपने पिता कल्याराम की तस्वीर को सिर नवाते जो खुद मोहनाराम ने अपने हाथों से बनाई थी। पिछले बारह तेरह सालों

से वे ऐसा ही करते आ रहे हैं। यह एक नियम सा बन गया है उनके लिए।

पाँच-सात साल की नौकरी के बाद उन्होंने कच्ची झोपड़ी की जगह कड़ी-टुकड़ी का अधपक्का, दो कमरों का मकान बनवा लिया था। आँगन के सामने चूना पुते दोनों कमरों पर नीले फूलों की बेल चढाई थी, मिसरी और उनकी सास सुगनी ने। दोनों कमरों का मुँह पूरब दिशा की तरफ था। उत्तर दिशा की तरफ वाले कमरे में मोहनाराम घुस गए। वहाँ दुनिया जहान की किताबें रखी हुई थी, मोहनाराम ने। वे आलथी-पालथी मारकर बैठ गए और माया को अपनी गोद में बैठा लिया। भास्कर भी तस्वीर के सामने सिर नवाकर उनकी बगल में वैसे ही पालथी मारकर बैठ गया था। वह अपने पिता की बहुत नाटकीय ढंग से नकल करता। कापी उठाकर उन्होंने उसमें आज की तारीख और सन् लिखकर आज हुई दो एक महत्वपूर्ण घटनाएँ दर्ज की। कापी बन्द करने से पहले उन्होंने जहाँ सन् 1971 लिखा था, वहाँ गोल दायरा खींच दिया। भास्कर भी एक कापी पर मोमिया रंग से उसी ढंग से कुछ लिख रहा था जैसे मोहनाराम लिख रहे थे। वे मुस्कुरा गए। इस बीच माया ने भाई के बाल खींचे और खिलखिला कर हँसी। मोहनाराम की नजर आले से नीचे गिरी दो-तीन किताबों पर गई। "तुमने गिराई थी बेटा ये किताबें।" उन्होंने भास्कर की तरफ देखा। भास्कर ने नहीं में सिर हिलाया। माया को एक तरफ बिठाकर वे उठे। तोलस्तोय की 'युद्ध और शांति', गोर्की की 'माँ' और डॉ. अम्बेडकर द्वारा लिखित 'स्टेट एण्ड माइनोरिटी' की जमीन पर गिरी प्रतियों को उन्होंने झाड़कर वापस आले में रख दिया।

"काईं घरां में बी इस्कूल खोलजोगे माटसाब।" यह मिसरी की मीठी शिकायत थी। मिसरी जब उन्हें माटसाब बुलाती तो जैसे उनके कानों में बाँसुरी की सी आवाज आती, उनके मुँह में मिश्री सी घुल जाती।

मोहनाराम छिलवाड़, इण्टरमीडिएट उर्फ माटसाब। सरल स्वभाव, गेहुंआ रंग, दरम्याना कद, मुलायम आवाज। उनमें ऐसा कुछ भी विशेष नहीं था, जो उन्हें गाँव के दूसरे लोगों से कुछ अलग करता। पर अलग तो वे थे ही। गाँव की सातों जात में वे सबसे ज्यादा पढ़े-लिखे थे। चमारों के पाड़े में दानाराम, चिलकाराम, अदमाराम और मेघाराम भी उन्हीं के साथ के पढ़े-लिखे थे पर वे सब तहसील में ही रहते थे। गाँव में चमारों के दो सौ घर थे जिनमें तीसेक घरों के आदमी सरकारी नौकरी में चले गए थे, साथ ही वे गाँव छोड़कर भी चले गए थे। गाँव में दस घर कोलियों के थे, दस-बीस भंगियों और खटीकों के और चार-पांच धोबियों के थे। गाँव में नाई थे, कुम्हार थे, चारण थे, सुथार थे, जोगी थे, ठाकुर थे, ब्राह्मण और बनिए भी थे। गाँव में इनके घरों की संख्या एक-दो से लेकर चालीस-पचास तक थी। जाटों की संख्या भी कम न थी, डेढ-सौ घरों के आसपास थे वे। गाँव से कुछ हटकर मीणों की एक ढाणी थी जिसमें सौ-सवा सौ घर थे। ढाणी का नाम उनके

किसी भलवा नाम के पुरखे पर रखा हुआ था। इसीलिए, इसे भलवा की ढाणी पुकारा जाता था। वे मेहनती और किसानी करने वाले सीधे-सरल लोग थे पर गांव भर में उन्हें चोर कहकर प्रचारित किया हुआ था। मोहनाराम इस साजिश के पीछे की वजह खूब समझते थे पर ज्यादातर वे ऐसे मुद्दों पर चुप ही रहते थे। उन्हें पूरे गाँव में भंगी, चमार, कोली, खटीक, नाई, मीणों और धोबियों के अलावा कोई माट्साब नहीं बुलाता था। इस सबके पीछे साँस लेने वाली वजह को भी वे खूब समझते थे। पर ज्यादातर वक्त वे चुप ही रहते थे।

एक दिन जरूर उन्हें गुस्सा आया था। पर वे उस दिन भी अन्ततः खून के घूँट पीकर रह गए थे। विद्यालय में नए सत्र में ग्यारहवीं में नारायण नाम के लड़के का दाखिला हुआ। यह परिवार तहसील में नया ही आया था। उसने सब छात्रों को भड़का दिया कि मोहनाराम को माटसाब मत बुलाया करो। उसकी देखादेख पहले सभी ब्राह्मण लड़कों ने उन्हें माटसाब कहना बन्द किया, फिर ठाकुरों, बनियों और जाटों के लड़कों ने भी बन्द कर दिया। एक दिन, रामसिंह जाट नाम के ग्यारहवीं के लड़के ने जब सीधे उन्हें उनके नाम से पुकारा तो वे सन्न रह गए। लड़के से मारपीट वे करना नहीं चाहते थे, जानते थे कि इसके बाद गाँव में रहना मुश्किल हो जाएगा। उन्होंने प्रधानाचार्य विष्णुप्रकाश व्यास से उसकी लिखित शिकायत की थी। शिकायत को उनके सामने ही प्रधानाचार्य ने फाड़कर फेंक दिया था, "मोहनाराम पढाबा सीख पहिले, बालकन पर दोष मत रख। पढाएगा नहीं, तो तेरी आरती तो उतारेंगे नई।" मोहनाराम चुपचाप दफ्तर से बाहर निकल आए थे। "साऽऽले ये खटीकड़े पढाएँगे हमें।" प्रधानाचार्य की भुनभुनाहट लौटते हुए मोहनाराम के कान में पिछले सीसे की तरह गई थी।

उस रात वे पहली बार मिसरी के सामने फूट-फूटकर रोए थे। मिसरी ने उन्हें गले से लगाकर बहुत हिम्मत बँधाई थी। उन्होंने नौकरी से इस्तीफा देने का मन बना लिया था। "बहुत अँधेर है मिसरी।" मिसरी के हिम्मत बँधाने से ही सब्र का बाँध टूट गया था। वे बच्चे की तरह पत्नी के गले लगकर रोए थे। आदमी अपनी औरत के सामने ही रोने से हमेशा बचता है पर उसी की छाती से लगकर जब तक वह रो नहीं लेता, तब तक उसका जी भी ठण्डा नहीं होता। औरत और मर्द का यही तो संसार है। मोहनाराम रातभर बेइज्जती के बोझ को मिसरी की छाती से लगकर आँसुओं से हलका करते रहे। मिसरी उन्हें हिम्मत बँधाती रही थी। "अब मैं नहीं कर पाऊँगा नौकरी। अपना काम करूँगा कोई।" मिसरी सुनकर एक पल चुप रही। "याई बात तो वे चाहवै छैं। या करके थम उनरी मदद ई करौ छै।" मिसरी ने सहज भाव से कहा तो वे अपलक मिसरी को देखते रह गए। रात ऐसे ही कट गई।

तहसील से गाँव लौटते वक्त हरनाम सिंह तंवर की ड्योढ़ी मोहनाराम के

रास्ते में पड़ती। तंवर साहब अपनी खाट पर लेटे हुए अक्सर दिख जाते थे। उन्हें फालिज मार गया था। सरपंची छिनने के बाद फालिज ने कोढ़ में खाज की हालत बना दी थी। गाँव के नए सरपंच ईसुरी सिंह जाट बन गए थे। पन्द्रह साल से वे ही गाँव की सरपंची का चुनाव जीतते आ रहे थे। तंवर साहब को देखकर मोहनाराम साइकिल से उतरकर दुआ-सलाम करते। मोहनाराम अपने पिता के साथ भी यहाँ आया करते थे। उनके पिता पैरों से अपनी जूतियाँ और सिर से पगड़ी अपनी कांख में दबा 'पांय लागूं ठाकरसा' करते हुए चौंतरे से नीचे उकड़ूँ बैठ जाते। मोहनाराम तब बहुत अपमानित महसूस करते थे पर पिता का उन्हें अनुसरण करना पड़ता था। एक बड़ा हुक्का चौंतरे पर हमेशा रखा रहता था। यह शान की निशानी था।

तंवर साहब की पुश्तैनी जमींदारी थी, इसलिए बहुत पढ़ना-लिखना उनकी शान के खिलाफ था। अपनी जमींदारी सम्भालने के लिए उन्होंने रामकुमार नाम का एक मुनीम रख छोड़ा था। वे दिनभर उसके पढ़े-लिखे होने को कोसकर अपने कम पढ़े होने की भरपाई कर लेते थे। आजादी के बाद बेटों और खुद उनकी शराबखोरी और अय्याशियों ने उन्हें सड़क पर ला दिया था। घनी भारी मूँछे, मुरेठे वाली पीली पगड़ी और शफ्फाफ धोती कुर्ता उनके सांवले रंग में एक अलग ही रंग भर देता था। खासा लम्बा कद था उनका। गाँव भर की औरतें घूँघट से उन्हें देखती थीं। पर वे लम्पट नहीं थे, जौहरी थे। गाँव के हर हीरे पर उनकी नजर रहती थी। आज वही सरपंच हरनाम सिंह तंवर दस बार पानी के लिए चिल्लाते तो घर से कोई एक बार निकलकर पानी पिलाता।

मोहनाराम खाट के पास पड़े मूढ़े पर बैठ जाते। तंवर साहब के कहने पर वे अन्दर आवाज देकर पानी के लिए कहते। इस बहाने तंवर साहब को भी पानी मिल जाता था। एक गिलास पानी पीकर मोहनाराम उस गिलास को धोने लगते तो तंबर साहब रोकते, 'अरे रहबा दै मोहना।' पर मोहनाराम धो ही देते। "इशां ई आदमी बड़ो बनै छै मोहना।" तंवर साहब लेटे-लेटे ही आश्वस्त भाव से कहते। "तहजीब मोहना तहजीब...तहजीब नई भूलणी चाहिजै।" मोहनाराम इन बातों को खूब समझते थे पर वे चुप ही रहते थे। वे पीतल के उस गिलास को भी खूब पहचानने लगे थे जिनमें उन्हें रोज पानी दिया जाता था। तंवर साहब की घोर बदहाली उनसे छिपी नहीं थी पर वे चुप ही रहते।

वक्त इसी तरह बट्टे खाते लग रहा था। उस दिन मौसम में बहुत उमस थी। जुलाई का महीना दम तोड़ने की कगार पर था। दो दिन पहले ही. हल्की बून्दाबादी हुई थी। मोहनाराम तहसील से गाँव लौट रहे थे। रास्ते में उन्होंने तंवर साहब से दुआ-सलाम भी की। घर आकर बैठे ही थे कि बाहर उनके नाम की आवाज लगी, 'मोहनारामजी', चौधरी साहब ने चौपाल पर बुलायो छै।" मोहनाराम

आवाज पहचान गए थे, यह हरकेस नाई की आवाज थी। जब तक वे बाहर आए, तब तक हरकेस जा चुके थे। हाल ही में सरपंची के चुनावों में चौधरी ईसुरी सिंह जाट फिर सरपंच बने थे। मोहनाराम ने पानी पिया और खाट पर लेट कर कुछ देर पैर सीधे किए। घण्टा-डेढ घण्टा बाद वे सरपंच ईसुरी सिंह के घर पहुँचे।

सरपंच साहब अपने घर के सामने बने चबूतरे पर बड़ी खाट पर बैठे थे। उनकी बगल में पण्डित रामनारायण बैठे थे। उन्हें वहाँ बैठा देख मोहनाराम को कोई अचरज नहीं हुआ था। पुरोहित वर्ग ने हमेशा ताकतवर खम्भे का ही सहारा लिया है, इस देश में। यह उसकी मजबूरी थी, जीवित और सुरक्षित रहने की.. .अपनी थोड़ी जनशक्ति के कारण। वह उस बाहरी कुत्ते की तरह था जो किसी गैर-क्षेत्र में दाखिल हो गया था। ठाकुर हरनाम सिंह तंवर की जगह ईसुरी सिंह जाट ने जरूर ले ली थी परन्तु पण्डित त्रिलोकीनाथ की जगह पण्डित रामनारायण ही ले सकते थे। मोहनाराम पण्डों की इस लोच को खूब समझते थे पर वे ज्यादातर वक्त चुप ही रहते थे। भरत सिंह जाट उनकी ही बगल में बैठे बड़ा सा हुक्का गुड़गुड़ा रहे थे। "क्यों बे मास्टर, गाँव को मेरे खिलाफ भड़काता है तू।" ईसुरी सिंह ठेठ हिन्दी में बोले तो मोहनाराम इस लहजे से थोड़ा आशंकित हुए। अब तक उनकी नजर भी क्या राम पर पड़ चुकी थी। वह उघाड़े पैर एक तरफ धूप में खड़े घोड़े की मालिश कर रहे थे। उन्हें जैसे याद आ गया कि कैसे वे चमारों के पाड़े में सबको समझा रहे थे कि ईसुरी सिंह को वोट देने की बजाय अपना उम्मीदवार खड़ा करो, कि तुम्हारे वोट सबसे ज्यादा हैं। खटीकों के कई घर चमारों के साथ इस मेलजोल के कारण मास्टर मोहनाराम से खार खाए बैठे थे। वे जाटों के साथ थे, जाटों से भी ज्यादा वे पुरोहित रामनारायण के पैरों तले पड़े थे। इसी भीक्याराम ने तब कहा था, "माटसाब, जाकर पहलां खटीकां ने तो समझा लीजो कि वे हमसूँ काईं खातर छोटो बौहार करैं छैं।" बात भीक्याराम की सोलह आने ठीक थी। मोहनाराम निराश हुए थे...इस खाई को देख कर। खटीक सच्चाई से मुँह मोड़े बैठे थे। 'पागलाँ के साथ पागल ना बणा जाता, भीक्याराम...जिम्मेदारी उसकी जो समझे। उणको अगर आज अपनी सही जगह नहीं पता लग रही तो देर-सवेरे जरूर लगेगी। शुरूआत तो बड़न कू ही करणी होगी। हरकत में ही बरकत होवे छै भाया।' वे जानते थे जिस जाति ने भी थोड़ी तरक्की की, उसने अपने नीचे एक कमजोर जाति ढूँढ ली थी। जाति मजबूत हुई थी और व्यवस्था उससे भी ज्यादा मजबूत हो गई थी। जातियों के ताकतवर होने से शोषण कम भले हुआ था पर मनों में नफरत जस की तस बनी हुई थी। जाटों के लिए आज भी पुरोहितों के मन में कहाँ प्यार है...यह उसका आपद धर्म ही है बस।

"हरामी की औलाद", साले...नीच...तेरा बाप जब तक जिया, तब तक मेरे सामने उसकी सीधे खड़े होने की हिम्मत नहीं थी...और तू।" वे गुस्से से कांप

रहे थे। ''तेरी ये मजाल हमारे खिलाफ खड़े होने की हिम्मत करे।'' ईसुरी सिंह खाट से खड़े हो गए थे, गुस्से से दाँत पीसते हुए। ''चौधरी साहब, प्यादो भयो जो फरजी तो टेढो-टेढो जाय। चाल सीधी करो, कहीं सिर पर मूतने लगे। सूदर लात से मानता है।'' यह वार रामनारायण का था। मोहनाराम के मास्टर बन जाने वाले दिन से ही उनके पेट में मरोड़ उठ रही थी। आज का मौका अगली-पिछली कसर निकालने के काम लिया था उन्होंने। इतना सुनना था कि चौधरी ईसुरी सिंह चबूतरे से गालियाँ बकते हुए नीचे कूदे और मोहनाराम को जमीन पर खींचकर गिरा दिया। मोहनाराम उठे और तीन-चार मुक्के ईसुरी सिंह के मुँह पर दे मारे। ईसुरी सिंह की नाक पर ज्यों ही एक मुक्का पड़ा, उनकी नकसीर फूट गई। खून देखकर ईसुरी सिंह एकदम सन्न रह गए। वे नाक पकड़कर एक कोने में खड़े हो गए। 'हराऽऽमखोर' की तेज गर्जना सुनकर मोहनाराम मुड़ने को हुए ही थे कि लाठी का एक भरपूर वार माथे पर हुआ था। अगर वे न मुड़ते तो वार उनकी गुद्दी के आसपास होता। वे चिल्लाकर वहीं लुढक गए, उनकी तेज चीख सुनकर पेड़ों पर बैठी कमेड़ियाँ उड़ गई। जमीन पर पड़े-पड़े,नीम-बेहोशी में भी वे अपने शरीर पर लात-घूँसों के वारों को महसूस कर रहे थे। उन्हें ये चोटें बहुत दूर किसी देह पर पड़ती महसूस हो रही थी। क्या यही है वह जो देह से अलग है; उन्होंने सोचा था। बहुत देर बाद वे जमीन से उठे, दूर पड़ी अपनी टूटी ऐनक उठाई, कुर्ता झाड़ा और भारी कदमों से घर लौट आए। उसके हफ्ते भर बाद ही मोहनाराम गाँव छोड़कर शहर चले गए थे।

''उत्तरार्द्ध पूर्वार्द्ध से जुड़ भी सकता है, वही पटकथा का अन्त भी कर सकता है। नयी पटकथा पूर्वार्द्ध पर निर्भर करती है।''

भास्कर ने छात्रावास की छत पर खड़े होकर नीले आसमान को निहारा था। 'यह हमारा है।' सुजाता की तरफ देखते हुए उसने कहा। एम.बी.ए. का यह उनका आखिरी साल था। एम.बी.ए. करने से पहले वह एनिमल हस्वैंडरी में एम.एस.सी. भी कर चुका था। मण्डल कमीशन के विरोध में जब लोग सड़कों पर उतर आए थे, तब वह एम.एस.सी. फाइनल की परीक्षाएँ दे रहा था। उसे आत्मदाह करने वाले छात्र के लिए बहुत दुख हुआ था। उसने घायल छात्रों की खातिर लगे ब्लड कैम्प में एक यूनिट खून भी दिया था। पर वह मीडिया के नजरिए से हतप्रभ रह गया था। पूरे देश में चार-पाँच भी आत्मदाह नहीं हुए थे और मरा तो कोई भी नहीं था पर मीडिया दिखा रहा था कि पूरा देश जल रहा है। क्या इन्हीं मुट्ठी भर लोगों से यह देश बना है—भास्कर घण्टों सोचता। उसे पहली बार अपने समाज के लिए भी मीडिया की बहुत जरूरत महसूस हुई थी।

"कहाँ से कहाँ तक।" सुजाता ने मुस्कुराते हुए पूछा था। सुजाता को भास्कर की ऐसी बातें बहुत अच्छी लगती थी। एम.बी.ए. में वह उसकी क्लासमेट थी और उम्र में उससे दो साल छोटी थी परन्तु समझदारी में वह किसी से कम नहीं थी। पिछले साल के बैच की वह टॉपर थी। दूसरे स्थान पर आनन्द कर्दम और तीसरे पर प्रकाश माथुर रहा था। भास्कर का स्थान सातवां रहा था। सुजाता के पिता दिल्ली नगर निगम में सफाई कर्मचारी के पद पर भर्ती हुए थे। दलित सामाजिक संगठनों के सम्पर्क में आने के कारण उन्होंने पहले बारहवीं और फिर बी.ए. की परीक्षा पत्राचार से उत्तीर्ण कर ली थी। निगम की डिपार्टमेण्टल परीक्षा में बैठकर वे क्लर्क बन गए थे। तीन बहनों और एक भाई के परिवार में सुजाता दूसरे नम्बर पर थी। उससे बड़ी अनीता दिल्ली प्रशासन के एक विद्यालय में संस्कृत की व्याख्याता लग गई थी।

"वहाँ से वहाँ तक।" भास्कर ने क्षितिज के एक छोर से दूसरे छोर तक इशारा किया था।

"और मेरा हिस्सा?" सुजाता के इस सवाल से भास्कर का विचारक्रम टूटा था। उसकी नजरें सुजाता की नजरों से मिली। यह एक बड़ा सवाल था। वह जानना चाहता था कि क्या यह वह यूँ ही पूछ रही है या वाकई उसकी अपनी गरिमा ने उसे यह पूछने पर मजबूर किया है। सुजाता के चेहरे पर सिर्फ मुस्कुराहट थी।

"यह हमारा है, मेरी चन्दा। हम दोनों का। तुम्हारा भी, मेरा भी। एक न्यूनतम साझा कार्यक्रम, पूरी जिम्मेदारी के साथ।" उसने सुजाता के गोरे चेहरे को अपनी हथेलियों में चाँद की तरह ही भर लिया था। सुजाता के चेहरे पर अब भी सिर्फ चाँदनी की तरह फैली उजली मुस्कुराहट थी। भास्कर की यही बातें तो उसके मन को भाती थी, वरना उसे अपनी पढ़ाई से फुर्सत ही कहाँ मिलती थी। भास्कर की यही बातें उसे ताकत देती थी, लड़ने की, जीने की और जीने के लिए लड़ने की भी।

"यही मेरा सपना है सुजाता...हमारा शासन।" भास्कर की आँखों में कोई ठण्डा सपना ही था जिसकी एक कोर भी वह छोड़ना नहीं चाहता था। उसकी आँखें आसमान के किसी अनन्त में अटकी हुई थी।

"उनका भी तो यही सपना है...उनका शासन।"

"नहीं...उनके और हमारे सपने में बहुत बड़ा फर्क है। हमारे सपने में सबके लिए परमपद है। एक नहीं...सब बड़े।" भास्कर की आवाज में तल्खी थी। "बच्चा भी उतना ही बड़ा है जितना बूढ़ा।" भास्कर ने कहा तो वह खिलखिला कर हँस पड़ी, "परमपद...! फिर तो हमें भी कोई परेशानी नहीं होगी।"

"किसी को भी कोई परेशानी नहीं होगी। न तुम्हें, न हमें, न उनको। हमारी जड़ों में रैदास हैं, कबीर हैं, सदना हैं, सेना हैं...वे सब गैर-बराबरी के खिलाफ हैं। उनकी जड़ों में वेद है, इन्द्र है, पातंजलि है, शंकर है, वे सब बराबरी के खिलाफ

हैं। पिताजी बताते थे। स्कूल से लौटने के बाद, शाम के वक्त वे अक्सर बातें सुनाते हुए भजन सुनाने लगते थे। अम्मा भी भजन गाती थी। माँ भी कभी-कभार बैठ जाती थी पर ज्यादातर वह काम में लगी होती थी। पिताजी की आवाज बहुत मीठी थी, उनका गला एकदम अम्मा पर पड़ा था।'' भास्कर अतीत की सुरंग में प्रवेश कर गया था। वह अँधेरी सुरंग नहीं थी...वहाँ सन्तों के भजनों की करोड़ों मणियों का आलोक अमृत बनकर बरस रहा था।

''भाऽऽकर...!'' प्रवेशद्वार के पास से सुजाता की बहुत क्षीण आवाज सुनाई पड़ी थी उसे, वह लौटा था...वहीं। सुजाता की आँखों में उसने झाँका तो पाया कि वह बहुत बेचैनी से उसे देख रही है। एक उम्मीद थी उसकी आँखों में... झिलमिलाती सी। ''कहाँ खो गए थे...क्या घर याद आया?'' उसके चेहरे पर सवालों का स्याहपन गहराया था। ''एक शबद पास आकर गुनगुना रहा था, वही खींचकर ले गया। सुनोगी?'' सुजाता के चेहरे से सुबह की उजास फूटने लगी थी। उसने धीमे से सिर हिलाया था, और कोई वक्त होता तो भास्कर उसके इस तरह हाँ कहने पर विभोर हो जाता, पर आज वह किसी और प्रेम के अमृत की खुमारी में था। ''कुछ पंक्तियाँ याद हैं मुझे।'' फिर वह बिना लय के गद्य में सुनाने लगा। ''अवधू बेगम देस हमारा। राजा-रंक-फकीर-बादसा, सबसे कहूँ पुकारा। जो तुम चाहो परमपद को, आवो देस हमारा।...और भी कुछ था। अपने सारे तनाव, अवसाद छोड़ दो...कुछ ऐसा ही...आखिर में था, 'कहे कबीर सुनो हो प्यारे, सत्त धरम है हमारा।' क्या यह वही सपना नहीं है सुजाता जो बाबा साहेब ने डेमोक्रेसी के माध्यम से देखा था।'' वह पलभर रूका था। ''मुझे बहुत खेद है, पर सच तो सच है. ..इन्सान की गरिमा का ख्याल जैसा फ्रांस, अमरीका और ब्रिटेन में है, कहीं नहीं है। यहाँ तो जिसकी लात में जोर है, उसकी इज्जत है।'' ''आदमी की गरिमा के लिए तुम क्यूबा, वेनेजुएला और उत्तरी कोरिया को कैसे भूल सकते हो?'' सुजाता ने जैसे उसे ठीक किया। ''और हमारे देश जैसा कोई देश नहीं है इस धरती पर।'' सुजाता ने बात पूरी की थी। ''कितना अच्छा होता कि हमारी कोई अलग पहचान होती। फिर हमारे लोग पढ़-लिखकर खुद को छिपा तो नहीं पाते। यह अलग पहचान हमें जल्दी मजबूत और एक भी करती और लक्ष्य तक पहुँचने में सहायता भी।'' भास्कर की आँखें आसमान में थी और नीला आसमान उसकी आँखों में था।

''जैसे अमेरीका में रंग की वजह से ब्लैक लोगों ने ताकत पाई।'' सुजाता उस नीले आसमान के विस्तार में उसके साथ ही उड़ान पर थी। ''कहीं पुरानी कहानियों में सींग लगाने वाले राक्षस हमारे पुरखे ही तो नहीं थे। क्या पता वे इस अलग दिखने की ताकत से परिचित थे पहले से।'' ''शायद!'' भास्कर ने जैसे अपने और सुजाता के चारों ओर अपने पुरखों की खुशबू महसूसी थी।

दिन ऐसे ही निकलते हैं जैसे पलकें झपकती हैं। एम.बी.ए. की फाइनल

परीक्षाओं में सुजाता ही प्रथम स्थान पर रही थी। आनन्द कर्दम अपने दूसरे स्थान पर ही रहा परन्तु प्रकाश माथुर भी दूसरे स्थान पर उसका साझीदार हो गया था। तीसरे स्थान पर स्मिता गोयल और ऋचा चोपड़ा ने जगह बनाई। भास्कर सर्वोतम दस में ही रहा। इस 'बेस्ट टेन' का 'स्पाट सलेक्शन' हुआ था। केम्पस में आकर ही विभिन्न कम्पनियों ने उनका चयन कर लिया था।

यह दिसम्बर 1993 का साल था। भास्कर को मेहता एण्ड मेहता कं. लि. में असिस्टेण्ट मैनेजर के पद पर काम करते हुए आठ महीने बीत चुके थे। ब्रान्च मैनेजर एन. डी. शुक्ला उसकी क्षमताओं और कल्पनाशीलता के बहुत प्रशंसक थे। बोर्ड ऑफ डायरेक्टर्स की बैठक में वे उसकी काबिलियत की बहुत तारीफ भी करते थे। भास्कर को तीन सीटों का काम उन्होंने दे रखा था। जिसे वह बखूबी पूरा कर देता था। शाम तक वह एकदम निढाल हो चुका होता था। कम्पनी में असिस्टेण्ट मैनेजर इब्राहिम अहमद ही उसका सबसे करीबी दोस्त बना था।

आज उसने लन्च के लिए जब इब्राहिम से पूछा तो वह टाल गया। भास्कर ने सोचा था कि शायद उसकी तबियत ठीक नहीं है। उसने तबीयत के बारे में पूछा तो वह बोला, "तुम खा लो, आज मेरा फास्ट है।" इब्राहिम गुमसुम था। "नहीं आज मेरा भी फास्ट ही समझो। क्या रमज़ान का महीना चल रहा है?" भास्कर ने पूछा तो वह बहुत मायूस आवाज में बोला, "नहीं, पिछले साल आज ही के दिन बाबरी मस्जिद ढहाई गई थी।" इब्राहिम कहकर चुप हो गया था।

भास्कर उसके दुख में एक साथी की तरह शामिल था। वह जानता था कि यह मस्जिद नहीं ढहाई गई थी बल्कि भारत के मुसलमानों की गरिमा को ध्वस्त किया गया था। वह यह भी जानता था कि ठीक इसी तरह उन्होंने हमारे घर जलाकर या हमारी औरतों को बेइज्जत करके हमारी गरिमा और आत्मसम्मान को ध्वस्त किया था। इब्राहिम की आँखों में दर्द था और डर भी। बाबा साहेब अम्बेडकर का निधन भी इसी तारीख को हुआ था। क्या इसीलिए उन्होंने इस दिन को मस्जिद ढहाने के लिए चुना था? भास्कर की चेतना में एकबारगी विचार चमका था। भास्कर कई सालों से आज के दिन निराहार रहता आया है। अपने पिता मोहनाराम से ही उसने यह भी सीखा था...अपने पुरखों की निरन्तरता को बनाए रखना।

इसी तरह साल-सवा साल भास्कर को काम करते हुए निकल गया। एक दोपहर इब्राहिम ने उसे टोका, "शादी के बारे में क्या सोचा है।...देखो यार मैं साफ-साफ बात करने वाला इन्सान हूँ। शुक्लाजी की एक बेटी है, एक बेटा है। बेटा तो शायद विदेश में है। पर बेटी यहीं किसी कॉलेज में एड.हाक लेक्चरार है, जल्दी ही परमानेण्ट हो जाने वाली है। पर वो...यार क्या बताऊँ...यार तुम लोगों में ये कास्ट का बड़ा चक्कर है। वो तुम्हारी कास्ट जानना चाहते हैं पहले।" भास्कर ने सुजाता के बारे में इब्राहिम को साफ साफ बता दिया था। इसी बातचीत में

उसने अपनी जाति भी इब्राहिम को बता दी थी। चूँकि इस कम्पनी में कोई किसी से किसी की जाति पूछता नहीं था, इसलिए आज तक उसकी जरूरत भी नहीं पड़ी थी।

इस बात को हुए एक महीना गुजर गया। इस बीच एन.डी. शुक्ला का व्यवहार बदलता चला गया। भास्कर उन्हें 'विश' करता तो वे आमतौर पर अनदेखा कर देते या जवाब देते भी तो पहले जैसी मुस्कुराहट के साथ नहीं। वे बिना बात भास्कर पर झल्लाते। भास्कर यह सब समझता था पर सही मौके की तलाश में वह चुप ही रहा।

एक दिन कम्पनी चीफ डायरेक्टर घनश्याम भाई मेहता ने उसे अपने ऑफिस में बुलाया। भास्कर को मन में कुछ सन्देह हुआ था। ऑफिस में मेहता जी के साथ एन.डी.शुक्ला को बैठ देख उसकी आशंका यकीन में बदल गई। "प्लीज, सिट डाउन भास्कर।" मेहताजी ने इशारा किया था। भास्कर आराम से कुर्सी पर बैठ गया। उसने मन-ही-मन अपने विचारों को संयमित कर लिया था। "मि. भास्कर, यू आर एन एफीशियण्ट ऑफिसर, पर सुना है आप दूसरे आफिसर्स को 'डिसओबे' करते है।" यह मेहता जी का रूखा स्वर था। "यह बेबुनियाद है सर। अगर ऐसा था तो मुझे कोई मेमो दिया जाना चाहिए था।" भास्कर ने अपने क्रोध पर काबू रखते हुए कहा। "हमें कानून मत सिखाओ।" यह एन.डी. शुक्ला का खीज भरा स्वर था। "कण्ट्रोल योर सैल्फ पण्डित जी, लुक भास्कर हमें कम्पनी चलानी है। कम्पनी में हमें झगड़े नहीं, हारमनी चाहिए।" यह मेहताजी का संयत स्वर था।

"मैं ख्याल रखूँगा, सर।" भास्कर ने संक्षिप्त सा जवाब दिया।

"सऽऽर...!" एन.डी.शुक्ला फुसफुसाए, जैसे मेहता जी कुछ भूल रहे हों। "और हाँ...कल एक नए असिस्टेण्ट मैनेजर ज्वाइन कर रहे हैं। उन्हें काम समझा दीजिए। आप अगले महीने तक हमारी कम्पनी में है।" मेहता साहब के शुष्क स्वर में व्यवसायिक लहजे के अलावा कोई लिहाज नहीं था। "हमें कम्पनी चलानी है। मि. भास्कर, छोटे-छोटे झगड़ों में हम वक्त ज़ाया नहीं कर सकते।"

भास्कर ऑफिस से बाहर निकल आया था। आते वक्त उसकी शुक्लाजी पर नजर पड़ी थी। उनके चेहरे पर वही चिर-परिचित मुस्कुराहट थी, जीत की मुस्कुराहट...वर्चस्व की मुस्कुराहट। उसे याद आया कि उसने यही मुस्कान दूरदर्शन की एक वाइल्ड लाइफ डाक्यूमेण्टरी में एक बूढ़े सियार की आँखों में भी देखी थी। उस शाम वह ऑफिस से घर जल्दी लौट आया था। इब्राहिम से भी उसने बात नहीं की थी। शायद उसे यह सारा वाकया पहले से पता था।

शहर की बहुमंजिला इमारत की दसवीं मंजिल से भास्कर लिफ्ट से नीचे उतरकर शहर की भीड़ का एक हिस्सा बन गया। दसवीं मंजिल पर बने अपने दफ्तर से निकलने से पहले उसने दो-एक फोन किए थे। इसमें एक फोन उसने

सुजाता को और दूसरा प्रणव मिश्रा को किया था। सुजाता फोन पर मिल गई थी, वह अपने दफ्तर में ही थी। प्रणव आज छुट्टी पर था और अपने मम्मी-पापा के साथ घर पर ही था। भास्कर ने अपनी नौकरी से इस्तीफा देने की सूचना देते हुए घर आने की बात कही थी। उसकी आवाज में हताशा थी और उससे भी ज्यादा अपमानित होने की चोट।

सड़क पर आते ही उसे तेज गर्मी भभका लगा। सूरज सिर पर चमक रहा था। तारकोल की सड़क तप रही थी। दफ्तर के एयर कण्डीशनर की वजह से जैसे वह भूल-सा गया था कि बाहर अब भी लू चल रही होगी। दसवीं मंजिल से उतरते ही जैसे उसे असलियत का अहसास हुआ। वह फुटपाथ पर पेड़ों के साथ-साथ चलता हुआ ऑटोस्टैण्ड तक पहुँचा। शाम के चार बजने को थे पर गरमी में कोई नरमी नहीं थी। अधिकतर आटोरिक्शा वाले आटोरिक्शा की पिछली सीट पर पड़े ऊँघ रहे थे। पाँच-सात मिनट की झिकझिक और मिन्नत के बाद एक ऑटोवाला दस रुपये ज्यादा पर चलने को तैयार हुआ। भास्कर को दुःख और झुँझलाहट में भी डा. अम्बेडकर की कही बात याद आई थी जो उन्होंने श्रमिकों के भी निरंकुश हो जाने के विरोध में कही थी।

कमरे पर आते ही उसने सबसे पहले एयरकण्डीशनर चालू किया और फिर कपड़े उतारकर कुछ देर यूँ ही लेटा रहा। दस-पन्द्रह मिनट बाद जैसे उसे पानी पीने का होश आया था। उसने फ्रिज से कोकाकोला निकाली और एक ही साँस में गटागट पी गया। वह फिर से बिस्तर पर पड़ गया। गद्दा फर्श पर बिछा हुआ था। घर के ड्राइंग रूम में सोफे थे पर बेडरूम में उसे पलंग की जगह जमीन पर बिछे गद्दे ही अच्छे लगते थे। यह गद्दा किसी कम्पनी का था...जिसका दावा 'सुहावनी नींद' था, पर आज भास्कर को उस पर लेट कर भी सुकून नहीं मिला था।

दो दिन की डाक सामने टेबल पर उदास पड़ी थी। दो दिनों से वह डाक देखने की फुर्सत भी नहीं निकाल पाया था। पर अब भी उसका मन नहीं हुआ। वह बिस्तर पर पड़ा ही रहा। इसी तरह करवटें बदलते-बदलते घण्टा-आधा घण्टा बीत गया। तभी डोरबेल बजी। उसने उठकर दरवाजा खोला। दरवाजे पर प्रणव मिश्रा खड़ा था। ''क्या बात हुई।'' प्रणव ने घुसते-घुसते ही सवाल दागा। भास्कर कुछ नहीं बोला। वह वापस चुपचाप वैसे ही लेट गया। प्रणव ने फ्रिज खोला और उसमें रखी बीयर की बोतल उठाकर ओपनर से खोल ली। ''पिएगा।'' उसने भास्कर की तरफ देखा। उसके लहजे में बहुत बेतकल्लुफी थी। उसने भास्कर की हाँ-ना का इन्तजार किए बगैर ही बोतल को मुँह से लगा लिया। ''सुजाता भी आने वाली है अभी।'' भास्कर ने यह बात जाने क्यों कही। शायद वह प्रणव को अहसास कराना चाहता था कि वह सुजाता के आने की वजह से नहीं लेना चाहता या वह चाहता था कि प्रणव जल्दी से इसे खत्म करे या शायद वह प्रणव को यह याद

दिलाना चाहता था कि सुजाता यह सब पसन्द नहीं करती। इसके अलावा भी कई शायद हो सकते थे या शायद एक भी शायद नहीं था, यह बस अनायास निकल जाने वाला एक निरर्थक जुमला ही था।

"तेरा कॉल आया क्या, केलिफोर्निया वाली कम्पनी से?" प्रणव अब जानबूझकर उसके इस्तीफे के बारे में बात करने से बच रहा था। वह समझ रहा था कि उसे सलाह की नहीं सिर्फ साथ की जरूरत है। दुख अकेले होने से बढ़ जाता है। दुख में आदमी संकुचित हो जाता है, आत्महंता हो जाता है। सेडिस्ट हो जाता है। अच्छा हो कि दुखी होने पर आदमी ज्यादा सामाजिक हो। क्या यही दुख का रचनात्मक रेचन नहीं हो सकता? प्रणव एम.एस.सी. से उसके साथ है। दोनों ने साथ-साथ ही एम.बी.ए. करने का फैसला लिया था। दोनों आगे-पीछे ही सर्वोत्तम दस में रहे थे। केलिफोर्निया वाली कम्पनी के लिए दोनों साथ-साथ ही इण्टरव्यू के लिए गए थे। प्रणव ने ही बताया था उसे, उस बारे में। प्रणव के साथ कभी जाति आड़े नहीं आई थी। प्रणव वेज-नॉनवेज का भी ख्याल नहीं करता था। "जो पचे वो खाओ। जिसके पचे, लम्बी डकार लो। मुझे पालक नहीं पचता डियर," प्रणव ने नाहरी गटकते हुए कहा था। भास्कर ने बताया था "यह बीफ है, प्रणव।" वह ठहाका लगाकर हँसा था, "सो व्हाट, इतिहास के बोझ से आजाद रहने से ही उड़ान लम्बी और हल्की होती है मेरे दोस्त।" भास्कर उस दिन चुप रह गया था पर वह मानता था कि इतिहास के बोध के बिना भविष्य की रूपरेखा नहीं बन सकती।

"तुम्हारा 'क्वालिफाई' हो गया?" भास्कर के चेहरे पर एक छोटा-सा सवाल उगा था। "तभी चहक रहे हो।" प्रणव के चेहरे पर आई मुस्कुराहट को पढ़कर उसने कहा।

"इस साले फटीचर देश में कौन रहेगा। आदमी की, उसके टेलेण्ट की कद्र नहीं है इस देश को। 'करप्ट' न होना चाहो तो भी होना पड़ेगा या बेमौत मारे जाओगे। मैं तो बस जाने वाले दिन का इन्तजार कर रहा हूँ यार।" प्रणव की आवाज में उतावली थी और चेहरे पर आभा। भास्कर ने कोई जवाब नहीं दिया। "आज घर पर कैसे थे।" उसने कुछ पल बाद पूछा।

"अरे यार, फादर रिटायर हो गए थे...पिछले महीने...तुम्हें बताया था न, दादाजी गाँव से आए हैं, वे चाहते हैं कि गाँव में ही और जमीन खरीदी जाए। फादर को भी कोई ऑब्जेक्शन नहीं है।" प्रणव ने एक घूँट बीयर का गटका। "बट ममा का कोई मन नहीं है। दादाजी कई साल गाँव में 'हैड' भी रहे हैं, वो क्या कहते हैं...सरपंच।" उसने ठहाका लगाया था। "सरपंच...दुनिया चाँद पर जा रही है, ये पंचायत लगाएँगे। और तो और एक मन्दिर बनाना चाहते हैं, घर के आगे। कहते हैं इससे रसूख बढ़ेगा, एकदम अब्सर्ड। इण्डियन्स आर टेकनोलोजिकली

बेकवर्ड।'' भास्कर चुप ही रहा। मन्दिर की बात सुनकर एक अजीब सी कड़वाहट उसने अपनी चेतना में महसूसी थी। वह मानता था कि मन्दिरों ने पुरोहितों की इस व्यवस्था को आर्थिक सम्बल दिया है। क्यों भारत में मन्दिरों का सरकारीकरण नहीं हुआ...इससे सरकार को रेवेन्यू मिलता। वह यह भी मानता था कि कुछ सालों में पुरोहित मन्दिरों में भी ब्राह्मणेतर जातियों को आरक्षण देने पर राजी हो जाएँगे। इससे पण्डों को थोड़ा और क्षणिक नुकसान जरूर होगा पर व्यवस्था बची रहेगी। बड़ी चीज व्यवस्था का बचे रहना ही है। फिर उसे पिता की बात याद आई थी कि संघर्ष पण्डितों से नहीं पण्डों से रखना है।

क्या पण्डित तो खुद भी पण्डों के शिकार नहीं हैं? जैसे पाँच सौ साल पहले यूरोप में ईसाई चर्च के शिकार थे या हजार साल पहले बौद्ध उपासक भिक्षुओं से परेशान थे। प्रणव बहुत देर तक इधर-उधर की बातें करता रहा। प्रणव ही बोलता रहा, वह ज्यादातर 'हाँ-हूँ' में जवाब देता रहा। ''चलता हूँ, फिर आऊँगा।'' प्रणव की आवाज भास्कर को उसके जाने के कुछ पल बाद सुनाई दी थी। भास्कर कहीं और भी था और प्रणव तब तक कमरे से बाहर जा चुका था। उसकी कार के स्टार्ट होने की आवाज भी भास्कर ने कमरे में सुनी थी। उसे तो बस सुजाता का इन्तजार था जिसके गले से लगकर वह अपनी छाती हलकी कर सकता था।

फोन तो चलते वक्त उसने सुजाता को किया था पर जाने क्यों सुजाता आई नहीं। सुजाता जिस बहुराष्ट्रीय कम्पनी में काम करती थी, वह एक अनुशासित कम्पनी थी। उसका ब्रांच मैनेजर हेनरी फिशर, एक अँग्रेज था। वह जानती थी कि वह काम के मामले में कोई 'इनडिसिपिलन' पसन्द नहीं करते। पर आज उसने उनसे दो घण्टे की 'शार्ट लीव' माँगी थी और उन्होंने मना नहीं किया था। हेनरी फिशर के 'फिशर' सरनेम के बारे में शुरू-शुरू में सुजाता सोचती थी कि हमारे यहाँ क्यों किसी हेनरा मल्लाह या मोची के लिए ऐसा आदर नहीं है, जैसा हेनरी फिशर या जेम्स शूमेकर अँग्रेज के लिए उनके मन में है। वह जानती थी जिस देश में मेहनत को हिकारत मिलेगी, वह देश कभी आजाद रह ही नहीं सकता।

जन सुजाता भास्कर के कमरे पर पहुँची, भास्कर दो दिन पहले आई डाक देख रहा था। सुजाता चुपचाप उसके साथ, उसकी बगल में आकर बैठ गई। न वह कुछ बोला, न उसने कुछ जवाब दिया। एक मौन बातचीत दोनों के बीच होती रही। ''सब ठीक हो जाएगा।'' सुजाता ने कहा। ''यह देखो।'' भास्कर ने डाक में से एक पत्र उठाकर उसकी तरफ बढ़ाया। सुजाता ने पत्र खोला और पढ़ गई। यह यू.एस.ए. की उसी मल्टीनेशनल कम्पनी की तरफ से भेजा गया नियुक्ति पत्र था जिसमें भास्कर और प्रणव ने आवेदन किया था। ''क्या केलिफोर्निया ही जाना होगा।'' सुजाता का स्वर उदास था। भास्कर ने आँख के इशारे से 'हाँ' किया।

''तुम यहीं कोई बिजनेस क्यों नहीं करते? मैं तुम्हारे साथ हूँ...कोई और

नौकरी की जा सकती है।'' भास्कर के कानों में दादी के गाए गीत की पंक्ति चमकी थी, 'रहना नहीं, देस बिराना है।'

''इट इज डार्क, मेरी चन्दा।'' भास्कर ने सुजाता का चेहरा अपनी हथेलियों में चाँद की तरह भर लिया था।

''ऐसे नहीं हारा करते भास्कर, भोर तो तुम्हें लानी होगी।'' सुजाता की आँखों में झिलमिलाहट थी, प्रेरणा थी और फौलादी हौसला भी। ''यह हमारी जिम्मेदारी है...क्या नहीं?'' भास्कर उसके चेहरे को देखता रहा, जैसे मन-ही-मन पूछ रहा हो कि तुम कौन हो सुजाता? मेरी इतनी अपनी? सुजाता की आँखें भास्कर की आँखों में अपनी बात की प्रतिक्रिया ढूँढ रही थी पर वहाँ उदासीनता देख वह कुछ उदास हुई। ''हुआ कैसे यह सब।'' उसने बात बदली।

''वही शुक्ला।'' भास्कर ने संक्षिप्त सा जवाब दिया। उसके स्वर में बेहद कड़वाहट थी।

''सब मेरी वजह से हुआ...अच्छा होता कि तुम उसकी लड़की से शादी कर लेते।'' सुजाता ने गहरी साँस छोड़ी।

''क्यों बेकार की बात करती हो, यह सब कास्ट का मामला है।'' उसकी आवाज में खीज थी। स्वर धीमा होने के बावजूद उसकी कड़वाहट कम नहीं हुई।

''और अगर वे लोग कास्ट पर भी एग्री हो जाते तो...।'' सुजाता बोलते-बोलते एक पल रुकी। इस एक पल में भास्कर ने सुजाता की तरफ देखा, उसके चेहरे पर सजगता खिल रही थी और कहीं एक मुरझाई सी अधिकार भावना भी थी। ''मतलब तुम कर लेते न।''

''इतना जोर क्यों देती हो दिमाग पर, इण्टेलीजेण्ट गर्ल!'' भास्कर हल्के से मुस्कुराया। ''यही सवाल अगर मैं तुमसे करूँ तो?''

''नहीं सवाल पहले मैंने किया और सामने तुम्हारा मामला है।'' उसकी सजगता उसकी आवाज में दृढ़ता बनकर उतरी थी।

''मैं तुम्हारे लिए ही आया हूँ सुजाता...सिर्फ तुम्हारे लिए और तुम...?'' भास्कर ने उसकी हथेलियों को अपनी हथेलियों से दबाया। हथेलियों की ऊष्मा पाकर सुजाता के मन में जम रही बर्फ पिघलने लगी।

''भास्कर...मैं तुम्हारे बिना...मैं मर जाऊँगी...आइ विल कमिट सुसाईड...फिर मिलूँगी...तुम्हें ही...अगले जन्म में!'' सुजाता की आवाज कई बार टूटी। शायद उसका गला भर आता था जिसे हलके से खखारकर या अन्तराल देकर वह साफ करती थी। उसकी आँखों में नमी थी। यह अप्रत्याशित भावुकता प्रत्याशित प्रेम का ही नतीजा थी।

''ऐसा कभी मत कहना।'' सुजाता की हथेलियाँ अब भी भास्कर के हाथों में थी।

"हम क्यों मरेंगे...यह संसार मर जाएगा तो भी हम नहीं मरेंगे। हम जिएँगें. ..जिन्दगी तो यूनानी दार्शनिकों की उस बहती नदी की तरह है जिसमें सिर्फ एक बार उतरा जा सकता है। तुम भी पुरोहितों के इस अंताक्षरी नुमा खेल से चकरा गई...यह मूर्ख खेल है, पुनर्जन्म का बेतुका खेल। हम जिन्दगी के खेल को खेलेंगे ...मौत को नहीं। उनका यह बेतुका खेल, जिन्दगी से भागना सिखाता है, संघर्ष करना नहीं। वह एक अनिश्चित बेहतर जीवन की मूर्खतापूर्ण आस में हमें उपलब्ध जीवन की हत्या सिखाता है। वह हमें आत्महन्ता बनाता है...वह हमें रोगी बनाता है, पापी बनाता है। फिर कभी सुसाईड की बात नहीं करना, वायदा करो। सुजाता ...वायदा करो, यह मूर्खता कभी नहीं करोगी।"

"नहीं करूँगी, कभी नहीं!" कहकर सुजाता उसके गले लग गई। उसे अपनी सार्थकता का अहसास हुआ था। उसे यह भी अहसास हुआ कि वह है...जरूरी है और जब तक साँस की आखिरी कोर भी छाती के अन्दर है, तब तक जरूरी बने रहना है। मरता वही है जो निरर्थक हो जाता है, गैर जरूरी हो जाता है।

"मौत एक घटना है सुजाता बस...।" भास्कर ने सुजाता के चेहरे को अपनी दोनों हथेलियों से थामकर अपने चेहरे के सामने किया। "एक सत्य घटना, इस सच से हमें ताकत मिलनी चाहिए न कि यह हमारी सारी ताकत को सोखने का कारण बने। और देखो, यह गाढ़ा सच हम रोज देख रहे हैं, तब तो हमें अपने जीने की ताकत और मौत की तरफ उदासीनता को और बढ़ा देना चाहिए। मौत एक सच है, जीवन भी एक सच है...दोनों ही सम्भावनापूर्ण सच हैं...जब तक जीवन है, हमें उसकी एक-एक बून्द निचोड़ लेनी चाहिए। अगर हम मौत सीखेंगे तो सूफियों से सीखेंगे और जिन्दगी सीखेंगे तो सन्तों से सीखेंगे।" सुजाता एक अन्तरंग साथी की तरह भास्कर को सुन रही थी। उसके चेहरे पर वही अमृतपूर्ण आलोक बरस रहा था जिसे लोग सामान्यतः प्रेम कहते हैं, वही आलोक भास्कर की आँखों में रोशन था। "तय करो सुजाता कि हम जिम्मेदार जीवन के लिए लड़ेंगे न कि मृत्यु और मृत्यु के बाद की अमृत्यु के लिए।" भास्कर के आसपास जीवन की प्रभा दिपदिपाने लगी थी, सुजाता उसी घेरे में थी। "इसी रास्ते पर चलकर हम हमेशा जिन्दा रहेंगे, भले यह संसार मर जाए! हम जीवन के अनुयायी हैं, किसी व्यक्ति के नहीं।"

सुजाता और भास्कर ने जीवन की ऊर्जा महसूस की थी। दोनों ने भूख भी महसूस की। दोनों ने मिलकर रात के खाने की तैयारी शुरू की। भूख दोनों को जोर से लगी थी और इसके लिए जरूरी था कि दोनों मिलकर फटाफट काम निपटाएँ। भास्कर ने चावल बीने, तब तक सुजाता ने दाल साफ कर ली। भास्कर ने छोटे कुकर में दाल चढ़ा दी और सुजाता ने बड़े कुकर में नमक डालकर चावल चढ़ा दिए। भास्कर के हाथ की बनी मसूर की दाल सुजाता को बहुत अच्छी लगती

थी। दाल इसीलिए भास्कर ही बनाता था। खाना खाते और बर्तन साफ करते आठ बज गए थे। इस बीच दोनों नौकरी और बिजनेस पर बात करते रहे। बरतन साफ करके सुजाता बिस्तर पर आ लेटी। भास्कर ने पास आकर हलके से उसके सिर को उठाया और अपनी गोदी में रख लिया। भास्कर ने सुजाता की उठती छाती को देख कर महसूस किया कि उसकी साँस तेज चल रही है। उसने झुककर सुजाता के होंठो पर होंठ रख दिए। सुजाता बिना हिले-डुले ऐसे ही लेटी रही। भास्कर की आँखों में अनुरोध था, 'नहीं!' सुजाता ने कहा तो भास्कर उसे छाती से लगाकर लेट गया। फिर सुजाता अपने घर लौट गई थी।

भास्कर ने उसे ऑटों में बिठाया था। ऑटोवाला पैंतीस रुपये से कम पर राजी नहीं हुआ जबकि मीटर से सिर्फ पन्द्रह-सत्रह रुपये से ज्यादा नहीं बनते थे। मीटर दूसरे आटोवालों की ही तरह खराब था। भास्कर को फिर झुँझलाहट हुई थी पर यह उलझने का कोई वक्त नहीं था। भास्कर कमरे पर लौट आया। दिनभर की बातें उसके मन में उमड़ती-घुमड़ती रही। इस बीच जाने कब उसकी आँख लगी और कब खुल गई। उसे लगा ही नहीं कि वह सोया भी था। पूरी रात नींद में सोचते-सोचते कट गई या शायद ख्वाब में जागते-जागते—वह तय नहीं कर पा रहा था।

वह उठा और पर्दे से बाहर झाँका। बाहर अभी झुटपुटा था। नीम अँधेरा ...नीम उजाला। तभी उस नीम अँधेरे को बेधती एक चमकती किरण बालकनी के फर्श पर आ गिरी थी। "मैं कहीं नहीं जाऊँगा...बाबा-अम्मा के लिए, पिताजी और माँ के लिए, और तुम सबके लिए...मुझे यहीं रहना और लड़ना है क्योंकि यहाँ तुम हो, तुम सब...इस जलते हुए देश को छोड़कर भागने के बारे में कैसे सोचा जा सकता है!...

सुजाता की गुनगुनाहट कहीं अवचेतन में सुनाई दे रही थी, "अवधू बेगम देस हमारा...।"

●●●